失踪假日

Holiday

[日] 乙一 著

张秀强 李志颖 修愚 译

浙江人民出版社

目 录

幸福宝贝

1

我一直想离开家，过一个人的日子。不为别的，只是想一个人安静地生活。我一直渴望能到一个谁也不认识我的地方，然后孤独地死去。因此，选大学的时候，我特意选了离家遥远的地方。离开出生与成长的故乡，虽然觉得对不起父母，不过家中兄弟多，就算少了我这个没出息的儿子，父母也应该不会太痛心。

要一个人生活，首先要找房子。我知道伯父家有一栋旧宅，于是决定借住。三月的最后一个星期，伯父带着我一起去看房子。

在此之前，我从未和伯父说过话。前往看房子的路上，我坐在副驾驶座上，仍旧没跟伯父说什么话。理由不单是我们没有共同的话题，还有我根本就缺乏与人沟通的能力。有些人不管跟谁相处，都能毫无隔阂地聊起天来，但那个人绝对不会是我。

“一个月前，有个大学生在那里淹死了哦！就是那个池塘，据说是喝醉了掉进去的。”

伯父一边开车，一边对我说，还用下巴对着窗外示意了一下。

汽车把路旁的树木飞快地抛在身后。透过繁茂的枝叶，我看到路边有一个大大的池塘，池塘周围是绿地公园，水面倒映着阴沉的天空，一片灰暗，让人觉得这里似乎没什么人烟，颇为寂寥。

“哦，是吗？”

话刚出口，我就后悔了。我应该表现得再惊讶一些，伯父大概也希望我吃惊吧。

“死了人呢！你对这样的消息都不惊讶？”

“嗯，大概吧……”

司空见惯了。与自己毫不相干的人死了，我才不会有什么感觉。

听到我的回答，伯父的神情放松了许多，就像松了口气似的，但我当时尚未领会到那个表情的真正含义。

之后伯父跟我说话，我的回答都很公式化，所以对话并没有继续下去。我想，伯父一定觉得我很无趣吧。他一脸都是跟我聊不起来的样子，我也就没再跟他讲话，车内的气氛变得更加沉闷了。这种情况我遇过许多次，虽然仍不习惯，但至少我不再觉得难受。我从前就不爱说话，尤其不善于附和他人。

我早就厌倦了和人接触。够了！我受够了！从今以后，我再也不要跟其他人来往了，就守在房子里，一个人悄悄地过日子！就连走路，我也不愿意走在路中间！一个人过日子，多惬意呀！好，从现在起，我就拉上窗帘，过我自己的生活。

伯父的房子是一栋普普通通的两层木结构建筑，和周围的其他房子相比，就像发黄的照片一样古老，仿佛轻轻一推就要倒下去似的。我在屋子里转了一圈，很快就绕了回来，真的很小，完全不用担心会迷路。家里还有个小巧的院子，好像不久前还有人在院子里种过菜。院子旁边有个水龙头，还有一条卷起来放在地上的绿色塑料水管。

我看了看屋里，家具、生活用品竟然一应俱全。我很吃惊，原以为这里大概会是栋空房子，但现在感觉倒像走进了别人的家里。

“最近有人在这里住过吗？”

“有个朋友的朋友在这里住过，不过死了。那个人没有家人，也没有人来要回这些家具……”

伯父似乎不太愿意谈及那个之前在这里住过的人。

我感觉，这里的生活似乎原本是井然有序的，可是某天主人突然消失了。主人的所有东西都原原本本地摆在这里：老电影的挂历、用图钉钉在墙上的明信片，木架上的碗筷、书、录音带，还有小猫形状的摆设。

“这些家具你随便用吧，反正主人已经不在了。”

二楼有个房间，似乎是前任主人的卧室。那个房间朝南，屋里很明亮，窗帘开着，和煦的阳光照了进来。从屋里摆放的家具和小摆设来看，前住户应该是位女性，而且很年轻。

窗边有一盆盆栽，盆里的植物没有枯萎，叶子上也没有灰尘，花盆十分干净，就像每天都有人在清扫一样，这一点让我觉得有些奇怪。

因为不喜欢阳光，所以我拉上了窗帘，走出房间。

二楼的另一个房间是暗房，里面摆着显影液及定影液，门口挂着厚厚的黑布帘，是用来遮挡光线的。屋里弥漫着一股醋酸的味道，弄得我几乎要打喷嚏。桌子上面放着一部沉甸甸的相机。前住户似乎很喜欢照相，单从亲自动手冲洗照片这一点来看，就知道她很用心。在屋里随便翻看一下，便找到大量照片，有风景的，也有像纪念照的。照片上的人物老少都有，我想留着以后慢慢欣赏，便把照片塞进了包里。

书架上放着冲洗过的胶卷底片，分别放在不同的纸袋里，上面用油性笔写着拍照日期。我本想拉开她办公桌的抽屉看看，但还是放弃了，因为抽屉的把手上用很小的字写着“印相纸”。这些相纸一旦感光就会报废。

走出暗房后，我发现刚才那间朝南的房间变得很明亮。我刚才明明拉上了窗帘，不知为何又被拉开了，是伯父拉开的吗？应该不是，伯父一直在一楼。我没多想，只认定是窗帘的轨道倾斜了。

大学开学的前几天，我搬了进来，所谓的搬家物品，就只有一个袋子。家具就用前住户的。

第一次在屋里听到小猫的叫声，是搬家当天我在客厅里休息的时候。声音从院子的某个角落传来，起初，我还以为自己听错了，没有理会。结果不一会儿，那个小家伙竟然钻进了屋里，而且样子十分悠闲，似乎它才是这栋房子的主人。那是一只白色的小猫，我的双手正好可以捧起它。我和伯父来看房子的时候，它大概躲起来了。看样子是前住户养的小猫，尽管主人去世了，但它仍然留在家里。小猫一点儿也不怕生，在屋里跑来跑去，挂在脖子上的小铃铛发出清脆的声音。

起初，我有点儿犹豫，不知该如何打发这个小家伙，伯父并没有告诉我家里还有这样的累赘。我需要的是一个人的安静日子，要是和小猫在一起就没意义了。我也想过把它随便扔到哪里算了，但是最后还是作罢。我坐在客厅，小猫大摇大摆地从我前面走过，我不禁正襟危坐起来。

那天，邻居木野太太过来打招呼，倒把我给累垮了。她站在门口，一边像是鉴定商品般打量我，一边跟我说话，可是我根本不想和附近的人接触。

她骑着一辆哐啷作响的自行车，刹车的时候，金属摩擦的声音即使是几十米以外的人也能听得见。起初，我听着很不舒服，但后来没办法，只好将其视为一种新奇的乐器。

“我这自行车的刹车，是不是快要坏掉了？”她这样问我。

“不是‘快要’，是已经坏掉了。”当然，这话我没说出口。

不过，当她说到以前住在这栋房子里的人时，我还是不禁神情专注起来。木野太太告诉我，以前住在这里的是一个叫雪村沙织的年轻女子，她经常拿着相机在附近散步，替镇上的人拍照，镇上的人都很喜欢她。可惜就在三个星期前的三月十五日，她在自家玄关处被坏人用刀刺死了，凶手到现在都没找到。

邻居直勾勾地盯着玄关的木板，我突然意识到，自己站着的地方就是当时的命案现场，于是赶紧退后了一步。我被骗了！伯父从未告诉过我这件事。那件案子也不过就是前阵子的事，这里还来了很多警察，引起了不小的骚动。

“她养的那只小猫一下子没了主人，也没有人喂它，现在肯定很可怜吧？要是天天出去找垃圾吃，该怎么办啊？！”

那女人临走时对我说。

不过在我看来，小猫并没有显出可怜的样子。它身体很健康，好像每天都有人喂它。家里的垃圾桶内有个装猫粮的空盒子，像是刚打开的。难道有人趁我不注意，进来喂猫？

而且，根据我的观察，小猫似乎根本没意识到雪村已经死了。它仔细地舔着自己白色的毛，悠闲地躺在檐廊上，照常安详幸福地过它的舒服日子。难道是小猫的感觉迟钝吗？不，似乎并非如此。

我还发现，小猫经常做出像是向熟人撒娇的举动。起先，我还以为是自己多虑了，但越观察，就越觉得小猫的行为很不寻常。

明明什么东西都没有，但小猫还是仰起头来向上望，表情是那样天真无邪。有时还好像被看不见的东西抚摩一样，它眯起眼睛，发出满足的叫声。

我经常看到其他猫儿往人的腿上蹭，但这只小猫有时候却朝什么也没有的空间靠上去，结果扑了个空，差点儿跌倒。有时候，它又会像被它的主人追赶一样，晃着脖子上的小铃铛在屋里跑来跑去。小猫似乎对雪村仍然在家里的事深信不疑，对于我这个新来的房客，反而感到有点儿诧异。

起初，小猫不肯吃我给它的食物，不过很快它就开始吃了。我似乎到这时才真正被小猫接受，而小猫也似乎允许我住在这个家里了。

有一天，我从学校回到家时，小猫正躺在客厅里。它似乎很喜欢原主人的旧衣服，经常躺在上面睡大觉。每当我想拿开那些破破烂烂的旧衣服时，它都会马上叼起来跑到一边，像对待宝贝一样。

客厅里有一张雪村沙织留下来的小木桌，还有一台电视。她好像有收集小摆设的习惯，我刚来这里的时候，电视和书架上摆着各式各样小猫造型的摆设，但是全都被我收起来了。

大概是我早上走的时候忘了关电视吧。屋里一个人也没有，电视却开着，正在播放古装剧《大冈越前》，还是重播。我关上电视的电源，往二楼自己的卧室走去。

我没有用雪村的卧室，而是用了别的房间。毕竟她刚遇害，我不想住在她住过的房间。每次我来到大门口的时候，都会想到死在那里的雪村。她遇害时并没有目击者，但据说附近的人听到过她和别人争执的声音。案件发生以后，警察就经常在这附近巡逻。

我欣赏着雪村留在暗房里的大量照片，心情不知不觉变得沉重起来。听他们说，雪村经常在附近拍照，拍了很多镇上居民的照片。在她的照片里，人们全都洋溢着幸福的笑容。她总是能抓住人们喜悦的一瞬。我想，她之所以能拍出这样的照片，是因为她也是幸福的。她一定是个喜欢阳光、喜欢正面思考的人，在这一点上，我就和她大大不同了。

我打算吃饭，于是到一楼的厨房准备饭菜，我发现客厅里传来电视的声音。按理说，电视应该已经被关掉了才对，什么时候又被打开了？实在是太奇怪了。难道是电视机坏了？客厅里只有一只打着瞌睡的小猫，而电视上仍播放着刚才那部《大冈越前》。

奇怪的现象不止这一桩。第二天、第三天，一到《大冈越前》播放的时间，在我不在的时候，电视就会被打开。有时即使我转了频道，但稍不注意，桌子上的遥控器就会换地方，节目又回到古装片上。我仍然怀疑是电视机出了毛病，只是总感觉有点儿说不通。一切迹象都表明，似乎有人躲在家里，看我不在就打开电视。每次到了播电视剧的时间，小猫就会躺在客厅里睡觉，那表情和神态就像依偎在母亲身边的孩子。我觉得这屋里似乎有“某种东西”每天都在收看《大冈越前》，而小猫也很喜欢和这不明物体待在一起。

自从有了这种感觉，每当我看书、吃饭的时候，就会觉得好像有人在盯着我。但是每次回头看，却只看到小猫在那里打瞌睡。

我每次都会记得把窗户关好，窗帘拉上。只要听到从窗外传来小鸟婉转的叫声，我就想把耳朵捂住。只有这昏暗中的孤独和潮湿得能滋生细菌的空气，才能给我的内心带来安宁。可是，我一醒过来，就会发现窗户和窗帘又被打开了，就好像有人通过这种方式来告诫我：要时常打开窗户通风，才有益健康！于是，我这间不健康的屋里也射进了具有杀菌作用的温暖阳光，吹来了柔和而干燥，像新毛巾般的微风。我再次环视房间，除了我自己，还是没有任何人。

有一天，我在屋里找指甲剪。我以为家里一定会有这样的小工具，所以没有买，毕竟雪村不可能不剪指甲。

“指甲剪、指甲剪……”

我一边找，一边在嘴里嘟囔着。突然，我发现桌子上不知什么时候竟放着一把指甲剪！刚才桌子上明明什么都没有，就好像某个人知道指甲剪放在哪里，看到我这个刚住进来的大学生费尽了力气还是找不到，实在不忍心了，就把指甲剪拿出来放在那儿。而知道指甲剪位置的，依我看来，只有可能是那个人。

怎么可能？哪有这种事？我思索了很久，终于意识到大概是那个被杀害的——人，虽然现在没有了形体，却仍留在这个世上。而我也明白了她的意愿，决定任由这位前住户继续留在这栋房子里。

2

我一个人躲在大学餐厅的角落里吃饭，从没想过要找一个和我一起吃饭的朋友，因为那实在是太麻烦了。

这时，一个男生突然坐到我面前，是我不认识的人。

“搬到那个被害女生家里去住的就是你吧？”

这人叫村井，是比我高一级的学长。一开始，我对他的问题只是敷衍了事，但他看起来并不像坏人，似乎很喜欢和人交朋友。他交友广泛，不管和谁都合得来。

我和村井的来往就是从那天开始的。说是来往，其实也未到朋友的程度，只是有时去买东西或是需要去车站的时候，会坐他的爱车 Mini Cooper。那是辆外形可爱的水蓝色轿车，停在路边的时候十分引人注目。

村井很受欢迎，同学们都喜欢他。他很随和，我不喜欢喝酒，他也从来不逼我。他经常被一群人包围，与大家谈笑风生。这种时候，我总是悄然离开，没有人会注意到我。我不喜欢加入他们的谈话，与其坐在一边听他们谈笑，倒不如一个人到校园里，坐在长椅上欣赏树木的老根，因为这样能让我心里平静。我不喜欢和很多人在一起，我觉得独自一个人比较平静自在。

村井的朋友们全都精力充沛，又爱说笑，而且他们有钱，所以特别能玩。我总觉得自己和他们简直是生活在两个世界的人。

跟他们一比，我觉得自己就像是比他们低一等的生物。而实际上，我那没有熨过的皱巴巴的衣服，还有一开口就结巴的毛病，都成了他们的笑柄。再加上不到万不得已的时候，我通常不会发表自己的意见，所以我给他们的印象，就是个不爱说话又没有感情的人。

有一次，他们做了一个实验，地点就在学校里的 A 栋大厅。

“我们马上就回来，你在这边等一下。”

包括村井在内的一群人说完这句话就走了。我坐在大厅里的长椅上，一边看书，一边等他们。周围有很多学生来来去去，我等了一个小时，可是谁也没有回来。尽管心里有些着急，但我还是继续等下去，又看了一个小时的书。

这时，只有村井表情复杂地回来了。

“你被他们耍了，就算你等再久也不会有人回来的。他们故意不回来，是想在旁边看你焦急的样子。可是大家实在不耐烦，早就坐车回去了。”

“哦，是吗？”我只说了这句话，就合上书，站起来准备回去。

“你不生气吗？大家抱着好玩的心态想看你着急的样子！”村井说。

对我来说，这是常有的事，所以无所谓。

“这种事情，我早就习惯了。”

我快步离开，把他一个人抛在身后，但我似乎可以感觉到背后村井的目光。

我从一开始就觉得自己根本不适合待在他们的圈子里，他们身上有太多东西是我无论怎么努力都不可能得到的。也正因如此，每次和他们交谈后，我都有一种绝望感，甚至还会有种近乎憎恶的感觉。

不，我憎恶的对象不仅是他们，我憎恨、诅咒所有的东西，太阳、蓝天、鲜花、歌声之类的事物更是我极力诅咒的对象。我甚至觉得，那些满面春风地走在大街上的人，全都是脑袋有毛病的家伙。我否定全世界的事物，借此维护内心唯一的安宁。

因此，我才对雪村拍摄的照片感到惊讶。她的摄影作品里有一种深刻的内涵，就是对任何事物都持肯定的态度。不管是校园风光、房子、池塘、草地还是公园，她的摄影作品里都充满了向上的力量，充满了耀眼的光芒。从她拍的小猫和小孩子做“V”手势的照片中，可以看出她是个非常温柔，而且很有亲和力的人。我没有见过雪村，但我可以想象，只要她举起相机，就会有很多小朋友争先恐后地跑过来让她拍照。

要是我，就算面前的东西和她的完全一样，我们视线所捕捉的恐怕也是完全不同的东西吧！雪村拥有健康的内心，她只选择看世界光明的一面，用幸福的滤光镜包容世界，那种幸福就像洁白柔软的棉花糖。而我却做不到。我所看到的，只是光线背后的阴影，世界宛如冰冷的怪物。唉！这世界真是太无常了，不让我这样的家伙死掉，反而让她那样的人离开。

回家后和小猫玩一玩，在学校的不快情绪就渐渐消失了。我想起了村井，尽管其他人扔下我一个人不管，但是他回来了。

那件事情之后，我并没有和村井断绝往来。我们还是和以前一样，一起在学校餐厅吃饭，坐他的车出门，唯一的变化就是当他们谈笑风生、我悄悄离开的时候，村井也会静静地走出来，追上已经走远的我。

“下次到你家玩怎么样？”

村井曾这样问过我，但我拒绝了。我不愿意让其他人到我家来，而且家里有那么多怪异的现象，我担心他看到会大吃一惊，然后避开我。

每天一到早晨，窗帘就会被拉开。不用说，这是前住户干的“好事”。

我选择了朝北的房间，就是不想让阳光照进来。尽管如此，要是拉开将我和世界隔开的那块布，房间里还是会很明亮的。本来我是想拉上窗帘，在昏暗的房间里营造我的小天地，但目前看来这个计划不得不放弃了。因为不管我怎样坚持拉上窗帘，过不了多久，窗帘又会被拉开。反复多次后，我就放弃了。前住户在开窗通风这一点上，似乎对我毫不让步。

晚上躺在被窝里，闭上眼睛，就会听到走廊上传来脚步声。寂静的黑夜里，地板上“咯吱咯吱”的声音越走越近，然后对面房间的门被打开了,声音就消失在那个房间里。那正是雪村的房间。

不可思议的是，我并没有对这个现象感到恐惧。

虽然我看不到雪村的身影，但是有时候，在我不注意时，碗筷就被洗好了,夹在小说里的书签也会神不知鬼不觉地换了地方。还有，即使长时间没有打扫，屋子里却一点儿灰尘也没有，大概是她趁我不注意的时候打扫的吧。起初每次感觉到她的存在时，我都会有点儿困惑，但慢慢习惯了以后，倒觉得再自然不过。

干燥的榻榻米上，小猫眯着眼睛，惬意地把脸埋在它最喜欢的旧衣服里熟睡。小猫经常对着某种看不见的东西撒娇，跟它玩的一定就是雪村。我曾仔细观察过小猫所面对的方向，却还是什么也看不到。

我和雪村之间也时不时发生个人喜好上的冲突。刚刚搬过来时，电视上面摆了很多小猫造型的装饰品。在电视上放东西，是我绝对不能忍受的事，因此我把它们全部收了起来。可是没过多久，那些小摆设又回到了原位。之后我又收拾了好几次，可是第二天它们还是回到了电视机上。

“把这些玩意儿放在电视上,只要有一点儿震动就会掉下来,看电视的时候又容易分散注意力，有什么好的！”

即使我这样发牢骚也没用。

而且，她好像也不太喜欢我播放自己喜欢的音乐 CD。趁我去洗手间的时候，她就把她收藏的单人相声 CD 放了进去。她竟然有这种喜好，可真是老气。

又过了一段时间，我在清晨被切菜的声音吵醒。走进厨房一看，原来早餐已经准备好了。我从学校回到家后，总是先到二楼的房间放下书包，可是等我再回到客厅准备休息一会儿的时候，就会发现桌上已经准备了咖啡。雪村的存在，越来越明显了。

不过，我所感受到的雪村，往往只是一件事情的结果。眼前原本明明没有咖啡，稍不注意，景象就发生了变化。我总在想，她是如何把咖啡杯从厨房的架子上拿到客厅的桌子上的呢？是从空中飘过来，还是把杯子扔过来的呢？但最重要的是，她有这份心意。

另外,我注意到,她活动的范围似乎只局限于家里和院子里。到了收垃圾的日子，装有厨余的垃圾袋总会放在门口，她似乎没办法把垃圾拿到外头回收垃圾的地方。

有一天，我看到桌子上放了一个空咖啡罐。哦，是想让我买这个回来吧！我很自然地理解了她的意思，立刻就去买了回来。

雪村是幽灵吗？如果是的话，她做的事情却没有一件像幽灵做的。她并没有故意想让谁感到害怕，也没有向我诉说自己被杀害的痛苦，更没有展现她半透明的身体。她只是平淡而安静地继续过她以前的生活。与其说她是幽灵，不如说她对世间还有迷恋。

尽管我看不到雪村，但她在我身边，让我感到了一丝温暖，也让我心中产生了一些感动。可是，关于她和小猫的事，我从没对任何人提过。

有一天，我和村井开车去买东西。水蓝色的浑圆车体在公路上飞驰，没过多久，我和伯父一起看到过的那个池塘便出现在车窗外。那个地方我经常路过，倒不是因为散步，而是每天上学必须经过。我走路的时候，几乎不看其他东西，所以也没有好好地看过这个池塘。

“听说这个池塘淹死过一个大学生呢。”我轻声说。

村井像从梦中惊醒过来一般，他说：“死的那个人，是我的朋友。”他手握方向盘，注视着前方，跟我讲起他那死去的朋友的事，“我跟他从小学的时候就很要好……”

汽车渐渐地放慢速度，最后停靠在路边。村井的目光飘远，仿佛看到朋友还在世上一样。

“他去世那天，我跟他吵过架。当时喝了点儿酒，我们争执了两句。那天晚上，我们几个好朋友聚在一块儿，喝得很尽兴，结果就喝多了。借着点儿酒劲儿，我对他说了一些过分的话。结果，第二天早上就有人在池塘里发现了他的尸体。听警方说，好像是清晨的时候，因醉酒而不小心掉到池塘里淹死的。唉！即使我现在想跟他说‘对不起’，他也已经不在了。要是可能的话，我真想再见他一面，跟他说说话……”

村井的眼睛有些泛红。

“你还好吧？”

他紧闭上眼睛，把脸埋在双手中。

“没事的，只是隐形眼镜有点儿脱落……”他撒了个谎，继续说下去，“我那个朋友跟你很像，当然，长相完全不一样……那家伙跟你一样，每当碰到人际关系不顺心的时候，都会带着一副已经放弃的表情说：‘这种事情，我早就习惯了。’那种表情就像在说，这个世界不会再变好了……”

村井不逼别人喝酒，大概就是由于朋友是因此而去世的吧。雪村的房间里好像还有一些没扔掉的旧报纸，我突然有一个想法，想去找她出事后第二天的报纸，说不定上面会有一些相关的报道。

接下来的几天，每当我路过池塘，都会多留意几分，看看是否能找到村井的朋友。或许他的朋友像现在的雪村一样，还透明地活在这个世界上呢！

有一天，我从学校回来，发现庭院里晒着衣服。我记得自己并没有洗衣服，一定是雪村洗了，还帮我晾到院子里的晾衣杆上。我坐在檐廊上，看着随风飘扬的衣服。在耀眼的阳光下，洁白的衬衫闪闪发光。

院子的小菜园里，不知从什么时候开始长出了嫩芽，而且已经长得很高了。雪村在别人不注意的时候，依旧继续照顾着家庭菜园。我从来都没有注意过这里的植物，这座院子里的一草一木，似乎都是今天才看到的。

仔细观察，我发现院子里的植物滴下的水滴在地上形成了小水坑，水面倒映着蔚蓝的天空。我想，雪村大概是用塑料水管浇水的吧！尽管不太清楚，但我想她一定经常为这些植物浇水。

她很喜欢植物，常常把从院子里摘来的小花插在花瓶里。我有时会不经意地发现，连我房间的书桌上也放着不知名的花。要是在以前，我可能会想这女孩真多事，因为像花草之类的东西，全都是我憎恨的对象。不过，奇怪的是，当我意识到这是雪村摆的花瓶时，就能接受这种行为了。

她已经死了，如今留在这里到底是想干什么呢？她似乎是个大闲人，有时还会故意弄点儿恶作剧来捉弄我。比如，故意把我的鞋带打成死结，让我解不开；六月还没结束，她就把月历翻到七月；有时我到学校打开书包，却发现里面有一个电视遥控器。这当然都是她干的好事，真不知道她葫芦里卖的什么药。

有一次，我在家泡方便面，她故意把家里所有的筷子和叉子都藏了起来。等了三分钟，我才注意到没有筷子，于是万分焦急地在家里翻箱倒柜，如果不能赶紧找到筷子，面就会泡得太软。最后，我只好用两支圆珠笔当筷子。

当时，小猫就趴在我身旁，用它那天真无邪的眼睛盯着我。我才突然惊觉，自己到底是在干什么啊！我觉得有点儿心情低落。我可以确定雪村当时就站在小猫的旁边，并幸灾乐祸地看着我出糗。小猫和她似乎永远是一对，我看不到雪村，所以无法百分之百地肯定，但我知道小猫总是尽力跟着它的主人。尽管我看不到她，小猫却把她的位置告诉了我。小猫对雪村来说，就好比它脖子上挂着的铃铛。

“你做的事情一点儿都不像幽灵做的，偶尔也来点儿稍微恐怖的事，怎么样？”

我曾经朝着小猫的方向，以略带几分挑衅的语气，恶作剧似的对她说。

结果第二天，桌子上就出现了一张应该是她写的字条，上面的内容很是吓人。纸上密密麻麻地用小字写着“我痛呀！我好痛苦！我好寂寞……”之类的话，不过她似乎写到一半就腻了，最后一句话是：“我也想吃面啦！”总之，这算是她写给我的第一封信，我没有撕掉，决定保存下来。

之后，尽管我再也没有对看不见的雪村说话，但奇怪的是，我觉得自己似乎能和她交流了。

每到星期一深夜，厨房里的电灯就会亮起来，紧接着会传来收音机的声音。大概在这栋房子里，收音机信号最强的地方就是厨房吧。每周的这个时间，电台会播放雪村喜欢的节目。

有一天晚上，我久久不能入睡，侧耳倾听，可以听见树枝摇曳的声音。突然，我听到屋外传来说话声。在确认声音是从收音机里传来的之后，我起身跑到楼下。一楼的客厅里亮着灯，桌上摆着一台手提音响。不知道为什么，当时有一种非常温暖踏实的感觉在我心里油然而生。

雪村在听收音机时，小猫并不在身边，大概正枕着它喜欢的旧衣服做美梦吧。虽然小猫不在，但是我可以确定她就在那里听着收音机，因为收音机上显示电源的红灯亮着，而且桌旁的椅子也被拉了出来。

我看不见她。但是，就在那一刻，我似乎看到了：眼前的她就坐在椅子上，托着腮，一边摇晃着腿，一边出神地聆听她喜爱的节目。

我坐到她旁边，闭上眼睛，静静地听着喇叭里传出来的声音。屋外，风越刮越大，屋里却像大雪封山般寂静，我的心情平和起来。我轻轻伸出手，伸向她坐着的位置，可是那里什么也没有，只感到那里的空气有点儿温暖。我想，那大概就是雪村的体温吧。

3

六月最后一个星期的某天，上午本来还是晴空万里，下午却突然下起雨来。我在放学回家的路上被淋得浑身湿透。我没有带伞，途中也不想去买，反正我又没有什么东西是不能弄湿的。

路过池塘的时候，那里一个人也没有。人行道旁，每隔一段距离就摆着一张长椅。如今，它们也百无聊赖地朝着湖面。被雨点儿击打的湖面在交织的雨帘中变得朦朦胧胧，水面和森林都在迷蒙的烟雾之中显得虚无缥缈。周围没有任何生物，只有寂静的雨声主宰着池塘与森林。我被这超脱现实的风景吸引住了，静静地站在雨里看着湖面，陷入了沉思。虽然时值初夏，却感到一丝寒冷。

眼前这片倒映着灰色天空的平静湖水，曾带走了村井的朋友。不知不觉中，我仿佛被水面吸引一般，开始朝着湖面走去，一直走到低低的栅栏前，而我竟然没有察觉。

我一直觉得村井的朋友现在仍徘徊在这个池塘附近，这种感觉一直没有消失。虽然遗体已经被移走了，但他会不会像雪村一样，到现在仍“活”在池塘附近呢？我觉得有必要再搜查一下周围，虽然我用肉眼看不到，但说不定小猫就能看到呢！我想村井也该跟他的朋友谈谈，等时机成熟，我们一定要带小猫来这里。

我离开池塘，朝家里走去。我想雪村一定已经在玄关处准备好干毛巾了吧，搞不好她早就料到我会湿漉漉地跑回家，还给我准备好了干衣服。甚至，为了让我暖和身子，她已经帮我准备了热咖啡。

突然，我感到一种莫名的伤感。这样的日子还能持续多久呢？分别的时刻总是要来的，或许再过一段时间她就会离开，奔向那个人们最终的去处。可是，为什么她现在不走呢？为什么她在失去生命的那一刻，没有离开这个世界？难道她惦记留在家里的小猫？

听警方说，杀害雪村的是一个强盗，而且直到现在都没找到凶手。即便到现在，警方仍会不时地来这边打探消息。雪村很活泼，周围的人都喜欢她，但她在这附近没有同龄的熟人，所以应该不是熟人下的手。她的死，仿佛就是一种突如其来的不幸，一切好像纯属偶然的无妄之灾，就和被雷击中、飞机失事一样，她的死只让人感到世事无常。

的确，这世界上有太多让我们绝望的事情，我、村井都没有能力与之抗衡。我们只能匍匐在神的面前不断祈祷，只能闭上眼睛、堵住耳朵、缩起身体，等待那些悲哀的事情从我们的头上掠过。

现在的我，能为雪村做些什么呢？

我一边思索，一边走回家。到了家里，我用了放在玄关处的干毛巾，换上她替我准备好的干衣服，喝着冒热气的咖啡。这时，我感到有点儿头痛。我感冒了。

之后接连两天，我都是躺在床上度过的。蒙眬之中，我感到自己的脑袋里似乎装满了铁球，疼痛万分，身上的肌肉就像吸了水的海绵。这两天，我成了世界上最呆钝的动物。

睡梦中，小猫好像经常跳到我的被子上。隔着被子，我能感觉到小猫四只软软的小脚。

听到它的叫声，我的心情似乎轻松了许多，原本干涸的心仿佛一下子被滋润了。小猫和我刚刚见到它的时候相比，已经长大了不少，我几乎都不能再叫它小猫了。

在我生病期间，雪村把我照顾得无微不至。每当我醒来，额头上总是放着一条湿毛巾，枕头旁边有一个盛水的脸盆，还有水壶和退烧药。

我浑身无力，只能闭着眼睛继续昏睡。蒙眬中，我听见雪村从楼下走上来，地板上发出簌簌的声音。跟在她脚步声后的是一串悦耳的铃铛声。不用说，那是挂在小猫脖子上的东西发出来的。雪村来到床前，坐在我身边。她大概是在注视着我的脸，因为我能清楚地感觉到她温柔的目光。

在三十九摄氏度的高烧中，我做了一个梦。

我、雪村还有小猫在池塘边散步。湛蓝的天空下是一片茂密的森林，我们和小猫沐浴在和煦的阳光里，红砖小道上留下三道清晰的身影。池水清澈得像一面镜子，水面倒映着一个精美的复制世界。我的身体轻飘飘的，每走一步，都感到自己像要飞起来。

雪村的脖子上挂着一部相机，那相机大得跟她玲珑的身材有些不相称。她在拍照，什么东西都拍。现实中，我并不认识她，不知道她长什么样子，也不知道她有多高。可是在梦里，我好像很早以前就见过她似的，我知道她一定就是雪村。她步履轻盈地走在前面，还不停地催促我快跟上。她似乎有无穷的好奇心，想看更多更多的东西，也想把更多更多的事物留在她的镜头里。那是一种非常纯洁的好奇心，还多少有些幼稚的冒险精神。

小猫跟在我们身后，挪着小脚拼命地追赶着我们。风是那么轻柔和煦，我看到小猫的胡须也在风中摇摆。

碧绿的池水反射着阳光，水面像撒了宝石般闪闪发光。

我从梦中醒来，又回到现实中昏暗的房间里。窗外传来汽车的声音，我侧过头想看看时间，结果搭在额头上的毛巾掉到了一旁。

我流泪了。刚才那个梦，是多么幸福的梦啊！但我之所以哭，并不是希望雪村能继续活着。

这原本就是一个我不应该做的梦。梦里的世界，是一个我无论如何也走不进去的世界。那个世界充满了阳光，遗憾的是我总被拒之门外。我坐起来，抱着头哭泣，眼泪簌簌地落到棉被上，被吸了进去。在和雪村、小猫一起生活的日子里，我的精神世界似乎发生了变化。我甚至有一种错觉，以为自己也可以和普通人一样，在幸福的天地里生活，所以我才会做那个幸福的梦。然而睁开眼睛回到现实后，寂寞的惆怅又席卷而来。啊！为什么我会这样？以前的我为了抑制这样的想法，曾经敌视、憎恨这个世界，借以保护自己的内心。然而，现在的我为什么又开始憧憬幸福了呢？

不知何时，房门开了。小猫在一旁抬头看着我，雪村大概也在旁边，正关切地看着我这个脆弱的病人，然后歪着头问：你为什么会这么消沉呢？

“我不行了，我活不下去了。我努力过，但什么事情都做不好……”

雪村好像十分担心地坐到我身旁。尽管看不到她，但我可以感觉得到。

“从小……不，现在也是，我是一个非常怕生的人。有时候，即使家里来了很多亲戚，我也不会和他们说话。从那时起，我就不擅长说话。我有个弟弟，和我很不一样，他很会讨人欢心，大家都喜欢他。我羡慕他，我也想变成弟弟那样的人……”

但我做不到，不管我怎么强迫自己去努力，还是不能像弟弟那样令别人高兴。我也曾梦想让别人喜欢我，但那个梦想简直太不切实际了。

“我有个很漂亮的姑姑，就是我爸爸的妹妹。我特别喜欢她，不过姑姑更喜欢我弟弟，经常和他有说有笑的。有时候，我也想跟他们说笑，但是我做不到。有一次，我曾加入他们的谈话，姑姑跟我说话了，当时我心情特别激动。然而，我的回答根本不是大人们所期待的孩子气的答案，我根本不会。我看见姑姑脸上流露出失望的神情。”

我心中隐藏了太多痛苦，压得我喘不过气来，而雪村一直注视着我的脸。

“我觉得自己已经很努力了，但还是不行，他们不接受我。对于像我这么笨拙的人来说，活在这样的世界上实在太痛苦了。与其如此，倒不如什么都不要让我看到。看到了明亮的世界，我就会更强烈地体会到自己是多么阴暗、卑微。这只会让我更加难受而已，甚至想干脆把自己的眼珠挖下来算了。”

我的脸上感觉到一丝温暖。我知道，那是坐在我身旁的人的手的温度，但我还是尽力想忘掉她的温暖。

有一天，小猫不见了，到了晚饭时间都还没有回来。小猫喜欢的旧衣服凌乱地铺在地上，我把衣服叠好，放到房间的一角。心想，如果它是出去玩的话，那未免也回来得太晚了。雪村只能在家里和院子里活动，所以没办法到外面去找。屋子里乱得很，看得出雪村也很焦急。

难道是迷路了？如果只是迷路的话，那还好办。我也非常担心，决定去附近找找。我一边预想着最坏的结果一边找，最后竟开始寻找那些被轧死在路面上的动物，因为小猫和小狗经常在路上被车轧死，然后像饼一样贴在地上。

恐惧开始袭击我的内心，我这才发现自己的心思竟有大半都被这只小猫占据了。每转过一个路口，当看到路面上很干净、没有动物尸体的时候，我都会松一口气。找了大半天，身后突然有汽车喇叭声。回头一看，是村井的小轿车，我赶紧跑了过去。

“之前的住户留下的一只猫，我留下来养。可是今天它一直没回家，我很担心，就出来找一找。是一只白色的猫。村井，你有没有看到？”

“你也养猫？我可是第一次听说呢！刚才倒是看到一只褐色的野猫，但是没看到白色的小猫。”村井回答。

村井大概是不忍心看到我魂不守舍的样子吧，他也开始帮我寻找。我们先把车停在我家，然后到附近去找。幸好院子里还有停车的空间。我们拿着手电筒一直找到深夜。

最后还是找不到，我们只好回家。家里一片凌乱，雪村一定也很担心。电视一直开着，翻出来的东西也乱堆在一边。从这个情形看来，雪村也是一点儿头绪都没有。

这还是我第一次让村井到家里来，他有时也想到我这里玩，但我总是找出各种理由婉言拒绝了。

回到家里，我们都满身大汗。洗脸的时候，客厅桌上就摆上了两杯茶，村井觉得很奇怪。

“刚才我进来的时候,还没有茶吧？你跟我一起去洗脸的吧，那这是谁倒的茶呢？”他歪着脑袋想了想，“唉！总之今天很累了，喝点儿啤酒换换气氛吧！你一定会找到小猫的。”

家里没有酒，只能出去买了。从家里走到卖酒的商店要八分钟，村井好像已经累得一步也走不动了，于是我就自己出门。我一面挑选自己平常不太买的酒，一面惦记着在家里等待的村井，毕竟刚才他看到了一些奇怪的事情，我离开的这段时间，雪村会不会对他做一些恶作剧呢？

当晚，我们喝完酒后就分开了。

“要是找到了小猫，一定要让我摸一摸呀！”村井临走时这么说。

他离开后，我开始收拾乱成一团的房间。

没有了小猫，我就不知道雪村在哪里了。突然听不到铃铛的响声，还真有一点儿寂寞。雪村大概以为小猫躲在家里的某处吧，电视和书架都被挪动过，大概是她找小猫的时候搬动过吧。

来到二楼，我发现暗房门口的黑布半开着。雪村有时候也会到这间暗房来。她可能也来这里找过小猫吧。很多东西的位置都被挪动过，抽屉也被打开，里面的印相纸已经感光，不能再用了。

这些相纸，让我想起那个做了幸福美梦后一时消沉不已的自己。

第二天，小猫回来了。

当时，我正在整理雪村的旧报纸，那些没有被扔掉的旧报纸都开始发黄了。我想，雪村为什么保存着这样的旧报纸呢？就在这时，院子里传来小猫的叫声。

我几乎已经放弃了。第一次听到的时候，还有点儿不敢相信。这时，院子里又传来一声小猫的叫声，接着我又听到铃铛的声音。我知道这一次不会再听错，喜悦一下子涌上心头，悬着的一颗心终于放了下来，当下竟然有一种想哭的感觉。

我连拖鞋都没穿就跑到院子里。我打量了四周一番，只看见高高的杂草和菜园里快要成熟的西红柿，并没有其他东西。这时我才意识到，我还没有找过墙后面的地方。院子的墙那边住着木野一家，就是那个骑着整辆车都在响的自行车的木野。可能是墙哪里有个洞，小猫钻到对面之后就回不来了。

还没等我去找，邻居木野太太就来了，手里抱的正是那只小猫。

小猫回来那天，整个下午我都在想小猫、雪村，还有村井的事情。听到旁边小猫在叫，我更坚定了自己的决心。

“即使我现在想跟他说‘对不起’，他也已经不在了。”

我想起了村井回想起自己朋友的时候说的话。

我强烈地感觉到，我们必须去那个池塘一趟。

4

第二天下午下课后，夕阳染红了天空。人行道上人影稀少，池塘边只坐着我一个人。没有风，四周异常寂静，平静的水面似乎将周围一切的声音都吸了进去，如同一面巨大的镜子。

池塘边矗立的街灯亮了起来，周围枝繁叶茂的大树像要戳进水中般向水面压过去。我在路边的长椅上坐了下来，这时，村井出现了。

“把我叫到这里来，有什么事？”

村井是把车停在附近公园的停车场里，然后走路过来的。我挪了一下位置，他就在我旁边坐下了。这时，我的袋子里发出小猫的叫声。

“找到小猫了啊？”村井说。

我点点头，把袋子放在膝盖上。我特地找来一个大小足够放进一只猫的袋子，把小猫带来。袋子里传来轻轻的铃声，还有“唰唰”的声音，小猫似乎正在里面乱抓。

“今天找你出来，是有件事想跟你说。或许你不会相信，但我无论如何都想告诉你，毕竟你的好朋友是在这个池塘里溺死的。”

我跟他谈起了雪村，谈起了小猫，谈到上大学后，我到伯父家去住。我还告诉他，本来已被杀害的前女住户的灵魂，到现在仍没有离开那栋房子。白天即使我想把窗帘拉上，她也不会答应。尽管我看不到她，但小猫每天都跟在她的身后。我还告诉他，小猫很喜欢雪村的旧衣服。

四周越来越暗，我们一动不动地坐在路灯下的长椅上。村井一直没有插话，只是静静地听我说着。

“竟然有这样的事……”听我说完以后，他长长地嘘了一口气，“你找我出来，就是为了告诉我这些事情？”

村井的声音里透出一丝不悦，很明显，他根本不相信我刚才说的话。

我努力使自己注视着他的眼睛。其实，我有点儿想移开视线，跟他说刚才那些话都是开玩笑的，可是我没办法自圆其说，也没法收回那些话，而且我也觉得我无法逃避这个问题。

“邻居木野太太把小猫送回来之后，我突然觉得有好几件事非常奇怪。比如，雪村为什么要把抽屉里的相纸全都曝光呢？”

“你说的雪村，就是刚才提到的那个死掉的人吗？”

“前天，就是小猫走失那天，雪村把家里翻得乱七八糟，很多家具都被挪动了。这也是常有的事，所以当时我没有马上注意到暗房里的情况。后来看到暗房里很乱，我还以为是雪村干的。可是仔细一想，她怎么可能会把相纸毁掉呢？当时，家里装相纸的抽屉是敞开的，而且遮挡暗房门口的黑布也被打开了。我们是不是可以推断，一个不太熟悉暗房情况的陌生人闯进去乱找东西的时候，不小心将绝对不能感光的相纸拿了出来？这个人没有摄影的常识，也不明白什么是相纸，毕竟相纸表面看起来和普通的白纸没什么区别。而就在这时，家里的主人从外面回来，闯入暗房的人没来得及好好收拾，就匆忙地离开了。换句话说，在暗房里翻动东西的人，并不是雪村。”

“你先等等！刚才你一直说什么雪村、什么幽灵，都是你自己编出来的吧？”

村井似乎极力想打破周围的严肃气氛，努力地堆起笑容说。然而，周围静谧的树林和池水，让他的努力都变成了徒劳。

“村井，前天晚上，你为什么提议我们喝啤酒呢？你是不是想把我支开，然后一个人待在家里？你明明知道我是不喝酒的，而且你也很清楚我家里没有酒。你让我去买酒，是想争取一点儿时间在我家里找东西吧？”

“我干吗要那样做？”

“大概我家有什么东西是你在意的吧。那天夜里，闯进暗房、偷走胶卷的是你吧？你把我支开，然后在家里四处寻找。暗房在二楼的一角，而那里保存的正是按日期整理好的胶卷，所以你很快就找到了你要找的那一卷。”

“有人看到吗？”

“有的。趁我不在的时候，你在暗房里发现了你要找的东西，而那时雪村就站在你身后。你那时一定以为家里就只有你一个人，但实际上还有一个。雪村一开始也不清楚你在干什么，但当她看到你找的胶卷日期时，就一下子明白了。然后，她就把拍摄那张照片之后的第二天的报纸找了出来，就是这张。她昨天拿出来之后，一直放在外面。”

我拿出旧报纸，上面写着前一天中午在眼前这个池塘里，发现了一具大学生的尸体，那就是关于村井的朋友死去的报道。

“警方认为，那个大学生是喝醉酒后，掉进池塘里淹死的，事件就此结案。但真相恐怕是你让他喝多了酒，然后你把他推进池塘里去的吧！事情发生的前一晚，你跟他吵架了，那次的争执就是你的杀人动机吧？”

在他的注视下，我感到十分痛苦。面对唯一的好友，我却不得不说出这样的事实。我开始诅咒自己的命运，而我的心正在滴血。

“你有证据吗？”

我拿出了照片，是雪村拍的。我将照片和留在暗房里的胶卷，还有第一次来伯父家看房子时的照片做了一番对照，然后找出一张大概是被偷走的胶卷里的照片，拿了过来。

那是一张池塘附近的风景照。早晨美丽的阳光令人心旷神怡，池塘边停靠着一辆外形可爱的轿车。很明显，雪村就是以这辆轿车为背景拍照的。

“你从暗房里偷走的那卷胶卷，她早就冲洗出来了。你看，上面十分清楚地显示着你的车，连车牌号码都看得很清楚。从阳光照射的角度来看，时间是早晨，正是喝醉了的大学生掉进池塘的时候。在附近拍照的雪村碰巧拍到停在一旁的汽车。你知道她拍照的事，更担心她如果察觉到照片的实际意义，会把照片公开。毕竟你跟朋友吵架的时候，其他朋友都在场看着，若有人问你：朋友在水里快要淹死的时候，你怎么不救他？难道就在一旁看着吗？你也回答不上来。所以，你无论如何都要取回胶卷。”

村井注视着我的脸，一言不发。

“之后的这些话，可能是我的误解，但也先请你听完。村井，那天早上，你跟踪雪村回家，知道了她的住处。几天后，你找机会来到她家，拿出凶器在大门口恐吓她。其实你的目的只是取回胶卷，但雪村吵闹起来，根本不听你的，于是你只好刺死了她。行凶的时候，你可能是戴着太阳眼镜或其他什么东西，所以在你跑到暗房里找东西前，雪村也没有意识到你就是杀她的凶手。”

我的胸口很闷，不知不觉中，竟然流了很多汗。

“刺死雪村之后，你逃掉了。因为当时没有目击者，所以你没有被捉到。你可能只是担心留在她家里的胶卷，但警方在没有注意到胶卷的情况下，就断定雪村的死是被强盗所害，你总算松了一口气。因为这时已没有人会注意到那张可以将你和你好友的死联系在一起的照片了，所以你也没有必要再大费周章地去找胶卷了。而且，雪村家的周围还时常有警察巡查，你也不敢贸然采取行动，因为那样目的就太明显了。就在这个时候，我搬进了这个家。当然，起初你跟我接触可能只是出于好奇，但也可能你一直怀着某种侥幸心理，等有一天进入我家里，可以在里面自由搜寻的时候，再去找那卷胶卷。尽管别人能够领悟到胶卷实际意义的可能性已经很小，你还是希望能够完全销毁自己犯罪的证据。你最后也没能抵抗住这种想法。”我觉得嘴很干，口很渴，“村井，我并不清楚你对你死去的朋友到底是抱着怎样的感情。至少，那时在车上听你讲起他时，你是十分悲伤的。如果你真的为自己的所作所为后悔，还是去自首吧！也正因如此，我才叫你来，跟你谈这么多。”

“不要说了，你想得太离谱了……”

他说完就站了起来。

我腿上放着的包包里又传来小猫的叫声。

“村井，你还记得我们一起去找小猫那晚的事吧。那时候，我是这样问你的：‘之前的住户留下的一只猫，我留下来养了……是一只白色的猫。村井，你有没有看到？’你是这样回答的：‘刚才倒是看到一只褐色的野猫，但是没看到白色的小猫。’”

“那又怎么了？”

“我当时也没有立刻反应过来，原因是尽管后来小猫长得很大了，在我心里也还觉得它是‘小猫’。可是，当时我只说了我家的‘猫’，并没有提到‘小猫’，你还是将那只走失了的猫称为‘小猫’，这又是为什么呢？我想这是因为在猫还小的时候，你见过它。日期就是三月十五日，你刺死雪村的日子。当时，那只猫就在她身旁。那时，你大概对那只小猫的印象特别深刻，所以才不自觉地使用了‘小猫’这个说法。”

村井用透着一丝悲伤的眼神看着我，接着他好像在回避什么似的连连摇头。

“即使照片上的车是我的，也没有证据证明这张照片的日期就是我朋友死的那天。首先，照片上没有日期，即使胶卷上写着日期，也不能确定里面的照片就是当天拍的，说不定还是做记录当天的日期。难道你真的相信所谓幽灵和灵魂的存在吗？”

包包里再次传出小猫的叫声，伴随着的，还有清脆的铃铛声。

“你看，不是很好吗？你已经找到小猫了。”

我打开包包，给他看了看里面，包包里什么也没有。乍看之下好像什么东西都没有，但是把手伸进去后，手掌心似乎可以感到一丝温热。

其实并非真的有触感，只是心里感到一种生物的温暖气息而已。

空空如也的包包里传来小猫的叫声和铃铛声，尽管里面没有发出声音的本体。

“嘿，出来吧！”

于是，那只成了空气的小猫一边摇晃着铃铛，一边从包包里走了出来，来到长椅下方。它似乎在发泄自己长时间被困在包包里的不满，在周围使劲儿地走来走去。当然，这些都是看不见的，只是小猫的叫声和铃铛声将它的位置告诉了我们。

当只从脚下传来小猫的声音，而看不到小猫的身影时，村井重新坐回长椅上，他深深地垂下头，双手捂住了脸。

昨天，邻居太太抱着已经死了的小猫来到我家。她骑着那辆刹车已坏掉的自行车出门时，小猫突然跑出来，她来不及躲开。

我和雪村都很伤心，但就在这时，发生了不可思议的事：小猫喜爱的雪村的旧衣服，本来已经叠好放在房间的一角，但不知什么时候又被拖到地板上了，就好像小猫把它叼到地板上玩过一样。我注意到在旧衣服附近，还有小猫的叫声和铃铛的响声。小猫还是回到家里来了，尽管它和雪村一样，身影已经不见了……

5

村井没来学校上课已经一个星期了。

清晨，我觉得昏昏沉沉的，很难从睡意中清醒过来。我突然发现窗帘还没有拉开，心里有一种悲哀的预感。

我爬出被子，开始在家里四处寻找。赤脚踩在地板上，我感到浑身冰凉。寂静的家里，只能听到冰箱发出的声音。

突然，房间里又响起小猫的叫声。那声音显得困惑不安，就好像失去了双亲的孩子一样。小猫似乎在屋里四处找寻着什么。我听着小猫悲伤的叫声，心里明白，雪村已经不在这个家里了。

小猫现在大概正四处寻找它的主人吧。对于小猫来说，直到今天，它才真正离开了雪村。

我坐到椅子上，面前是雪村夜里听收音机时的桌子。我坐在那里，一直在思考雪村的事情，想了很久很久。

我知道这一天总会到来的，而且也预想到，自己肯定会有一种特别强烈的失落感。

我明白我的生活只是又回到最初的状态而已。如此一来，我就可以实现我最初的愿望了，我可以关上窗户，在箱子一样的房子里，过独自一人的生活。

这样的话，我就不会像现在这么痛苦、悲伤了。

正因为和别人建立了关系，才会感到痛苦。不和别人见面，便不会有羡慕、嫉妒和愤怒的情感。同样，如果从一开始就不亲近其他人，就不会体会到分别的痛苦。

她被杀害了。那之后，她每天到底在想些什么呢？她可能对自己的命运绝望而痛苦流泪吧？一想到这里，我心里就感到一阵难受。

我一直在想，如果能将自己剩余的寿命分给她就好了。若她能够因此而复活，那我就算死了也在所不惜。只要能看到她和小猫一起幸福的样子，我就别无所求了。

我生活在世界上到底有什么意义呢？为什么不是我，而是她要死去呢？

过了很久，我都没注意到桌上的信封。突然，我像弹簧一样从椅子上弹起来，抓起那封信。那是一个绿色的信封，表面的花纹很朴素，上面写着我的名字，是她的笔迹，署名“雪村沙织”。

我用颤抖的手打开信封，里面有一张照片和一封信。

照片是我和小猫的合照。我和小猫躺在一起，表情显得十分幸福。那恐怕是我到现在为止，看到过的自己最安详的一副表情，而这也是经过她眼睛捕捉和过滤后的作品。

我开始读信。

请原谅我没经你允许就拍了你的照片。对不起，你睡觉的时候，表情实在太可爱了，我忍不住就拍了下来。

像这样正式地写信，我还是第一次呢，有点儿不可思议的感觉。我总觉得我俩在不知不觉中已经有了很多交流，所以没有必要写信了。毕竟你看，我们，还有那只小猫，已一起生活很长一段时间了。

但是，过不了多久，我就要走了。我很想一直留在你和小猫的身边，可是我做不到，真的对不起。

你大概不知道我有多感谢你。我本来已经死了，但又度过了这么多愉快的时光。能碰见你，我真的很高兴。上天真的很好，给我送来像你这样好的礼物。谢谢你。我俩并没有互相给予，也没有互相分担过什么，只是悄悄地待在对方的身边，这样就足够了。对于生活无依无靠，而且已离开了这个世界的我来说，这段日子实在太幸福了。而且，你没有擅自偷看我的房间，也没有将屋子弄得乱糟糟。

小猫死了，真的很遗憾，它可能还不知道自己已经死了。我也是，当初并没有意识到自己已经被杀，还觉得自己过着跟普通人一样的生活。

不过，小猫不久就会意识到自己的死亡，然后它也会离开你。我只是希望那一刻来临的时候，你不要太悲伤。

不管是我还是小猫，都没有认为自己是不幸的。的确，这世界上有太多让人绝望的事情。有时我们甚至会想，要是自己没有眼睛和耳朵该有多好，那我们就可以不用看到和听到自己讨厌的事情了。

可是，这个世界上同样也有一些美丽得让人心动的事物。在这个世上，我一直在观察那些让我感动的东西。每次举起照相机，按下快门的时候，我都在想，我十分感谢上天能让我看到这个世界。尽管我被杀害了，但我还是喜欢这个世界，甚至爱得一塌糊涂。所以，我也不希望你讨厌这个世界。

如今在这里，我想跟你说：看看信中的照片吧！你有一张好看的脸，是这个美丽世界的一部分，而且你也是我真心喜欢的事物中的一个呢！

雪村沙织

一直在房间里四处寻找的小猫，最后还是找不到雪村。它来到我腿边，我尽量用愉快的语调跟它说话，让它高兴起来。

大学已经开始放暑假，没有必要再去学校了。今天我要打扫房子、洗衣服，在这之前，我要先拉开窗帘，打开窗户，让风吹进我的房间。

站在檐廊上，我望着院子，院子里的草木在夏日阳光的照耀下熠熠生辉，天边的云朵正从太阳附近飘过。菜园里的西红柿已经红了，水滴在上面闪闪发光。

半年前，她还活在这个世上。

她脖子上挂着一部大大的相机，在长长的小路上漫步。小道两旁是一望无际的草原，一眼望去，一片绿色。柔和的清风携来花草的芬芳，心情是多么轻松愉快。她的步履像空气一样轻盈，嘴角挂着甜美的笑容，眼睛里还带着孩子的天真。她仰起头来，期待着下一次的冒险旅程。小路伸向远方，一直延伸到蓝天和绿地相接的地平线。

我真的打从心底里感谢她。

尽管时光短暂，但是，谢谢你陪在我的身边。

玛莉亚的手指

引 子

“恭介，接下来做什么？”

“在这儿等我回来。应该会花些时间，没问题吧？”

“好的。”

我结束了对话，从小轿车的副驾驶座下了车。

我穿过停车场，走在大学的校园里。对于还是高中生的我而言，步行穿梭于大学校园里，可是件很紧张的事情。研究室所在的白色建筑，在学校的角落里。我搭乘电梯至三楼，直奔研究室。刚到，我便迫不及待地敲了敲门。

“请进。”

室内传来的便是我要找的人的声音。虽说是节省了找人的时间，可我一想到接下来不得不说的内容，就不由得心中一沉。

我打开门，走进研究室。那个人正在鼓捣电脑，看到我微微一笑，说道：“下午好。”

我瞥了一眼房间，确认没有其他人在场。能够这样一对一地单独谈话是再好不过了。他把空着的椅子转向我，我坐了下来。

那个人一边为我倒咖啡，一边问我今天怎么想起到这儿来了。

“我有事，要和你谈谈。”我回答道。

他的眼里流露出了惊讶的神色。或许是因为我的声音听上去很紧张，让他觉得我有点可疑吧。

他问道：“非今天不可吗？”他似乎马上要赶去和教授见面。

“可是，这非常重要。”我调整了一下呼吸，继续说道，“听我说，鸣海玛莉亚并不是自杀身亡的。我知道凶手是谁……”

说完，我便目不转睛，紧紧地盯着眼前那个人的双眼。

九月十七日，夏天刚结束的那个夜晚，我仍记忆犹新。那天傍晚，我撞见了佐藤在棒球社的活动室里抽泣。他是比我小一岁的学弟，我们就读于同一所初中。气氛有些尴尬，我刚一脱下运动服，他便慢慢地站起身，向我说道：“铃木学长，今天晚上来放烟花吧。”我答应了。回家之后，等到晚上八点，我便出门去大原陆桥。

走到水田和堤防的偏僻地方，便是大原陆桥了。JR[1]贯穿整座城市，陆桥也就从这一座丘陵，跨向另一座，连接起了各个山丘。

1　Japan Railway，日本轨道公司。

大原陆桥旁正巧有一片空地，是个放烟花的好去处。

我在桥上和佐藤会合后，便想打电话叫姐姐也一起出来。这个时候，姐姐应该已经下班，正开着她的小轿车回家。

“叫你姐姐一起来放烟花吧。”

但是，正当我告诉她地址的时候，她却突然挂断了电话。可能对于姐姐而言，这个时间去大原陆桥是一件非常愚蠢的事情。这恐怕是因为前些年，那里有个年轻人跳轨自杀了。

高速行驶中的列车直接从那个年轻人的身上碾了过去，血肉四溅，一片狼藉。大原陆桥附近本就少有人居住，几乎没有过往车辆。连一个能够阻止自杀者的人都没有，这里的确是个和死亡极为相称的地方。自那之后，大原陆桥传出了有幽灵出没的谣言。一到晚上，更是丝毫不见任何人的踪影。

事后想想，姐姐不愿意来放烟花是一个明智的选择。因为佐藤带来的烟花全部受了潮，没有一个能点着火的。我和佐藤只能放弃，两个人肩并肩坐在桥边，荡着双腿，看着天空。可天上乌云密布，星星和月亮一概不见，四周一片黑茫茫的。几乎没有过桥的车，所以，就算直接坐在桥上也没有问题。

“从这里跳下去的男人，究竟是抱着怎样的心情啊……”

佐藤抬头观察了一会儿天空后，突然哭了起来。因为四周一片漆黑，我看不见他脸上的任何表情。

“学长，那不是我干的。可老师说那家伙前途光明，所以就干脆让我来做替罪羔羊……”

“大家其实都知道。”

“原来如此……”

他听上去仿佛是在说：那样的话就更糟糕了。

在棒球社活动室里吸烟而引起骚动的罪魁祸首，变成了佐藤。与其找其他人，倒不如让曾经是不良少年的佐藤来顶罪，听上去更有说服力，也能保住棒球社的名声。老师嫁祸给佐藤，还保住了未来有望成为王牌选手的二年级队员。

“学长，我原本是那么喜欢老师……”他痛苦地抽泣道。

我无言以对，只能抱着自己的双臂，背对着他躺下来。他的话，我已经不想再听下去了。我闭上眼，脑海中徘徊旋转的净是十年前的自己。佐藤的抽噎，酷似当年母亲过世时，向姐姐哭诉时的我。

“学长，我想我这辈子都不会再相信任何人了。”

“我觉得，那是个明智的选择哦。”

我回答道，脸颊紧贴着冰冷的桥面。根本不相信人是我的绝活。在他终于发现那个有效的生存策略之前，我内心住着的外交官就已经推行人皆不可信的政策了。

黑暗中，我感觉佐藤站了起来。

“要准备回去了吗？”我起身问道。

铁路尽头，列车的灯光闪烁逼近。大原陆桥的周围，因为皆

是一眼望不到尽头的水田,所以即便从很远的地方,也能看到列车。而佐藤则站在栏杆旁，双眼凝视着远处的光点。

从车窗里透出来的灯光，点点相连，划破黑暗的列车仿佛变成了一串会发光的念珠,沿着我和佐藤脚下的道路，“轰隆轰隆”，呼啸而过。那些光在桥下，忽暗忽明，而佐藤的脸，则若隐若现。

佐藤这个学弟和鸣海玛莉亚没有任何关系。若要勉强说有的话，或许，也就是那电车通过大约一分钟后，鸣海玛莉亚的身体被碾成了无数的碎片吧。

1

“玛莉亚是个很特别的孩子。”姐姐紧攥着手里的手机和饭勺，抽噎道。

“那个孩子只要从椅子上站起身来，打个喷嚏，周围人的视线就一定会聚焦到她的身上。不单是男孩子，就连女孩子甚至老师也会这样呢。”

“那是中学时候的事情吧？”

“嗯，因为到高中我们就分开了。”姐姐说道。

失去血色的双唇，仍不禁微微颤抖着。

我回到家的时候，姐姐刚刚才从朋友那里听说了鸣海玛莉亚的死讯。紧接着，我便从心情尚未平复的姐姐口中得知了她的死讯。

“我很冷静哦，恭介。”

姐姐可能是正准备做饭的时候接到电话的吧。她仍然紧紧握着饭勺和手机，说要去鸣海玛莉亚死亡的那个等等力陆桥。

“姐，今天还是别去了吧！”姐姐在玄关处准备换鞋时，我阻止道，“刚才我回家的途中其实看到了……不过当时，我并不知道那个人就是鸣海……”

回想起自己方才看到的景象，我就下定决心，绝对不能让姐姐靠近那个地方。就算去了，也毫无意义。姐姐听从了我的劝告，又回到了厨房。姐姐坐下后，我伸手想去把她手里的饭勺给抽出来，可姐姐就是不放手，好似那勺子粘在了她手上一般。

在我得知鸣海玛莉亚的死讯后，一个小时过去了，平静一些的姐姐开始说起鸣海玛莉亚的往事。

“在课堂上，大家不是都和自己关系好的人组成一个小团体吗？像是派系之间的争执，多少也会发生。但是，那个孩子，她不属于任何一个团体。并不是被刻意冷落，而是那个孩子就像一颗小石子，在每个小团体里游走，简直就像是派对上的主人一样，每一张桌子逐一巡视过去。她总是游刃有余地穿梭于同学们组成的各个小团体之间。如果有她感兴趣的话题，她就在那儿停留一会儿；若是没有，她就立马起身挪到下一个圈子那儿去。总之，既可以说她是属于所有的团体，也可以说她不属于任何团体。我完全做不到像她那样，我觉得自己就像一块笨重的石头，只能和朋友绑在一个固定的地方。和我比起来，那个孩子就像在各个石块的缝隙之间随意流动的液体一般的存在。”

按照姐姐的意思，似乎任何小团体都很期望鸣海玛莉亚能够加入自己的对话。也正因如此，她无论加入了哪个圈子，大家都会因为过于紧张而不能好好聊天。

“真是个厉害的人呢。”

“那个孩子只要一出声，大家就都闭上了嘴巴，侧耳聆听她要说的话。因为是小时候的玩伴，所以那个孩子常常来找我搭话。大家可羡慕我了呢。”

我也尝试着挖掘记忆中的鸣海玛莉亚。最久远的记忆，是小学时候的了。因为两家人挨得比较近，所以每次放学的时候，我们总是一起回家。鸣海玛莉亚一个人走在前面，我和姐姐跟在后面。

有一次，在放学回家的途中，鸣海玛莉亚指向河，想让大家一起下水。于她而言，也许只是玩笑罢了。可是，有个一年级的男孩真的走进了河里。他的表情我至今仍记得，恐惧、不安全然不见。男孩只是照着鸣海玛莉亚的话，一步一步，走向河中心，水几乎都要淹过他的脖颈了。

若不是姐姐在千钧一发之际奔过去，一把将他拉上来，他恐怕已经死了吧。鸣海玛莉亚就那样看着全身湿透的姐姐和那个男孩从河里爬上来，面无表情。那时，我小学一年级，姐姐和鸣海玛莉亚上六年级。

我起身去开冰箱。

“对了，恭介。”

姐姐暂时放下了手里一直攥着的那传来噩耗的手机，把它放在了桌上。

“怎么了？”我一边问道，一边打开冰箱拿出大麦茶。

“没什么。就是告诉你牛奶已经过期有一段时间了，你要注意点。大麦茶的话就没关系了。”

说罢，姐姐把饭勺挡在自己嘴巴前，又啜泣了起来。悲伤重重地抹在姐姐的脸上，我想她已经毫无心力再冲出去了吧。我从厨房起身，回到一楼自己的房间里，关上门，往床上一倒，扯过枕头捂住自己的嘴，把在姐姐面前克制住的悲痛，哭着嘶吼了出来。

九月二十日晚上，棒球社的活动结束后，我走出校门。在去公交车站的途中，遇到了佐藤。他因为棒球社的那件事情被强制退学，在学校里已经再也见不到面了。这是自那之后，也就是鸣海玛莉亚死后的第三个夜晚，我第一次和他说话。

“所以，那时候死掉的人，是铃木学长认识的人，是吗？”佐藤在摇晃的车厢里哽咽道。

明明有空座位，我们二人却呆站在那儿，望着车窗外。绿色的水田像是地毯一般，看不到尽头。

“没怎么说过话。是姐姐的朋友。”

“但是，总是见过几次吧。”

“嗯，差不多吧，那也是小学时候的事情了。”

列车驶过轨道接缝，“咣当咣当”，一声又一声，传入耳中，富有节奏感的声音不禁让我涌上一股浓烈的睡意。那声音就仿佛被母亲拥在怀里，有着让人安心的魔力。夺走鸣海玛莉亚生命的车轮会发出这样的声音，也未免太温柔了些。

车厢里突然暗了下去，又倏地一下亮了。想必是经过大原陆桥了。

“就快到了呢……”佐藤紧张地低语道。

我望向车头的方向。透过车厢的玻璃窗，一节又一节的车厢左右摇摆，蠕动向前，我感觉自己仿佛站在肠道里。

距离放烟花的大原陆桥十几千米的住宅区里，还有一座等等力陆桥。如果把水田比作大海的话，大原陆桥就在海上，而等等力陆桥就是岛屿。两座桥都十分宽阔、坚固。

列车宛如细针从等等力陆桥的下方穿过。窗外倏忽暗下去，又瞬时亮了起来。就在那一刹那，我站在了鸣海玛莉亚死去的地方。鞋底下面是车厢，再下面是车轮。而在那之下，是铺好的轨道。就在那里，她被碾过，如同烟花一般支离破碎。

等等力陆桥的栏杆，不过是刚齐腰的高度而已。要越过那个栏杆跳下桥肯定非常简单。听说，在那座桥上找到了她的鞋子和一封遗书。市区里不过就只有两座陆桥，因为鸣海玛莉亚的死，两座桥都变成了死亡之地。我攥着车厢里的吊环，默默地想起了她死去的那个晚上。

搜集她破碎不堪的尸体，持续了一整夜，直到第二天早晨。

穿着制服的工人们沿着铁路，来来回回地找。在等等力陆桥的沿线两侧，都拉起了高高的铁丝网，禁止行人踏入。我正隔着铁丝网，看着工人们作业，附近巡逻的警察劝我早点儿回家。

“那个，没想到是认识的人啊……”

“嗯……”

车窗外，居民楼和参差不齐的建筑飞快地向后掠去。等等力陆桥附近不远的地方十分繁华，有不少便利店和弹珠店。那些商店恰好就在铁路沿线的铁丝网背面，一间间整齐地排列着。

录像带出租店的墙壁今早还全是白色的，而现在，二楼的部分被涂成了蓝色。明天可能会继续涂剩下的地方吧。听说，是因为铁路沿线的建筑墙面都被溅上了鸣海玛莉亚的血，无一幸免。哪怕现在，如果仔细找找屋檐和墙根，或许还能发现她的血迹。

我看到了车窗外我的家，就在铁路旁。不到一分钟之后，列车便开始减速。待车停下后，我和佐藤道了别，便下了车。

出了闸口，我沿着铁路走回家。途中，几根锈迹斑斑的路标突兀地矗立着，还有几辆已经不知道被锁在那里几个月的自行车。夕阳的余晖把隔离铁路和马路的铁丝网投影到地面，好像蛇的鳞片一般。整条道路看上去，就如同一条蛇。

回家的路上，我其实经常和鸣海玛莉亚擦肩而过。离我家几步之遥的地方有所理工科大学，她每天从家里走路去上学。从车站回家的我和从大学回家的她，其实每一天都有可能遇见彼此。

鸣海玛莉亚恐怕并没有注意到，经常与她擦身而过的我，其实是她的朋友铃木响的弟弟。虽然小学的时候，下课后大家一起玩过几次，但是过了几年，我的外貌也有了变化，她应该认不出来了。

一年前，高一的夏天，第一次在路上偶遇鸣海玛莉亚，我马上就认出她来了。她蹲在铁丝网边，正在抚摩一只白色的流浪猫。那只猫因为不亲近人而远近闻名，却在鸣海玛莉亚的手指下任其挠首，还十分惬意地半眯起了眼睛。我默不作声，从她身后走过。走了一阵后再回头看时，她已经消失了，仿佛蒸发了一样。只有那只白猫还蹲在路边，抬头望向她消失的地方。

从大学回家的途中，她只要见到那只猫，就一定会去和它打招呼吧。这一年里，我已经撞见过好几次了。只要在家附近看到那只白猫，我就会不由自主地想起鸣海玛莉亚，然后忍不住会喂它。

到了家门口，我正要从口袋掏出钥匙开门的时候，发现门是开着的。玄关处放着姐姐的鞋，原来是姐姐下班回家了。

“恭介，先别换衣服。穿着制服就行。”

我在厨房接了一杯水喝。穿着丧服的姐姐走过来说道：“今天回来得早呢。”

“嗯。”

姐姐慢慢地拉出凳子缓缓坐下。

“因为要给那个孩子守夜……”

姐姐听上去好像生病了一样，无精打采的。她纤细的身体完全瘫在了椅子上。

“你也要一起去哦，恭介。”

“知道了。”

我一边回应着，一边把杯子里的水倒掉。

我就穿着制服，和姐姐一起，往鸣海玛莉亚的家走去。太阳已躲了起来，四周一片昏暗。

自小学和姐姐一起拜访过之后，这还是我第一次去她家。那个时候，姐姐无论去哪儿，都会带上我。父亲上班之后，不能把我一个人丢在家里。同母亲分开后，父亲并没有打算再婚。我和姐姐深爱着父亲，可两年前，他遭遇了车祸，我们从此阴阳两隔。父亲过马路时，被一辆闯红灯的车给撞死了。自父亲去世之后的两年，这还是我们第一次悼念某人的死亡。

鸣海玛莉亚的家是一栋很大的独栋别墅，许久没有去了，我发现天花板比记忆中的矮了一些。我们穿过身着丧服的人群，向鸣海玛莉亚的父母致意。她的棺木就放在和室里。

我刚一走到棺木前，一阵莫名的恶心就涌了上来。

这个箱子里，真的放着鸣海玛莉亚吗？

这个问题在脑海中挥之不去。我想告诉自己，是的。但是，我没有办法看到棺木里的她究竟是什么样子的。

三天前的晚上，我透过铁丝网，看到她的尸体还没有被找全。实在很难想象被碾得支离破碎的她，是如何被装进眼前这个小盒子里的。已经找到全部了吗？说不定还有遗漏的部分不是吗？那些问题，我无法直截了当地向她悲痛欲绝的父母询问。

“铃木小姐。”

从鸣海家出来的时候，一个女性的声音叫住了我们。我和姐姐同时转过身去，在漆黑的街道深处，出现了三个身着丧服的人。两男一女。我完全不认识，他们应该是姐姐的熟人。

三个人都面色苍白，特别是两个男人，看上去面如死灰。姐姐面色沉痛地走向他们，说起了什么。直觉告诉我，包括姐姐在内，他们四个人应该经常和鸣海玛莉亚在一起。

“我先回去了。”

说完，我便转身离开了。然而姐姐叫住了我，想把我介绍给他们，我强行拒绝了。回到家，我在客厅里看了会儿电视。中途姐姐回了一趟家，原以为她要回房休息了，但她换了一身衣服又出门了。看上去，像是和朋友通宵聚会去了。

独自一人的我便看起书来。书看完了，也接近要关电闸的时候了，姐姐还是没有回来。我从窗口望向后院，寥寥几棵树还有杂草，狭小拥挤。再往远处，就可以看见沿着铁路两侧那张开的银色铁丝网了。

鸣海玛莉亚死去的那座等等力陆桥，距离我家不到一千米。

听说，陆桥旁边的铁路被鲜血染红，因为温度较高，血液还冒着热气。我家倒是丝毫没有被她的血溅到，搜集鸣海玛莉亚尸体的工人们也没有到这里来过。

院子里树影斑驳，吹来了阵阵凉风。树叶沙沙作响，突然，一声猫叫钻入了我的耳朵。

是与鸣海玛莉亚异常亲近的那只猫，它到院子里来了。因为我总是喂它，所以它时不时地就会出现在那儿。白猫扭动着纤长的身体，像蛇一样穿过茂密的草丛，踱了过来。不知从何时起，我总觉得，那只猫就像鸣海玛莉亚的孩子一样。本以为那只白猫会因为她的死而伤心，可它却一脸若无其事的样子，活得好好的。

黑暗中浮现出了白色的猫脸，看到它的那一刹那，我回想起了姐姐说过的关于鸣海玛莉亚的事情。夏日的某一天，姐姐醒来看向窗外，发现客厅窗户外有一个大西瓜。西瓜上贴了一个信封，姐姐拿起来一看，发现是鸣海玛莉亚写的信。那是中学时，姐姐和鸣海玛莉亚吵架后的第二天。信里的内容好像是请求和好。

我是很久之后才听姐姐提起那件事情的。我虽然完全蒙在鼓里，但还是隐约记得，以前某一天，餐桌上突然出现了从来不吃的西瓜，有些莫名其妙。

从客厅出去就是院子。我穿上拖鞋，想靠近那只猫。我踩在草地上，猫并没有要逃跑的意思，而是瞪大了眼睛，抬头看着我的脸。据我所知，这只向来不给人好脸色看的白猫，只会亲近她和我。

车窗内亮着灯的电车，横穿过我的眼前。因为即将进站，车速慢了下来。车窗内的灯光从铁丝网那里穿过，照亮了猫的双眼，它湿润的眼球看上去熠熠生辉。

我时常会想象，初中时代的鸣海玛莉亚在夜里抱着西瓜来我家的情形。她是一放下那个大西瓜，就立刻逃走了吗？明明没有见过当时的情景，可她的身影却总是萦绕在我的脑海中。就像是某种诅咒，这两年来，她一直盘踞在我的心头。

我弯下腰看着白猫，心想，重要的人总会一个接一个地从我的眼前消失。在大原陆桥上并没有理会佐藤说的话而躺在桥上时，那冰冷的触感又爬上了我的脸颊。鸣海玛莉亚究竟为什么要自杀？我竟连她寻死的动机都毫无头绪。

在列车的灯光中，白猫垂下了眼睛。它吐出鲜红如血的舌头，舔着它脚边的东西。这只白猫常会把不知从哪里捡来的东西带到后院，拿来给我看，不知道今天它又给我带来了什么东西。我随即蹲下来，察看它的脚边。随着忽暗忽明的光线，“咣当咣当”的列车声敲打着我的耳膜。白猫小心翼翼地舔着的，是一个细长的白色棒状物。在我发现那是一根手指头的瞬间，列车已然驶过，黑暗随即笼罩了后院。

第二天是九月二十一日。上课时，我完全听不进老师的声音。到了傍晚，一天的课程结束之后，我并没有参加社团活动，而是直接去了理科教室。

确认四周没有人看到之后，我就悄悄地溜进了教室。角落里放着一个老旧的架子，上面摆满了大大小小的玻璃瓶。我从中挑选了一个最小的。那是一个同罐装果汁一般大的圆柱形玻璃瓶。

瓶子里盛满了透明的液体，一只青蛙浸没在其中。青蛙的肚子被剖开，内脏裸露在外，看上去完全不像任何地球上的生物，只是一团奇怪的肉块。青蛙的内脏之所以没有腐烂，依旧保持着亮丽的色泽，全仰仗于浸泡着它的透明液体。这种叫作福尔马林的液体，是用约百分之四十的甲醛溶液加上酒精制成的。虽说我不是很爱念书，但这种在图书馆里就能查到的知识，多少还是知道的。

我将浸泡着青蛙标本的玻璃罐放进书包，在没有被任何人看到的情况下，偷偷溜出了学校。在搭公交车回家的路上，睡意让我哈欠连连。昨晚，我满脑子都是那根手指，迟迟无法入睡。

当捡起白猫面前的手指时，我想过应该立刻报警。那铁定是鸣海玛莉亚的手指。她挠猫脑袋的手指，深深地烙印在我的脑海中，这个形状漂亮的手指一定就是她的。

但是，我却迟迟无法下定决心打电话报警。就在这时，姐姐回来了。慌乱之中，我把那个手指塞进了桌子的抽屉里。

待姐姐睡着后，我用铝箔纸把鸣海玛莉亚的手指包好，放进冰箱里。之后，我并没有回自己的房间，只是蹲在厨房里，听着冰箱发出低沉的声响。

可能是机械老化了吧，冰箱里传来“嗡嗡”声。虽然这声音以前就听见过，但在当时，那听起来就好像她的手指在敲打冰箱时发出的声音。

最终，我还是没有报警。如果我打了电话，只怕那根手指也会和她其他的部分一起被化成灰烬。与其那样，不如让我多点时间，来好好欣赏她那白皙美丽的手指。

到家时，姐姐还没有下班回来。我走进厨房，从书包里拿出从学校偷来、泡着青蛙标本的玻璃瓶。我想在姐姐回来之前完成。可能是因为我太急躁了，不料一失手，玻璃瓶砸到了地上。瓶子边缘被砸出了一道细微的白色裂痕，好在瓶子并没有裂开。

我把瓶子放在料理台上，打开了瓶盖。顿时，一股胶水般的刺鼻气味迎面扑来。福尔马林易挥发，所以必须尽快处理。我用汤勺将青蛙挖出来，避免手直接碰触到液体。

青蛙一被我扔到料理台上，就摔了个粉碎。福尔马林似乎可以凝固蛋白质，所以青蛙的肢体都硬化了。拿出青蛙后，瓶子里就剩下透明的液体了。为了避免液体挥发，我先将瓶盖拧紧，随后从冰箱里拿出了鸣海玛莉亚的手指。

打开铝箔纸，白皙的手指映入眼帘，放在手掌上几乎没有重量，只觉得冷得像块冰。我端详起自己手心里的白色手指。距离意外发生已经过去四天了，可手指表面依然光滑，并没有明显的腐化。

我无法辨别那是右手的手指还是左手的，但可以确定的是，这不是大拇指或者小指，看不出来是其余三根手指中的哪一根。这手指如一根小的树枝一般细长，关节部分微微弯曲，杏仁状的指甲覆盖着指尖，指根的断面还看得到肌肉组织和骨头。

手指的侧面有一处深蓝色的污垢。仔细一看，我发现上面似乎是粘到了油漆，不知道是在哪里粘到的。不过，我用指甲一抠，油漆立刻就掉了，手指变得非常干净。

看着鸣海玛莉亚的手指，我想起了母亲。试图找个理由吧，却想不出个所以然来。她俩长得也丝毫不像。或许，鸣海玛莉亚身上有着某种能让人想起自己母亲的特质吧。

我听姐姐提起过。她在念初中时，有一次和鸣海玛莉亚走在路上，看到一个迷路的小孩在哇哇大哭，好像是一个还没进幼儿园的小朋友。那个孩子一看到鸣海玛莉亚，就一边哭喊着“妈妈”，一边朝她走去。后来，姐姐和鸣海玛莉亚就带着那孩子去找孩子的母亲。一路上，小朋友都紧抓着鸣海玛莉亚的手不放。她们最终找到了那孩子的母亲，但她长得和鸣海玛莉亚完全不像。

后院传来了列车飞驰而过的声响。我轻柔地握住了鸣海玛莉亚的手指，就好像紧紧地攥住了她的全身。

十年前，母亲和出轨的对象一起离开了家，自此消失了。两年前父亲过世时，她却再次出现在家里。

母亲似乎有意和我们修复关系。她流着泪，说会反省自己十年前犯下的错，并不断地向我们道歉。面对许久未见的母亲，除了礼貌上打个招呼，我着实想不出还能如何反应。拥抱也好，握手也好，都太难。十年前的伤口仍隐隐作痛，母亲的眼泪不禁让我怀疑。

那会是真心的吗?

面对潸然泪下的母亲，我又不禁质疑起人性，产生了这个疑惑。好在这些话别人听不见，只是在我心中不停回荡。

或许是这个缘故，我才没有把鸣海玛莉亚的手指上交给警方。我也是个和母亲走散了的孩子，如同那个迷路后紧紧握着鸣海玛莉亚手的孩子。我虽十分了然自己这样的心理，却始终无法放开她的手指。

我又一次打开了玻璃瓶。福尔马林有强烈的杀菌效果，只要浸没其中，她应该就不会腐败，永远保持白皙光滑的状态。就在我将手指放进瓶子里时，我突然发现她的指甲上有一道白色的痕迹。

那是一条形状怪异的白色痕迹。从左到右，笔直地横穿过她的指甲表面。看起来，像是用圆珠笔画上去的。我把脸凑上去看个仔细后，却发现那并不是画上去的，似乎是某种东西直接插进了半透明的指甲里。

我盖上瓶盖，从缝纫箱里拿出一根针，刺进她的指甲内侧。我左右来回地挑动针尖，将那看起来像是一道白线的东西给挑了出来。我挑出来的是一条白色的线屑。

我十分纳闷，这条线屑怎么会留在指甲里呢？如果线屑是在她生前跑进去的，想必会非常疼。说不定是在她从等等力陆桥上跳下去的那一瞬间跑进去的。

总之，我先将鸣海玛莉亚的手指放在桌子上，然后继续思索关于这条线屑的事。或许，在跳下陆桥之前，鸣海玛莉亚因为恐惧而紧紧地攥住某种纺织品，有可能是手帕，或者衣服，什么都有可能。当她用力的时候，指甲可能钩住了那个布制品的纤维，线屑就刚好嵌进了指甲里。这也不是没有可能。

真的是那样吗？

不信任人的我又产生了怀疑。这个总是怀疑人的习惯不单针对其他人，就连对自己，我也无法相信。

一个决意要自杀的人，会因为恐惧而紧握住某种东西——这种假设难道不矛盾吗？

我个人以为，自杀者之所以会选择死亡，是因为死亡可以带来解放和宽慰。因此，其中必然存在着某种矛盾。

那么，线屑究竟是在什么样的情况下跑进指甲里的？

我打开玻璃瓶盖，将宛如一根轻盈的小树枝般的手指扔进液体里。只见其静静地下沉，直至瓶底。我已经选了最小的玻璃瓶，但和手指比起来，瓶子还是显得太大了些。荧光灯的光线穿透瓶身，射入液体，投射在横躺在瓶底的鸣海玛莉亚的一部分肉体之上。她将永远不会腐烂，永远保持那样，指向某个并不存在的方向。

我凝视着瓶中的她，心里浮现出某种假设。

她可能是被某个人推下去的。在跌落的那一瞬间，她抓住了某种东西，线屑就是在那个时候跑进了她的指甲里，诸如此类……

2

“铃木，今天又不参加社团活动了？昨天你也没来吧？你在忙什么呢？”

正要走出校门时，我被棒球社的朋友给逮了个正着，对方还问个不停。我当然不能说昨天我逃了社团活动，跑去理科教室偷福尔马林，便笑了笑，和他道了声“再见”就走了。

我之所以参加棒球社，完全是受姐姐的影响，她喜欢棒球。练习并不怎么辛苦，而且人只要一运动，就可以忘掉不愉快的事情。但是，我对棒球这项运动谈不上有多喜欢。我所需要的，就是一个可以打发时间,又可以和姐姐有共同话题的社团活动而已。说起来，自从捡到鸣海玛莉亚的手指后，我都还没有和姐姐好好地说过话。也许，是因为我觉得自己做了坏事。我不时提醒自己，要表现得更自然一些才行。

我穿过闸口搭上列车时，太阳已经开始西斜。列车的窗户外，是一望无际的稻田，如同麦浪一般，在日暮的余晖下波光粼粼。水田宛如一面面镜子，映照出那鲜红的落日，紧紧跟随着列车向前进。不久之后，列车穿过大原陆桥，缓缓驶向鸣海玛莉亚死亡的等等力陆桥。

据说，鸣海玛莉亚当时是落到了铁轨上。有个爱凑热闹的人表示，曾听到司机在意外发生后接受警方侦讯时这么说。警方判断，她可能是从铁桥上跳下来的时候，头部撞到地面，气绝身亡。随后，来不及刹车的特快电车便高速碾碎了她的身体。

难道，果真如警方的判断那样，她是自杀的吗？或者说，是像我昨天推测的那样，是他杀？一整天，我的脑海里都充斥着这个问题。

我重新想了想，只因为线屑跑进她的指甲里这一点就认定是他杀，未免太草率了些。天才蒙蒙亮，我就感觉，其实一切都只是我的妄想。

不过话又说回来，警方又是如何断定她是自杀的呢？

我在脑海里不断地问自己。

那还用说？铁定是因为有亲笔所写的遗书。

我在脑海里如此回答道。

可是，我并不知道那封遗书里究竟写了些什么。

那封遗书，有没有可能是其他人伪造的呢？

我心想，在找出凶手之前，必须先查出那封遗书里的内容。

若是我能在遗书里窥见其他人的影子,就一定可以断定是他杀了。

列车径直穿过等等力陆桥后，我发现车窗外有一个很眼熟的男人。

我背着书包，在摇晃的车厢里抓着吊环，从眼前一闪而过的风景中猛然捕捉到了他的身影。他就站在铁丝网的旁边，注视着鸣海玛莉亚死去的地方。他是前天晚上在为鸣海玛莉亚守灵后和姐姐谈过话的三个人之中的一个。这个男人的脸色比起其他人更为惨淡，因此我印象尤为深刻。

这是天赐良机啊，我心里想着。鸣海玛莉亚的朋友可能知道她的遗书内容或者自杀的动机。她的死亡，无时无刻不在牵引着我去寻找真正的答案。

心绪一下子回到了十年前，如出一辙。当时，我曾开口问离家出走的母亲：“为什么要丢下我们？”她没有回答，沉默着就那样消失了。我暗自下决心，下次一定要问出一个所以然来才行。

列车一到站，我立刻下了车，走出闸口，沿着铁路，经过我家门前，继续走向等等力陆桥。与铁路和公路垂直交接的陆桥，从铁丝网上方跨过。那个男人仍然站在原地，双手扶在铁丝网上。

真的要问他吗？他会不会怀疑？

怀疑人类的特质，让我颇为抵触与陌生人接触。

少啰唆，给我闭嘴。

我暗自骂了自己一句，便朝他走去。

他的个子高高瘦瘦，身穿衬衫和牛仔裤，配上一双破旧的运动鞋。衣服还有鞋子又皱又脏，给人的第一印象就是寒酸。杂乱的胡须爬满整个下巴，完全看不到年轻人应有的活力，想必他已经好几天没好好吃饭了。

就在我看着他的时候，他突然爬上铁丝网。铁丝网有整整五米高，但是他三两下就爬了上去。他越过铁丝网，跳进了铁轨，银色的网面“锵锵”作响地晃动了起来。

我吓了一跳，错失了和他搭话的最佳时机。他低着头，沿着鸣海玛莉亚丧命的铁轨向前走去。铁丝网与轨道之间的距离很窄，若是列车来了，他可就有生命危险了。

我鼓起勇气，走近铁丝网和他攀谈起来：

“你也想自杀吗？”

他诧异了一下，抬起头看向我。只见他的脸上血色全无，面颊瘦削下凹，看起来活像个患有不治之症的晚期患者。他盯着我，数秒后才好像发现了什么似的，开口说道：“你……是恭介……”

“你认识我吗？”

“前天，你来过玛莉亚家。”

他的声音仿佛从洞穴里传来一般，虚弱无力，若有若无。

“那你呢？”

“我是和玛莉亚同一间研究室的同学，叫 Yoshikazu[1]。”

“Yoshikazu 先生？”

“那是我的姓，不是名字。”

对应的汉字应该是“芳和”吧？我琢磨着几种可能的汉字组合，同时劝说道：

“那里非常危险。”

站在铁轨上的他眯起了眼睛，无力地笑道：

“万一电车来了，我肯定会逃命的，现在我没有去死的打算。”

他的视线又落回到地面，继续在轨道上走着。我也配合着他的脚步，在铁丝网的另一边，和他并肩往前走。

“陆桥上的花束，是芳和先生放的吗？”

“我准备了一些玛莉亚喜欢的花。”

他抬起头来。这时，一趟列车正从远方缓缓驶来。因为还有一段距离，看起来还只是一个黑点。

“前来参加告别式的另两个人，也和鸣海小姐是同一个研究室的同学吗？”

“是的，我们四个人是同一个班级，同一个研究室的好朋友。请转告你姐姐，仍然欢迎她到研究室来，尽管玛莉亚已经不在了……”

1　姓氏芳和的罗马音。

突然，芳和先生在铁轨之间蹲了下来。列车的声响越来越大，可他似乎完全不放在心上，直直地看向枕木和轨道之间的缝隙，好像在找什么东西。

“你在干什么？”

“我找一下东西。”

“找什么？”

“玛莉亚的手指。”

芳和先生仍然蹲着，抬头盯着我，脸色就好像被下了毒一样，惨白发青。

“手指？”

他没有作声，只是站起来开始爬铁丝网。他才刚离开铁轨，列车便发出轰鸣声，从他身边呼啸而过。

“走在铁轨上果然很危险啊！”

他喃喃地说着这个连小孩子也知道的常识，向前走去。陆桥下停着一辆小轿车，他朝那辆车走去。

“你说的手指，到底……是怎么一回事？”

“玛莉亚的遗体少了一根手指。警方给她母亲解释说，可能是因为被车轮碾过，所以根本不成形了。但是，我觉得可能是掉在哪里了吧。”

芳和先生站在车旁，视线仍望向铁轨。

“如果要找的话，还是要在晚上……”

“找手指？”

“晚上没有列车，那时候应该比较方便找东西。对了，恭介，你在附近有没有看到过一只白猫？”

“没有……”

“玛莉亚好像会在这附近逗猫。我带了些猫粮，本来想着，如果找到那只猫，就顺便给它喂些东西吃。”

他拿出钥匙，打开驾驶座的门。我扫了一眼车里，后座上有个购物袋，里面好像放着猫粮。

“你和鸣海小姐，你们的关系，比较亲密吗？”

芳和先生犹豫了一会儿，回答道：“嗯，算是吧……”

“能和那样的人如此近距离地接触，应该会让人非常羡慕吧？我听姐姐说的，她可是个风云人物。”

“她只要走在学校里，任何人都会停下脚步看着她……说实话，其实我自己也想不明白她为什么会和我交往。”

“鸣海小姐在大学的时候，给人一种什么样的感觉？”

芳和先生并没有回答那个问题。

“发生什么事了吗？”我追问道。

他摇了摇头。

“我先走了。”

他坐进车里，关上了门。结果，我还没有提到遗书的事情，他就已经开走了。

他离开之后，我在原地停留了一会儿，思考了一阵子。冷不丁地出现一个寻找手指的人，让我惴惴不安起来。这时，警车从前方慢慢开了过来，我便掉头走回家。

吃晚饭的时候，我和姐姐说起，遇到了那个名叫芳和的男生这件事。姐姐一边吃着我做的简单料理，一边应道："噢，是吗？"家里约法三章，每三天由我做一次饭。

"他说，那天来参加告别式的人，其实都是研究室里的朋友。"

"大家都受到了很大的打击呢。"

理工科的学生只要一升上四年级，就会以同班同学为单位，几个人一组，分别被分配到不同的研究室去。姐姐时常到鸣海玛莉亚的研究室去，所以和那边的芳和先生等人比较熟。我常听姐姐提起，理工科的课程多到让人连睡觉的时间都没有。

在很偶然的情况下，姐姐高中时代的同学也在那间研究室里。所以，虽说她是外人，可待在那里却毫无隔阂感。高中毕业之后立刻就业的姐姐，对我们附近大学的内部情形可是知之甚详。

"芳和先生看起来怎么样？"姐姐一边吃着饭，一边问道。

我说："他看起来非常憔悴。"

"那不叫憔悴，我觉得他本来就是这种死气沉沉的样子。跟那个人很像。"

"跟谁？"

“那个在《奇天烈大百科》[1]中出现的复读生。叫什么名字来着？不是三世，也不是尖什么的……”

“勉三？”

“对对，就是那个。我觉得他俩那种阴沉的感觉简直一模一样。就连背景也差不多，都是出身乡下，还做过一段时间复读生。”

按照姐姐的说法，芳和先生的年纪要比她和鸣海玛莉亚都大上两岁。我犹豫着是否要告诉姐姐，他正在找鸣海玛莉亚的手指。最后，我还是选择了保持沉默。

“我吃好了。”

姐姐把餐具拿到厨房去。就在二十四小时前，我才把碎掉的青蛙尸体冲走。姐姐放下杯子。“对了——”她回头对我说，“芳和以前是鸣海的男朋友。很意外吧？”

那天晚上，我查到了大学研究室的电话号码。本以为不会有人接听，没想到他们几个人都在。为了查出遗书的内容和鸣海玛莉亚的个人资料，我必须和她亲近的人对话才行。这也是判断鸣海玛莉亚到底是自杀还是他杀最为稳妥的方法。

1　原文日语是《キテレツ大百科》，是日本藤子·F.不二雄的漫画作品，连载于儿童漫画杂志《儿童之光》（1974 年 4 月号至 1977 年 7 月号），单行本共三集。后来陆续被改编成电视动画、游戏、电视剧。

“是老天的惩罚哦。”三石小姐隔着铁丝网，久久地看着铁路，低声说道。

已是入夜时分，可冷峻的月光还是将鸣海玛莉亚丧命的地点照得明亮刺眼。

“老天的惩罚？”我不动声色地歪了一下脑袋。

她更正道：“嗯，这样说或许有点不太正确。鸣海是因为无法承受那种罪恶感，才选择了结自己的生命。”

她的身高和我差不多，但身材十分纤细，看起来简直像根细针一样。她环抱着双臂，凝视着铁轨。那眼神就如同数学老师，冷峻严肃。她跟鸣海玛莉亚还有芳和先生，隶属于同一个研究室。

快凌晨四点了。

“就三石小姐看来，鸣海小姐是个什么样的人？”

她满脸谨慎，斟酌着自己的用词。

“给我的感觉是……一个扭曲的神明。你从你姐姐那里，应该已经看过鸣海的照片了吧。那个人，美丽得让人战栗。光是看着她，就会让人感到害怕。连同样身为女人的我，在研究室里每次和她擦肩而过，都不禁会有这种感觉。长相出众的女人随处可见，可鸣海，与众不同。”

三石小姐收紧了抱着自己的双臂。夏天才刚结束，迎面吹来的风并不凉，可她看起来却很怕冷的样子。

“一般人看到美女，都会目不转睛吧。可很多人看到鸣海的时候，都会不自觉地把目光移开，仿佛看到了什么不该看的东西，而且会直冒冷汗。每个人看到她后，都有不一样的反应。有人极为崇拜，也有人觉得可怕，想避开她。我也不知道这种不同的反应究竟是什么原因。为什么会怕鸣海呢？这纯属我个人的猜想，那种感觉可能和做了坏事的孩子不敢正视父母的脸是一样的吧。我……很害怕……”

“对了，听说她同芳和先生在交往，真的吗？”

姐姐提起的这个八卦听起来一点也不可靠。三石小姐却点了点头。

“好像是的。他们是很特别的一对情侣，是不是？你看芳和先生那副德行。完全是两个极为不同的人，他们二人在班上造成的冲击堪比原子弹爆炸呢。在他和鸣海交往之前，这四年来可从来没有人听到过芳和先生的声音。”

听说芳和先生自从入学以来，就几乎没和别人交流过。他是为了念书才考的大学，一下课就立刻回家，完全不和任何人说话。

“根据我个人的判断，芳和先生是我们班上最不受欢迎的男生，没有同学想和那样的人搭话。去年年末的时候，鸣海也不知道是怎么了，竟然主动找他搭讪。那之后，他才终于成为班上的一员。但我并不认为鸣海对他是认真的。要我说，我完全无法想象那个人会爱上任何一个人，虽然这么说是有些对不起芳和先生。”

她的视线，隔着铁丝网，紧紧跟随着怀里的手电筒灯光。还有一道光则是芳和先生的。末班车已经结束，在首班列车尚未发车的这段时间里，铁轨上是安全的。

“鸣海是个不应该存在于这个世界的女人。中间哪里弄错了，才会被一个人类的母亲生下来。在很偶然的情况下，她以人类的面目示人。不知道对她来说，这个人世间到底是个怎样的地方。想必，是个很无趣的地方吧。所以，她才会做出那种事……”

“什么事？”

“那件事发生在她大学二年级的时候。她为了打发时间，热衷于玩弄身边的男人。她根本不需要特意说什么，那样的美人，只要稍许他人接近自己，任何一个男人都会心花怒放。她没有任何目的，也并不喜欢男生。就算有人送她首饰，她转身就会送给其他朋友，她都不愿意把收到的礼物留在自己身边哪怕一天。就算玩弄人，她的脸上也丝毫看不出高兴。终于，这导致一个男生上吊自杀。你敢相信吗？因为他没有留下遗书，所以学习负担太重居然成了他自杀的缘由。但知道内情的人都很清楚，那个男生是中了鸣海这个人的毒，最后把自己给逼死了。他臣服于鸣海，无条件满足她所有的要求，倾其所有，最后却只捞到鸣海玛莉亚无情的拒绝而已。”

三石小姐的语气听上去似乎和鸣海玛莉亚并不是那么亲近。虽然算不上是明显的敌对关系，但两个人之间似乎也从没擦出什么友情的火花。不过据我所知，小学六年级时的鸣海玛莉亚也从来不会和自己的好朋友手牵手说笑的。

“应该就是从那个男孩子自杀以后，她才停止这种愚弄别人的游戏。可是，她的罪孽并没有因此而消失。刚刚我说的老天的惩罚，指的就是这件事。我想，可能是因为自己干过的事，经过一段时间的酝酿发酵，让她产生了巨大的罪恶感吧。最终，她选择从陆桥上跳下来。”

“所以，那个上吊自杀的男孩，就是鸣海小姐自杀的理由？”

“对。在她留下的遗书里，提到几句他的事情。”

请告诉我遗书的内容。

正当我要问出口时，一道手电筒的灯光从铁丝网另一头打断了我们的谈话。

三石小姐和我同时眯起眼睛，回头找光线的来源。待适应这灯光之后，我们看到了土屋先生，他拿着手电筒站在铁丝网的另一头。

“不行，不可能找得到的啦！”土屋先生看上去疲惫至极，抱怨道。

“好刺眼，别照了！”

三石小姐面露怒色，土屋先生便将手电筒朝下。他体格健硕，比我和三石小姐都要高出两个头之多。

“你们刚才在聊什么？”

“鸣海的事。”

“她的事？”

“我正在和他解释鸣海是个多么可怕的人。”

土屋先生一言不发，开始爬铁丝网。因为他的体重，铁丝网严重变形，让我不禁怀疑这道铁丝网是否会直接被他压垮。

“鸣海小姐真的是一个可怕的人吗？”

我向跳到地面上的土屋先生确认道。三石小姐告诉我的那些关于鸣海玛莉亚的事，姐姐之前从没提到过，恐怕姐姐是不愿意说朋友的坏话吧。

“鸣海确实让人感觉有些怪。不过，她也有她的优点。做实验时，她经常帮大家倒咖啡。那家伙，会像这样，用两只手小心翼翼地捧着杯子拿过来。”

土屋先生嗓音低沉。他一边用两只手做出捧着鸡蛋的样子，一边说：“我还从没见过有人这么慎重地端咖啡的。”说完，他回头看向铁丝网，拿手电筒示意还在铁轨上的芳和先生。

“我先回学校去了。”

“我知道了，请把手电筒放在那边。”

芳和先生好像被灯光晃到了眼睛，说完又低头找了起来。看来，他似乎打算在首班车发车之前，不停地找鸣海玛莉亚的手指。

“要回去了吗？”

土屋先生的脸棱角分明，他点了点头：“明天轮到我做研究报告，得回去准备一下。”他把手电筒放到地上，回头看着三石小姐，“你呢？要走回学校吗？从这里走回去可要三十分钟呢。”

三石小姐可能是搭他的便车，从大学来到等等力陆桥的。

“你没有驾照吗？”我问她。

“有啊，只是没有车子。因为缺钱，所以就把车给卖了。这个月卡刷得太多了。等一下，我也要回去了，让我搭个便车吧。不过先等我一下，我要到那边去买包烟，马上回来。”她指着前上方说道。

等等力陆桥越过轨道和铁丝网，横跨过黑夜。在桥的尽头有一家通宵营业的便利店。沿着铁轨旁边走，就可以拾级上到陆桥，走到那家便利店。只见三石小姐朝那头跑了过去。

“三石小姐刚才说鸣海小姐不像是人类，是真的吗？”

我向靠在铁丝网上的土屋先生问道。

“别太相信那家伙说的话。鸣海玛莉亚再怎样也是个人……至少有一半是。”

“一半……”

“她是个很特别的人哦。接二连三地做出让人无法预测的事，譬如阻止霉菌繁殖。”

“霉菌？”

“我们做过那种实验。在扁圆形的容器里铺上一层薄薄的洋菜粉，相当于霉菌的生长田。可是，只有鸣海的洋菜粉上没有长出霉菌。实验的条件都跟其他学生一样啊，唯一不同的，就是她曾经把那个容器放在手上，一直盯着那层洋菜粉。”

他一脸仿佛想起什么可怕事情的样子，告诉了我这件事。土屋先生与高中时候的姐姐是同级生。机缘巧合下，姐姐在大学研究室这个角落里，居然与初中时代的同学鸣海玛莉亚，以及高中时代的同学土屋先生巧遇。

“你姐姐还好吗？”

“现在应该已经睡着了。”

“我经常听她提到你。听说，你是棒球社的候补队员？”

“真是多嘴……”我一边想着姐姐，一边喃喃地说道。

土屋先生微微一笑。可那笑容随即就变成了忧伤，隔着铁丝网注视着芳和先生。

“你真的觉得，鸣海的手指是掉了吗？”

听土屋先生的语气，他似乎不希望手指被找到。

“要是掉了的话，是哪根手指头？是右手的，还是左手的？”

“这个嘛……躯体损坏的程度相当严重，根本搞不太清楚，因为她的尸块散落了一地。不过，少了一根手指头倒是真的。芳和是听鸣海家的人这么说的。我反而觉得很奇怪啊。你想，列车的轮子可能会将一根手指头碾到连原形都看不出来吗？而且，就算真的找到那种东西，捡回来又能怎样……不过，芳和认定她的手指一定就是掉在了某个地方。”

“我可以问你一个奇怪的问题吗？”

“什么？”

“那封遗书里，她都写了些什么？”

土屋先生沉默了一阵，以低沉的嗓音回答道：

“只有一句话。‘我承认自己有罪，鸣海玛莉亚。’就只有这么一句话，简单地用圆珠笔写在备忘纸上。我觉得这的确像是她的作风。”

“这封信是写给那个上吊的男孩的吧？”

“大概是吧……”

土屋先生露出了复杂的表情。

“怎么了？”

他本来想说些什么，但似乎突然间改变了主意，紧紧闭上了嘴。

“久等了。”

三石小姐回来了。

土屋先生和她一起走向停车场。铁路沿线的马路不宽，只能容纳并排两辆车。土屋先生的车就停在距离等等力陆桥稍远一些的铁丝网旁，他开的车比姐姐的小轿车大一号。

目送他们两人离去，我的脑海里不停地思索着遗书的内容。因为内容很短，所以很容易记住。就这么简短的内容而言，我觉得这封遗书很可能不是鸣海玛莉亚自己写的，而是有人逼她写下来的。待土屋先生和三石小姐离开后，我又回到了等等力陆桥。

芳和先生手上的手电筒灯光，在黑暗中左右摇晃着。我捡起土屋先生之前用过的手电筒，翻过铁丝网来到铁路上。我一直就只是看着这道网，翻进来倒还是第一次。自己仿佛正站在一条无尽走廊中间，两面的墙壁不断朝我压过来。

“你还不回去睡觉吗？几个小时后就要去学校了吧？”

我走近芳和先生，他低着头问道。声音同白天时一样，憔悴，没有丝毫的活力。

“我也来帮忙。”

我将手电筒打向地面，开始发挥寻找手指的演技。芳和先生停下了动作，看着我，大概觉得我是一个奇怪的家伙吧。

守灵那天，我并不想和与鸣海玛莉亚生前有来往的人扯上任何关系，但我心里一直担心着为了她的手指而一直在铁轨上来回搜寻的他。

“听说你和鸣海小姐交往过？”

我一边演着戏，一边问他。

“算是吧……玛莉亚她，应该也可以接受这种说法吧。”

芳和先生停下脚步，抬头望着头顶的那片虚无。他的视线沉没在寂静的夜色里。

“我们一边用玻璃滴管将药品滴进试管里，一边聊着各种话题。我们两个人都是比较孤僻的人，不懂要怎么出去玩。一个月看一次电影就已经足够了，而且以我的经济能力，也负担不了看电影之外的事情。那让我一直觉得很羞愧。”

“跟鸣海小姐说话不会紧张吗？”

“没有跟她说过话之前，会紧张，甚至只要和她在同一间教室里就会直冒冷汗。但是某一天之后，我突然就不再紧张了，不可思议。”

“不再紧张了？”

“或许，是她消除了我的心防吧。当时，大概就是去年年底的时候，我还在犹豫到底要选择哪个研究室。我父亲从乡下过来看我，我就带他在市内逛逛。结果，遇见了玛莉亚。之前，我从没有同她说过话。不过，她似乎认识我。她居然把我这个连班上的聚会从来都没有参加过的人记得那么清楚，真是厉害。不过，我还是觉得很难为情，因为我是那种不想让别人看到自己父母的人。”

“令尊是一个怎样的人？”

“他一辈子务农，几乎从来没有离开过九州的乡下，所以满口都是九州的方言。我很担心会被玛莉亚嘲笑，突然焦虑了起来。她同我们打过招呼之后，不知道为什么，竟然就跟在我的后面。那时候，我觉得她简直莫名其妙。我带着父亲参观了旧城和大文豪投宿过的旅馆，她则在一旁认真听我讲解。事情就发生在我们三个人准备找个地方吃饭的时候……”

他们正准备过马路，突然，一辆车闯了红灯，朝他们冲过去。

“我父亲和玛莉亚都站在我前面。情急之下，我只能从背后推了一把父亲，将他推倒在地上，避免他被车子撞到。而玛莉亚则是一动也不动，就呆呆地站在原地。”

“你没有帮鸣海小姐？”

“是的。因为事情发生得太突然，我根本来不及多想，下意识地就选择了救我的父亲。而对玛莉亚，我什么也没有做。她之所以没有发生意外，只是因为车子在最后关头，勉强避开了她。事后，我听说，其实车身擦到了玛莉亚的衣袖。等车子开走之后，我依然保持着推倒父亲时的姿势，心虚地回头望向玛莉亚。心想，她一定会鄙视我对她见死不救。可不知道为什么，她只是看着我，脸上露出了满意的笑容。我实在不明白，她才刚刚与死神擦肩而过，怎么还能做出那样的表情？总之，从那天起，也不知道为什么，我就能自如地和她说话了。”

之后，分配研究室的时候，她好像有意跟随芳和先生，选择了和他一样的研究室。

“我跟她的故事，到此为止。”

说完，他再度把视线拉回地面，开始往前走。我也学着他，继续我的表演。手电筒的灯光扫向地面，金属的铁轨和枕木在灯光中一闪而过。

“你为什么坚信她的手指掉了？”我看准时机问道。

“因为没找到戒指。”

“戒指？”

“没错。在所有找回的遗骸中，并没有我送给她的戒指。”

“你送过她戒指？”

“虽然我的经济条件不允许，但我还是买了。到处都找不到那枚戒指。我还问过她的母亲，她的房间里好像也没有。唯一的结论应该就是戴着戒指的那根手指还落在某个地方。”

“鸣海小姐死的时候，也戴着那枚戒指吗？”

“我不知道。但是，如果到处都找不到，那么那根戴着戒指的手指就一定是掉到其他什么地方去了……”

他又沉默了，仿佛躲进了自己的世界里。直到首班列车发车，他都没有再开过口。我们就这样一言不发，来来回回地在铁道上找。一直到天亮，我们才离开了玛莉亚死亡的地方。在同芳和先生告别的时候，或许是因为过度疲累，他的眼睛看起来有些混浊。就如同三石小姐所说，他绝对不是那种受人欢迎的类型。我一路打着哈欠回到了家，准备去学校上课。

放学回来吃晚饭的时候，姐姐问我：“听说，你今天凌晨去陪芳和先生找手指头了？”在过去的十二个小时里，她应该和那三个人中的某个人通过电话，或者发过短信吧。

“夜里我想去一趟便利店，结果发现他们全都在铁轨那里。

我只是去和他们随便聊一下而已。对了，比起那个，姐姐也知道芳和先生在找手指吗？”

“嗯，知道一些。”

“那芳和先生为什么执意要找到那根手指？”

“倒也不是不能理解他的心情。”姐姐将筷子含在嘴里，陷入了沉思，“芳和先生，他好像打算在大学毕业之后，就和玛莉亚结婚。”

“结婚？”

我大吃一惊，对我而言，结婚可是一件非常遥远的事情。原来到了大学四年级，这件事就已经进入考虑范围了啊。

“因为他们两个人都很少提起自己的事情，旁人也根本不知道他们是不是交往得顺利。不过，芳和先生给玛莉亚送戒指好像是真的，但从没人见过实物。”

虽然听闻他们二人正在交往，但他们的感情到底发展到什么程度，或者平时都聊些什么，却完全没有人知道。看来，姐姐和研究室里的其他人，都是在鸣海玛莉亚死后，才听说芳和先生送她戒指的事。

“所以，是订婚戒指喽？”

“听说他们做过这样一个约定：下次约会时，如果玛莉亚戴上那枚戒指的话，就表示答应求婚；如果没有，就表示她不想结婚。”

但是，原本要约会的那天，却成了鸣海玛莉亚的忌日。晚上十点,芳和先生仍然在某家店里等她,而她却早在一个半小时之前，就已经命丧黄泉了。

“在告别仪式上，我听他提起过关于戒指的约定。他说，就是因为这个，所以他必须找到玛莉亚的手指。”

芳和先生深爱着鸣海玛莉亚。所以，若是没有找到戒指，就会让他质疑她对自己的爱。

因为鸣海玛莉亚其实是有前科的。

“对芳和先生来说，寻找手指，就等同于寻找鸣海玛莉亚的爱。他已经找遍了所有可能的地方，依然一无所获。要说还有哪里没找过的话，就只剩下她遗失的那根手指了。”

“万一，那根手指上也没戴着戒指的话……”

“那可能就是送给某人，或者被卖掉了吧。三石小姐也告诫过他：‘她一定是把戒指送给别人了。鸣海玛莉亚就是个这样的女人，你还是快醒醒吧。’”

“姐姐认为呢？”

姐姐垂下目光，把筷子搁在桌上。

“我……不像三石小姐那么肯定,鸣海身上也有很多优点啊。不过,我可以肯定的是,我所认识的鸣海玛莉亚绝不会爱上任何人。那个人,甚至连自己都不爱,可以面不改色地做出特别危险的事情。她曾经走在桥的栏杆上，脚下稍微一滑就会没命，可她依然一脸淡然。就算那枚戒指如今戴在了别人手上，或者是在垃圾场里，甚至被卖给了当铺，我都不会意外。鸣海玛莉亚是无法接受人类的爱情的，因此，她让自己直接从地球上消失了。”

今天早上看到的芳和先生的面孔突然浮现在我的脑海里，我心中隐隐作痛。

和姐姐谈过之后，我心情忧郁，回到了房间。身体疲惫不堪，完全使不上力。我没有打开电视，也没有放任何音乐，只是躲进无声的房间里，从抽屉里拿出了玻璃瓶。

荧白的光线穿过透明的液体，打在了横躺在瓶底的她的手指。她的肌肤白得耀眼，好像自己就会发光似的。指节微微弯曲，看上去仿佛正在敲打着电脑键盘，或是轻轻地按下琴键，弹出清脆的一声。

鸣海玛莉亚在同芳和先生见面前直接自杀了。一个想自行结束生命的人，为何会刻意选择那样的时机？难道，她是想以突如其来的自杀来拒绝芳和先生，还是她的死和那个约定其实毫无关系？

但是，如果是谋杀呢？或许是某个人提前伪造了遗书，在她和芳和先生见面之前，就把她约了出去，然后把她推下桥？

证据在哪儿？一切都不过是你的猜测而已吧。

这个疑问一直纠缠着我。正是如此，我自问自答。没有任何证据，那不过是在听了别人的流言后所产生的臆想罢了。

我依照许多人告诉我的事情，开始一点一滴地拼凑出鸣海玛莉亚的形象。但总是觉得还缺少一个中心点。于我而言，她依然是一个如同朝雾般朦胧的人。

在那一团迷雾中，我只有她的手指。我眼前的这根手指，远比大家口中所描绘的她，具有不可撼动的真实感和存在感。

我端详着玻璃瓶里的手指，向她扔出了各种问题：你为什么死？那枚戒指在哪里？你死的时候，心中爱着任何人吗？而嘴巴和喉咙都被车轮碾碎的她，只能默默地沉在瓶底。

我望着一片死寂的她，心中有了一个推测：如果她的死是谋杀的话，那么和她关系亲近到足以伪造遗书的人就非常有可能是罪犯。

也就是说，我问过话的每一个人，都是嫌疑犯。

3

和姐姐一起吃过晚饭，就躲回自己的房间睡觉，这已然成了我每天固定的习惯。

家里与铁路之间，仅隔着一道铁丝网，所以我经常会被外面列车的噪声吵醒。

直至午夜时分，末班车经过后，一切才又恢复宁静。而一到那个时候，闹钟则会把我从睡梦中唤醒。

末班车之后的夜晚成了我活动的时间。

每天凌晨，我都会溜出家门，前往等等力陆桥帮芳和先生的忙。每天一到深夜两点左右，他就会离开研究室，开着小轿车来到等等力陆桥。他会四处寻找鸣海玛莉亚的手指，短则一个小时，长则三个小时，随后才回家。我只在第一天见到过土屋先生和三石小姐，之后，他们二人似乎无意再帮他找了。不过，有好几次，在大学熬夜做实验的土屋先生会在回家途中带着果汁顺道过来看看。

我之所以接近芳和先生，陪着他找手指，是因为我想从他的口中打探到更多关于鸣海玛莉亚的事情。但是，就算没有这个理由，我也很在意他。

我对曾是鸣海玛莉亚男友的他，怀着一种复杂的心情。或许，是我将他的身影和自己的重叠在一起了的缘故吧。为了她的手指而四处寻觅的他，让我想起了十年前的自己。

母亲失踪之后的那阵子，我久久无法释怀，就在家里晃来晃去，到处寻找她的身影。拉开纸门，见不到她，我的心就下沉一次，然后，再去拉另一扇纸门。就这样循环往复。

“从今往后，你就把我当成妈妈。”

当时，还在读小学六年级的姐姐对我说道。她已然接受了这个事实。那句话让我下定决心放弃寻找。可那时候的心情却依然盘踞在心头，难以忘却。

我们从等等力陆桥的正下方开始找那根手指，朝着鸣海玛莉亚尸骨四散的方向进行。芳和先生连铁轨和枕木之间的缝隙都不放过。每次，只要一发现有反光，他就会急急忙忙地把它捡起来确认。但捡到的，尽是些破碎的镜片和空罐头的拉环。这时，他就把那些东西随手丢到铁丝网外，拖着疲惫的身躯，再度往前走去。

鸣海玛莉亚的尸块不可能散落到等等力陆桥几千米之外。但是，芳和先生为了慎重起见，以陆桥为中心，找遍了超过方圆三千米的地方。他还想着，有可能她的手指滚到铁丝网外头去了。所以，不单是陆桥周围的水沟，他还拨开草丛，甚至跑进别人家的院子里去找。

在一般人眼里，我们的行为实在太反常了。夜里拿着手电筒，走在死过人的铁路上，这种行为实在太偏离正轨。再加上芳和先生看上去一天比一天憔悴，变得越发清瘦，下巴上新长出来的胡楂儿让他更显得落魄，让原本看起来就不太健康的他看上去更为颓废。不知不觉中，他仿佛变成了穿着衣服的行尸走肉。

幸好，附近的居民并没有特别在意这件事。万一有人把我们视为可疑人物而去报警的话，想再进入铁轨可就不容易了。不过，曾经有一次，由于我的不小心，差点有人报警。

要找手指就得先翻过铁丝网，但是握着手电筒爬铁丝网并不是一件容易的事。于是，我就试图先从路边将手电筒扔在铁路上。

凭我在棒球社锻炼出来的臂力，这绰绰有余，再加上铁路与铁丝网之间的宽度远比我想象的要窄。

不巧的是，手电筒越过两道铁丝网，径直飞向了铁路另一头，重重地砸在了那里的墙壁上，“咣”的一声。窗户里随即亮起了灯，看来，屋内的住户被吵醒了。

我跟芳和先生面面相觑，好一会儿之后，才同时行动了起来。原本在铁路上的芳和先生惊慌失措，猛地翻过铁丝网，直奔停在路边的车子，一溜烟地逃离现场。我也飞速地跑回家去。

还好，似乎没有人报警。第二天晚上，我们一切照旧，继续在寂静中寻找手指。我们之间，甚至连一句“昨天真是惊险啊”都没说。自那以后，凡是要翻铁丝网，我总会把手电筒插进裤腰里。

“恭介，虽然我是在守灵那天才第一次见到你的真人，但其实我从玛莉亚那里听说过一些关于你的事情。”趁着找手指头的空当，芳和先生说道。

当时，我们正坐在铁轨上，他在我的斜对面。铁轨冷冰冰的，寒气一丝丝钻进长裤里。

“关于我的什么事情？”

“听说，小学排队放学的时候，你曾经迷迷糊糊地一路跟着玛莉亚回家。”

“啊，那件事啊……鸣海小姐一直都是走在最前面的，所以我总是不明白到底是直接回家呢，还是只能跟在鸣海小姐的后面走。”

我回想起当时的情景，不免觉得有些好笑。可一联想起她，一阵猝不及防的悲伤就扑面袭来。

“怎么了？”芳和先生担心地询问道，“你的脸色看上去不是很好呢，还是赶快回家去吧。来，请起来吧。”

他拉着我的手帮我站起来。我可不想被你说脸色难看，我在心里这样嘟囔着，可还是任由他拉着手朝我家走去。这阵子，我的身体状况变得很奇怪，甚至只要走几步路就会感到头晕目眩。

悠长的铁路看不到尽头，肆无忌惮地向远方延伸，直到融入黑暗之中。脑袋有些眩晕，我无法判断自己的家到底在哪个方向。不过，芳和先生似乎知道，很笃定地带着我往前走。手上传来的温度是黑暗中唯一真实的存在。

我曾听他说起，鸣海玛莉亚解除对他的防备那天，正是他带着父亲闲逛的时候。我想，或许这个叫芳和的人，也是排队放学时走在最前头的那个类型吧。

一开始，我只是打算佯装帮他找找手指的。但当我和芳和先生一起爬上位于铁路沿线的车库屋顶时，我竟然也在黑暗中努力辨别，试图找到她那根本不可能出现在这里的那部分身体。我不由得开始觉得，她好像就伫立在那宛如深渊的黑夜之中。

“找到她了吗？”搀扶着我的芳和先生满怀期待地问道。

“不，没有……”

当我必须给他这样的答复时，我们同时尝到了遗憾的滋味。芳和先生将我放了下来，开始搜索其他的地方。

“你要继续这样找到什么时候？”

芳和先生拨开路边的草丛，我朝着他的背影问道。

“土屋也这样问过我哦。”

“反正就算找到了，她的手指也早就已经腐烂了吧。”

“但是，那戒指是不会腐烂的。”

“不是还不能确定她就一定戴着戒指不是吗？”

“她一定戴着。”

他的语气充满了肯定。

“万一，鸣海小姐把它送给别人了呢？她以前不也做过这样的事情吗？”

“她变了。”

话音刚落，芳和先生就扭头盯着我。由于夜色太深，我看不到他的表情，但他语气中隐含的怒气直叫我喘不过气来。

不，她的手指上并没有戴戒指！

我差点脱口而出，但还是及时捂住了嘴。说真的，他对她的盲目信任实在是太可怕了。

“她后悔了。研究室是她的忏悔室。对她而言，我就是神父。她甚至都无法直视土屋。”

“无法面对土屋先生？”

“那个上吊的男人，其实是土屋高中时代的好友。”

难怪当我问起遗书的内容时，土屋先生曾露出复杂的表情。那就是原因吗？

我白天的生活也发生了变化，我不再参加社团活动，也不再和同学们一起出去。心中对校园生活已然是没有了任何眷恋。一天之中，真正有价值的时光，便是太阳西沉，夜幕升起的时候。

等姐姐睡着之后，我会从房间的橱柜里拿出玻璃瓶，细细端详一番，之后再去帮芳和先生找手指头。只要一回到家，我就知道我们一直以来寻找的目标就静静地躺在那儿，但我依然打着手电筒，在黑暗中仔细搜寻。

已经没有机会再向芳和先生坦白自己捡到手指了。我不忍心看到，当他知道手指上没有戒指后的表情。

毫无疑问，他，就是另一个我。虽然我们彼此的立场和年纪都不同，可当我们一起走在铁路上的时候，我常常能够猜到他在想些什么。

早上照镜子时，我猛然发现自己的脸，不知道从什么时候开始，竟然变得同芳和先生一样憔悴，走起路来摇摇晃晃，脑子仿佛被笼罩在一片雾霾之中，茫然不知所措。不知不觉中，自己的肌肉似乎在逐渐消散，我连站着都觉得疲惫不已。大概是这个缘故，某天晚上，姐姐竟然开口叫我“芳和先生”。

“芳和先生，给你买了咖啡哦。”

当我正在玄关换鞋，准备出发去找手指时，被出来上洗手间的姐姐发现了。姐姐随我一同到了等等力陆桥，看着我和芳和先生一起找手指。随后，她去便利店买了三罐罐装咖啡，递了一罐给我。

“姐姐，是我呀。”

“啊？是恭介啊！天太暗，我看不清楚。”

姐姐惊讶地说道，身体靠向了铁丝网。我们并肩站着，喝了一会儿咖啡。

“喂，你有没有闻过烂柿子的味道？”

姐姐的视线落在了路边整齐的围墙上。院子里的树越过墙围，黑漆漆的树叶争先恐后地生长着。

“我公司前面，有一棵柿子树。一到秋天，地上满是熟透了的果子。果子烂了之后，路上就会弥漫着一股难以形容的甜味。我其实一直很怕那种甜味，明明柿子都已经烂得看不出原形了，为什么还会有这么香甜的味道呢？那是一种浓郁的甜味，泛着香气，却让人头晕、反胃。每次只要一闻到那种味道，我都觉得，那就是死亡的味道。”

说完，姐姐久久地注视着我。随后，她又把视线投向了仍在铁丝网另一头找手指的芳和先生。

在帮助芳和先生的第十个晚上，姐姐驾着她的小轿车带我去大学里玩。那所理工大学离我家很近，步行大约三十分钟。鸣海玛莉亚生前向姐姐借了很多CD，几乎都放在了大学的研究室里。姐姐计划去拿回CD，顺便和大家聚餐，要我也一起去。

我对大学很感兴趣，以前就一直想来瞧瞧。上高二的我也差不多应该开始考虑自己的将来了。我知道，就家里的经济条件，要继续升学是困难了点，不过我姑且把考大学也列为选择之一。

此外，我也很想看看鸣海玛莉亚念书的地方。

坐在驾驶座旁时，我体内突然蹿过一阵恶寒。我擤了擤鼻涕，姐姐马上提醒道："我才刚刚装上的新椅套，可别给我沾到鼻涕哦！""晚了。"我一边回答，一边用手抹掉滴到椅套上的鼻涕。

不明细菌侵入了我的身体，导致我体力一天一天迅速下降，就连坐在椅子上，我都觉得痛苦不堪。一个人在房间里时，我甚至能听到自己的耳鸣声。耳朵的深处回荡着女人撩头发的声音。我觉得自己正在一步步迈向死亡，玻璃瓶里的她仿佛要随时把我拖向某个地方。

姐姐的车驶进校园，茂密的树丛背后是一片高大的建筑群。已经过了晚上九点，周遭已是一片漆黑，只有建筑物里还亮着一盏盏灯，看来仍有许多人在里头。姐姐将车停在停车场里，熄掉了引擎。

"三年前，就是在这里的餐厅，我又见到了玛莉亚。"姐姐一边在校园内走着，一边向我解释，"那是初中毕业典礼之后第一次见到她，所以我有点发怵，虽然之前就听说她进了这所大学。"

看着校园内的大学生，姐姐无限怀念地眯起了双眼。

夜晚的校园里学生不多，倒也不是完全没有。大学和高中截然不同，大学里似乎没有昼夜之分。

那是一栋全新的校舍，里头还有电梯，看着像是家医院。鸣海玛莉亚隶属的研究室就位于三楼。我正在担心外人是否可以擅自进入时，姐姐一点也不在乎，径自打开门，把头探了进去。

“打扰了。”

“啊，今天恭介也一起来了啊！”

我跟在姐姐后头，窥探着室内，只见身穿白大褂的三石小姐在向我们招手。她坐在办公椅上，专注地敲打着笔记本电脑。研究室里只有她一个人，芳和先生和土屋先生好像到别的地方做实验去了。

三石小姐帮我们泡了咖啡，我一边喝着，一边环视研究室内部。大约十个榻榻米大小的房间里摆满了办公桌和实验装置，还有咖啡机和冰箱。三石小姐打开冰箱，找可以招待客人的东西。冰箱里存放着的净是一些贴了标签的试管，看不到任何可以给人吃的东西。

研究室里的办公桌中，有一张是空着的。

“这是玛莉亚生前使用的桌子。”

姐姐站到我身边，说明道。她低着头望着办公桌，桌上堆放了大量的CD，那大概就是姐姐打算拿回去的CD了。我把手搁在桌面上，冰冷刺骨。我闭上双眼，想起了鸣海玛莉亚小巧的指尖。

“恭介，以后是想考这所大学吗？”

三石小姐的声音在背后响起。

“嗯，那要看今天参观后的感觉了。”

我把手从桌上移开，回答道。

“给你一个忠告，千万别念理工科，如果你还想对酒当歌、享受人生的话。”三石小姐挥舞着双手说道。

突然，电话响了，三石小姐抓起话筒。电话旁边摆着笔和便笺。

我想起来鸣海玛莉亚的遗书是写在便笺上的。听说经过笔迹鉴定，遗书确实是她亲笔所写。难道眼前那些纸，就是用来写遗书的东西吗？

“恭介，怎么了？你的脸色很难看，没事吧？”姐姐担心地问道。

我摇摇头，拿起便笺。

“这个东西，一直放在研究室里吗？”

我问接完电话的三石小姐。她露出不明所以的表情。

“这个？嗯，一直都放在这里。对了，鸣海她……”

研究室的门被打开了，芳和先生和土屋先生二人就在门外。

“鸣海怎么了？”

“我只是想到她常在那上面涂鸦。没什么，就这样。”

三石小姐回头看向进来的二人。芳和先生穿着白大褂，而土屋先生则穿着便服。这间研究室里进行的是化学相关的研究，经常要用到药品，所以做实验时经常要穿上白大褂。土屋先生说自己之所以穿着便服，是因为白大褂在不久前弄丢了。

随后，我们五个人一起前往饭馆。姐姐和土屋先生都开车，其他三个人就分别搭乘这两辆车。在餐厅里，主要是我和芳和先生以外的三个人在交谈。

我不时地望着店内的时钟确认时间，待我回过神来，才发现芳和先生也直愣愣地盯着时钟。在我们四目相接时，他那总是满脸倦容的脸上露出了微笑。

原来你也一样啊……

他当然不可能直接说出口，可他的心声早已通过眼神传达给了我。我俩不约而同地想到了经过等等力陆桥的末班车时间。

离开饭馆后，两辆车又一同前往等等力陆桥。已是深夜，大家可以在铁路上随意走动。土屋先生的车刚在铁丝网旁停下，芳和先生就抓起手电筒，开始往上爬。

三石小姐抓着陆桥正下方的铁丝网的一角说："难道不能从这里直接打开吗？"铁丝网那角设有一道门，当初负责捡鸣海玛莉亚尸块的工作人员，就是穿过那道门进入铁路的。平时，都有铁丝加以固定，要直接打开非常麻烦。土屋先生和姐姐回到车上，在各种工具里，分别拿来了钢剪和钳子。

剪开铁丝之后，我们便打开门钻了进去。这是第一次，我们五个人在午夜时分，一同跑进铁路。我们站在鸣海玛莉亚丧命的地方，默默地俯视着轨道。此时，就连在餐厅里滔滔不绝的三石小姐也沉默了下来。莹白的月光一一照亮了五个人的脸颊。白天列车发出的轰然巨响，仿佛凝固在了这刺耳的寂静中。

芳和先生一边照着脚边，一边开始在铁轨上走着。他一如既往地仔细搜寻鸣海玛莉亚的手指。受他影响，我们也开始一边找她的手指头，一边沿着铁轨向前走去。每个人都心事重重的样子。我心想，在沉默的另一端是否存在着鸣海玛莉亚的声音，大家都在侧耳聆听她那静默的声音。

孩子们被动听的笛声吸引，消失在黑暗里。默默地走在铁路上，我肆意想象。我们就像传说中那些跟在吹笛人身后的孩子，也像跟在牧羊人身后的羊群。铁路的前方被夜晚所吞噬，什么都看不到，什么都摸不着，我却隐隐觉得，鸣海玛莉亚就站在黑暗的深渊，铁路的尽头。我专心致志地往前挪去，仿佛要被鸣海玛莉亚带到什么地方去。肉体已经泯灭的她，只留下一根手指，我却执拗地想知道，她到底指向何方。

我是在十月六日，才发现鸣海玛莉亚的真正想法，以及她的死亡真相的。当天是工作日，我一如既往地必须去上课。清晨的阳光透过窗户，洒在姐姐的身上，她正在往面包上抹橘子酱。我离开家走向车站，搭上了电车……但是那一天，我从起床的那一刻起就觉得难受，不时恶心作呕。

从前一天傍晚开始，我的身体状况和脑袋就很奇怪。或许，是因为在等等力陆桥附近的便利店里，偶然碰上了母亲吧。

十月五日的傍晚，姐姐拜托我去便利店买东西。因为没有果酱了，我便将一小瓶橘子酱丢进购物篮里。这时，背后突然有人叫我的名字。

回头一看，只见母亲喘着气，站在我的面前。可能是不敢直接上门，看到我进了便利店才追过来的吧。早已记不得上次同母亲这样面对面，是什么时候的事情了。

她似乎不知道该说什么好，只是看看放着小瓶橘子酱和其他东西的购物篮，又看看我。我们就这样，动也不动地隔着商品架对望。一阵沉默之后，母亲开口说道，我又长高了，她对十年前自己的所作所为后悔万分。母亲的声音十分微弱，好像随时都会消散在空气里。我打量着她，就像观察一只昆虫。

纵使她的确是按照程序离了婚，但对我和姐姐来说，我们被母亲抛弃也是个不折不扣的事实。事到如今，她却告诉我们自己很后悔，不由得让我十分困惑。一路走到今天，我早已视姐姐为母亲，可现在，亲生的母亲却又唐突地出现在我的面前。我实在无法相信，她对我们还有任何感情。

“人是不会轻易改变的。”

“所以，我无法相信母亲。”

姐姐时常会提醒我，而我也有同样的感觉。我朝母亲微微点了一下头，将装有橘子酱等东西的购物篮提到结账台去。付完账，我就离开了便利店，往家的方向走去。回头一看，母亲还站在商店的门口，朝我的方向张望着。在回家的路上，我头痛欲裂，脑海里不时地回闪出方才母亲的脸庞和身影。不知从什么时候起，母亲已经比我矮了，肩膀也比我的窄，头发里掺杂的白发更是灼烧着我的双眼。

我晚饭也没吃就直接躲进了房间。大概是感冒了吧，我只觉得全身无力，脑袋一片茫然，太阳穴抽痛着，仿佛被皮带勒住了。我满身大汗地走到书桌前，从抽屉里拿出玻璃瓶来。我望着瓶子里，鸣海玛莉亚那细长白皙的一部分，依旧沉在瓶底。

我轻轻地拿起玻璃瓶，液体也随之晃动，而沉在瓶子里的她，也像是个有自我意识的生物一般左右摇晃着。她在瓶底转了半圈，指向一个方向。

要是她戴着戒指该有多好！我望着她，心乱如麻。若是这根手指上戴着戒指，就可以让我知道她是爱着芳和先生的。那样，或许我就可以相信这世上所有的一切了。我一定，也就可以接纳母亲的眼泪了。

如今，戒指成了佐证鸣海玛莉亚的心的工具。

而知道结果的，唯有我一人。

一想到这里，我的胸口就仿佛被什么压住了一般，无法呼吸。芳和先生想得到的答案似乎不只关乎他一个人。

我是一个扭曲的人，是个连自己的母亲都无法信任的人。究竟要如何才能知道别人所遮掩的真实想法呢？是通过表情、声音，还是躲闪游离的视线，或者话语？如果一切都是谎言，我要怎么办？万一心脏上被背叛捅出的伤口流血不止，我要怎么办？我已经受够了在家中一个人四处游荡，找寻那早已消失殆尽的母亲的身影。不停地拉开门、关上门，不停地确认房间里有没有人，每个瞬间都让人恐惧。对所有人始终抱持着怀疑的态度，为的就是避免自己再次落得这样的下场。

但是，芳和先生和我不一样。他的想法之所以让人惧怕，是因为他从没有过丝毫的动摇，坚信戒指一定就在某个地方，所以一次又一次，天天走在铁轨上。他为什么会如此无条件地信任她呢？为什么明明没有任何确切的证据，他却可以如此相信一个人呢？

如果知道自己遭到了背叛，他会变成什么样子？我又想起了十年前的自己，还有那个为了鸣海玛莉亚而上吊的男人。她的手指上没有戒指。在知晓这个事实之后，他还会一个人在黑暗之中无所畏惧地寻寻觅觅吗？

我凝视着玻璃瓶中的白色手指，其主人是个不会爱上任何人的女人。手指轻轻摇晃着，企图带我走向死亡。她细长白皙的手指，指向一个暗无天日、被忧郁吞噬的世界。那一定是错觉吧，我竟闻到了一股腐烂的柿子味——一股缠绕心头、让人惶恐的不祥气味。

我拿着玻璃瓶走出房间，坐在玄关穿鞋。正在洗碗的姐姐问我要去哪儿，我也不知道自己回答了什么。回过神来时，我才发现已经来到了等等力陆桥，带着装在瓶子里的她，一起来了。我用力甩了甩装着鸣海玛莉亚手指的瓶子，准备从栏杆那里丢出去。

已经不能再将她留在我身边了，我暗自思忖。再这样下去，我一定会被她牵着鼻子走，最后只能去往她所在的地方。现在对我而言，她究竟是自杀还是他杀已经不重要了。我不能再去担心芳和先生如果找到那根手指的话会怎么样，我只想摆脱鸣海玛莉亚的影子，忘记寻找她的男人，逃到一个不需要和任何人有情感往来的安全地带。

但是，我不能像丢棒球那样直接把她扔出去。我抱着装着她的瓶子蹲了下来，双膝砸到了桥面上。脑袋里仍罩着一层薄雾，视野朦胧地摇晃着。世界上所有的一切都像海面一般左右倾斜，我拼命地抓住玻璃瓶，不让它被扔出去。在旁人的眼中，我一定像个婴儿一般，紧紧地依偎在母亲身边。

路过的警官拍拍我的肩膀，问我怎么了。我抱着沉有鸣海玛莉亚手指的瓶子勉强地站了起来，摇摇头。回到家，我再度将玻璃瓶藏进抽屉里，然后钻进棉被里，忍受着侵入体内、肆意乱窜的恶寒。

第二天是十月六日。

当天是工作日，我一如既往地必须去上课。清晨的阳光透过窗户，洒在姐姐的身上，她正在往面包上抹橘子酱。我离开家走向车站，搭上了电车。但是那天，我从起床的那一刻起就觉得难受，不时恶心作呕。电车内拥挤不堪，没有座位，我便只好在人堆里勉强支撑着自己的身体。我拼命地抓住最后仅存的意识，望向车窗外。车内攒动的人头，让我差点吐出来。

形形色色的噩梦在我钝痛的脑海中来回闪现。我闭上双眼，黑暗里，我看到那根细长白皙的手指像只蛆虫般蠕动着。我把手伸进口袋，本不该在那里面的鸣海玛莉亚的手指兀自出现，钩上了我的手指。我捕捉到一声猫叫，低头看向自己的脚边，只见那只白猫用它鲜红的舌头，怜爱地舔舐着鸣海玛莉亚的手指。可是电车内不可能有猫，一眨眼，它就消失得无影无踪。

我试图摆脱这些噩梦，专注地看起窗外的景色。通过等等力陆桥之前的景色飞快地掠过窗外，各式各样的建筑物背对着铁丝网整齐地排列着，还有刷着深蓝色油漆的外墙。那栋房子应该就是音像店吧。蓝色的墙面从我眼前一闪而过，突然让我想到了什么。

蓝色的墙壁……

映在眼中的那个颜色让我顿感紧张。

蓝色的墙壁怎么了？

我敲打着自己半梦不醒的脑袋，向自己问道。我努力挖掘着记忆深处，迫使自己从脑海的薄雾中扯出一段记忆。那是将鸣海玛莉亚的手指浸泡在福尔马林里之前的事情。她的手指侧面粘着的，是同刚才一样的蓝色油漆。

是电车碾过她身体的那一瞬间，手指飞向半空中，然后碰到那面墙所造成的吗？当时，墙才刚被刷上油漆，还没有干，所以油漆才会粘到手指上。

果真是这样吗？

我再度质疑起自己。

那是不可能的，不是吗？

没错，就是那样。

当时所发生的，就是这样不可能的事情！

电车穿过等等力陆桥。驶入桥洞时，窗外瞬间暗了下去，玻璃窗变成了一面镜子。镜子里，是我，还有一个站在我背后的女人。那个女人紧靠着我站着，奇怪的是，她左手的无名指不见了。清晨的阳光再次射进车厢内，她也不见了踪影。我刚想回头确认背后是否有人，一阵强烈的眩晕感袭来，我倒了下来。眼前一片炫白，四周的骚动也渐渐远去。在昏死过去的那一瞬间，只听到身底的电车传来“咣当、咣当”声，有节奏地震动着。

4

发现身边好像有人，我微微睁开了眼睛。外面的光线透过窗帘钻进房间，非常刺眼。我躺在陌生的床上，身上盖着干爽单薄的被子。从室内的装饰来看，这里应该是医院。可能是心理作用，其实整个房间里只有我一个人。

我叫来护士，向她打听来龙去脉。原来，我在电车里晕倒，被送到医院来了。不久，医生进了病房，将听诊器抵在我的胸口上。医生问道："什么时候开始觉得眩晕的？三餐正常吗？"

"最近是不是才搬进新盖好的房子里？"医生拿开听诊器，追问道。

"我没有搬家。"

我一边扣着病号服的纽扣，一边想着，为什么医生要问这个问题。

"那，你的房间里有没有胶水或者油漆一类的东西？或是把开着盖子的容器直接放在了屋里？”

瞬间，我想起了装有福尔马林的瓶子。

“经你这么一提，我想起来了，我的确弄倒了胶水瓶，胶水渗到了榻榻米里。”

医生并没有发现我在撒谎，他一脸找到答案的表情，点头说道：“我想你是患了 Sick House 综合征[1]。只要保持室内通风，就没问题了。”

检查完后，医生和护士离开了病房。我被留在病房里，思考着医生的话。

我记得听到过“Sick House 综合征”这个词儿。这是由防腐剂、油漆溶剂、胶水、木材保存剂、防蚁剂等所含有的化学物质引发的疾病。尤其是在新盖的房子里，充满了这些化学物质，最容易使人罹患 Sick House 综合征，症状是异常发汗、不安、忧郁、气喘等。

在捡到鸣海玛莉亚手指的第二天，我就到图书馆去找了有关

1　英文是 Sick Building Syndrome，简称 SBS，也称“病态建筑物综合征”。主要起因是建筑物室内的空气污染，导致室内人员出现各种不适症状。常见于装修后的建筑物内，由于通风、换气不足，以及建材中化学物质逸散等，使室内人员出现恶心、全身无力、咽喉肿痛、咳嗽等症状。

化学的书籍，以便了解福尔马林。其中提到过那个病名，甲醛类的福尔马林是引起 Sick House 综合征的化学品之一。

我把青蛙标本带回家的时候，曾经把瓶子掉到地上。当时，瓶口有一道裂痕。因为不影响密封效果，所以我一直没多加理会。现在想来，一定是福尔马林慢慢从裂缝中挥发出来了。因为挥发的量很少，所以我才没有注意到。而且，我每天都会看那个瓶子，同时也一直在吸入那个物质。

“恭介，你没事了吧……”

病房的门被打开，姐姐满脸担忧地走了进来。护士从我随身携带的东西里找到了我学校的电话，学校则打电话到姐姐的公司找到了她。

“听说你在电车上昏倒了，真的吗？”

“嗯。唉，不提也罢。”我一边穿着鞋子，一边回答道。

护士说，如果觉得好一些了的话，就可以直接回去了。

离开医院来到室外，正午的阳光让我头昏眼花。虽然找到身体不适的原因了，但脑袋里还是雾茫茫的感觉。我拖着摇晃的身躯，挪到姐姐的小轿车旁。

姐姐等我坐上副驾驶座后，发动了引擎。

“待会儿去哪儿？”

“那还用说？我先把你送回家，你给我乖乖躺在自己的房里休息。”

姐姐并不知道，我生病的原因其实就在于我那弥漫着福尔马林的房间。

“姐，能不能带我到大学去？”

“干吗？”

姐姐一脸狐疑地歪着头，我还没有编好可以说服姐姐的理由。

“我有很多事情想问大家。”

“很多事情？比如呢？”

“还没完全想好……”

姐姐露出惊讶的表情，盯着我。

我非常在意昏倒之前想到的事情。详细的状况我还不是很清楚，但是我心中已经确信了她的死绝不是自杀。

我必须前往研究室，再和他们聊聊。我要从他们身上打听出更多情报，才能从中找出杀害鸣海玛莉亚的凶手。

姐姐踩下油门，车子开始启动。驶出医院的停车场后，姐姐打了方向盘，朝着大学的方向开去。

“怎么了？还在发烧吗？”

姐姐一边开车，一边确认道。我摇摇头，两眼望向窗外。车子经过医院所在的繁华地段，不久便驶入了四周都是水田的地方。视野开阔的公路笔直地向前延伸，除了姐姐的小车在急速前行之外，路上见不到任何其他的车。稻穗在阳光下金光闪闪，逼得我眯起了眼睛，心里不住地在想，自己为什么非得扮演这样的角色。

为什么是我捡到了她的手指头，还要去追查根本没有人质疑的死因，现在居然还妄想去追查凶手？

这一切都开始于白猫把她带到了我的面前。可仔细想想，那并不是完全偶然的，背后一定有着某种因果关系。

白猫在某个路边找到她的手指肯定是有原因的。它一定知道，那根手指以前那样地疼爱过它。

而白猫把手指送到我家的后院，也是有原因的，我经常在那里喂它吃东西。

那我又是为什么要喂它吃东西呢？

因为那是她的猫。

是我内心深处对鸣海玛莉亚的迷恋，让我被赋予了这个角色。鸣海玛莉亚仿佛发现了她生前我对她的迷恋，所以她死后，仍操控着白猫，命令我去找出杀害她的凶手。这么一想，我便不再彷徨犹豫。

那么现在……

我的身子陷入了副驾驶座里，神经也紧绷了起来。大学离医院并没有多远，不过五分钟的车程。我得对研究室里的那三个人分别提问。为了避免我自己混乱，应该先在脑海里整理一下接下来想问的问题，待车子一到大学的停车场，就叫姐姐留在驾驶座上，我一个人下车去研究室。一对一地交谈应该是最合适的方式。

我决定重新整理一下自己知道的线索。至于我所知道的事情，目前也就只有“鸣海玛莉亚不是自杀”而已。

为什么我会断定她的死因不是自杀？

我向自己提问道。

因为她的手指上粘着油漆。

我回答道。

在被放进玻璃瓶之前，鸣海玛莉亚的手指上一直粘着深蓝色的油漆。我记得自己还用指甲把她手指上的油漆处理干净了。

那个油漆，和铁路旁的铁丝网所在的另一头，那家录像带出租店的墙壁是一样的颜色。

“姐。”

我向姐姐搭话道。

“怎么了？”

“开车经过铁路沿线时，除了录像带出租店之外，你还看见过其他涂有蓝色墙壁的地方吗？”

“怎么突然问这种问题？”姐姐虽然有些疑惑，不过还是在试着回想，“好像，除了那家店之外就没有了吧……”

“那么地面呢？有没有用蓝色的油漆画的道路标志？”

“道路标志？不是大部分都是白色或者黄色的吗？”

“知道了，谢谢。”

说完，我再度望向窗外。

在夏天即将结束的那个夜晚，鸣海玛莉亚的尸体四溅，散布的范围很大，周围的民房墙上都溅有红色的血迹。录像带出租店距离等等力陆桥大约五十米，所以她的血会直接飞溅在店家的墙上并不奇怪。事实上，当晚四处飞散的尸块或许还曾直接溅到那面墙上，接着才落到地上。

但是，鸣海玛莉亚的手指应该是不可能粘到蓝色的油漆才对。

录像带出租店的墙壁，是在她死亡那晚的三天后，才被涂成那种颜色的，也就是我捡到手指的同一天。和佐藤一起搭电车时，隔着窗户，我还看到过那面没刷完漆的墙壁。早上还是白色的墙壁，到了傍晚，也就只有二楼的部分才被涂上了蓝色的油漆。也就是说，她死亡的那晚，墙壁应该还是白色的。

那么，手指究竟是在什么时候粘到油漆的呢？

必须是在油漆被涂上墙之后，到完全变干之前，那段很短的时间里。也就是说，在我捡到手指的那天，她的手指已经粘上了蓝色的油漆。

可她的手指，为什么会在被列车碾过的三天之后才被弄脏？我为什么仅凭着这一点点信息，就直觉认定她不是自杀，而是他杀？我的结论是不是下得太仓促了些？

我又开始质疑起了自己。

手指上的蓝色污垢有没有可能是被白猫粘到的？难道是白猫发现了掉落的手指，在衔到后院来的半路上，碰到了刚刷上油漆的墙壁才弄脏的？

有可能……

若果真如此，那就没有什么可疑之处了。她果然是自杀的，认定是谋杀，纯粹是我自己的臆想罢了。

不，不对！

当天，只有二楼的墙被涂上了油漆。白猫是不可能衔着手指，跳到漆着油漆的二楼去的。墙面没有凸起，也没有可以让猫爬上去的着力点。

那油漆究竟是怎么粘上去的？

恐怕是曾经有其他人碰过这根手指。

其他人？是某个路过的人发现了掉落在地上的手指，于是将其捡起来，并且扔向录像带出租店的外墙？

有可能就是那样的。除了这种可能，我实在想不出手指为什么会碰到二楼的墙壁。如果不是因为列车的撞击而飞散到墙上的话，那就是有人将手指扔了出去，碰巧撞在了刷过油漆的墙上。

这个人为什么要把手指扔出去？话又说回来，这个人发现了手指，甚至捡了起来，却为什么没有直接报警？

之所以没有报警，或许是……

恐怕……是因为这个人就是杀害鸣海玛莉亚的凶手。是不是非得假设有个凶手存在，才能解释手指为什么会粘到油漆呢？

我望着窗外一望无际的田园风光，不由得长吐了一口气。陷入沉思的我，有好长一段时间都忘记了呼吸。

“喂，恭介，要开冷气吗？”

姐姐打开了空调。不知不觉中，我的额头上已经渗出了汗水。

我一边擦汗，一边点点头，心里再一次自问自答起来——

有一个人，在鸣海玛莉亚死后的第三天，把手指扔向墙壁。那个人可能就是凶手。以上纯属我个人的推论，其中还是有不少疑点。

凶手是出于什么动机，把鸣海玛莉亚的手指扔到录像带出租店的墙上？

我想了一会儿，接着回答道。

不对，不是朝着墙壁扔的。凶手是为了将手指丢回铁路上，所以站在铁丝网外，朝里面扔的。可能是因为用力过度，所以手指直接越过了铁丝网和铁路，撞到了铁路另一头的录像带出租店的墙上，和之前我在丢手电筒时发生的意外是一样的。

可是，凶手自己捡到掉落的手指，未免也太过于巧合了吧？难道鸣海玛莉亚的手指原本就孤零零地躺在地上，无人问津，足足三天都没有被人发现？凶手是在路过时，偶然发现了这根手指，所以才想将其丢回铁路上的吗？

不对……在这三天里，可能手指一直被保存在一个只有凶手才知道的地方。

那是怎么一回事？

也就是说，在这之前，凶手一直拿着她的手指。从杀了鸣海玛莉亚那晚开始算起，整整三天，凶手一直把手指藏在身边。凶手算准了警方清理完铁轨，并断定为自杀之后，再企图将手指丢回铁路上。

那凶手又为什么要保留这根手指呢？铁路上到处是鸣海玛莉亚的残骸，凶手为什么只把手指藏起来呢？

不明白……

其他地方也还存在疑点。为什么在鸣海玛莉亚丧命的那晚，凶手可以在四处飞散的尸块中准确无误地找出她的手指？当时现场明明是一片漆黑啊。

如果凶手并不是特意出来找手指的呢？

什么意思？

从一开始，如果凶手就已经把手指拿走了呢？在鸣海玛莉亚的身体被电车碾碎之前，凶手就已经剪断了她的手指。那样一来，就没有必要在散落一地的残骸里找来找去了。

直接剪断？为什么？

我知道了，一定是这样的。鸣海玛莉亚紧紧地抓住了凶手的衣服，所以白色的线屑才会跑进她的指甲里。而凶手为了摆脱她，就直接把她的手指给剪断了。

是发生在凶手将她从陆桥上推下去的那一瞬间吗？事前，凶手根本无法预测鸣海玛莉亚会紧抓住衣服不放啊。而且，为什么就那么刚刚好，手边就有着可以剪断手指的工具？难道凶手还可以未卜先知？

没错，手边就有现成的工具。

但陆桥上哪里来的工具？

不对。也就是说……手指根本不是在陆桥上被剪断的。

什么意思？难道鸣海玛莉亚不是在被人从陆桥上推下去的时候，为了避免掉下去而紧抓住凶手的衣服的？

只能得出这个结论：不是……

那她是在陆桥之外的地方，抓住凶手的衣服的？那会是在哪儿？

举个例子，假设她是被勒死的，能推断出什么？假设鸣海玛莉亚在陆桥以外的地方就已经被人勒死了。因为当时很痛苦，所以她抓住了凶手的衣服。气绝之后，她的手就这样僵住了，紧紧地挂在了对方的衣服上。由于无法挣脱，凶手只好剪断她的手指。

难道真正的死因不是被车轮碾死的？可是，如果是那样的话，颈部应该会留下被勒的痕迹才对。

或许，凶手正是为了掩盖她真正的死因，才故意让她的身体被电车碾得粉碎。凶手在某个地方将她杀害，剪断她的手指之后，就把她的遗体搬到了等等力陆桥上，再往下抛到铁轨上。如果她是被勒死的，凶手就会把她的头部放在铁轨上；而如果是用刀将她刺死的，凶手就会特意把伤口处放在车轮会经过的地方。她被剪断手指的手，当然也会被放在铁轨上。之所以要让她的身体被列车的车轮碾碎,就是为了避免让人看到残留在尸体上的外伤吧。

凶手是为了掩盖他杀的罪行,才把鸣海玛莉亚推下铁轨的吗?

没错……凶手为了营造出鸣海玛莉亚自杀的假象，所以把她的鞋摆在陆桥上，还特意留下一封她亲笔书写的遗书。之前也有人跳桥自杀，所以凶手就模拟自杀者的做法，企图蒙混过关，让所有人都以为这次也是自杀……

车子穿过田园地带，进入一片住宅区。

“可以顺路去一下便利店吗？”姐姐将车子开进便利店的停车场，“我想去买些果汁，你要去吗？”

我摇了摇头，表示我想留在车里。姐姐下了车之后，我把额头抵在座位旁的车窗上，望着外头。不远处，细长的车身正从田园中一穿而过。

那就是把鸣海玛莉亚碾碎的列车吧。听说，那辆车在清洗过后，会重新回到轨道上。一想到碾碎她躯体的交通工具，竟然还会装载着大量的人群通勤、上学，就觉得不可思议。

过了一会儿，姐姐带着两罐果汁回到了车上。她一坐进来，就递来了一罐果汁。

“觉得舒服些了吗？”

“嗯，好多了。”我打开罐装果汁，回答道。

“你在想什么？”

“鸣海小姐的事让我有点……我在想，她的死因有没有可能不是自杀——”

姐姐呛了一大口，差一点将果汁直接喷出来。待重新调整好呼吸后，她脸上露出了极为严肃的表情。

“如果玛莉亚不是自杀，那她是怎么……”

“她是被谋杀的。”

“是谁？”

我摇摇头，那正是我想问的问题。

是谁将她杀害，剪断她的手指头，让她横尸铁轨上的？

如果没有向大家问清楚，就永远无法解开这个谜团。姐姐惊讶地盯着我，随后发动了车子。离开便利店的停车场后，姐姐继续开往大学。

究竟是谁将她杀害，剪断手指头，让她横尸铁轨上的？

这个问题不断盘踞在我心头。

究竟是谁将她杀害，剪断手指头，让她横尸铁轨上的？

究竟是谁将她杀害，剪断手指头，让她横尸铁轨上的？

我一直反复地问着这个问题。

不可能马上就找到答案的！

我脑海里那个好发问的自己制止道。这个问题的答案，唯有在问过研究室里的众人，并收集更多信息之后，才能找到。现在的首要任务，就是尽可能地整理出更多问题，好方便届时向他们提问。

那就问别的问题吧！

谢谢配合。

鸣海玛莉亚是在什么地方遇害的？

不知道。不过应该不是在陆桥上，而是那个有可以剪断手指的工具的地方。杀害她之后，因为身边刚好就有工具，所以凶手才能直接将她的手指切断。

杀了她，并剪断她的手指之后，凶手又是如何把她的尸体搬到等等力陆桥上的呢？

不太可能是背着去的。可能是用车子运过去的。

那么，凶手为什么要把鸣海玛莉亚运到等等力陆桥上？

刚刚应该已经回答过了。因为凶手想借列车的车轮抹去他杀的所有线索。

那么，为什么要刻意选择陆桥？如果是为了消灭证据，任何一个路口或者普通的铁轨不都可以？

能不能不要一再地问相同的问题？我再说一次。那是因为凶手想布置成死者跳下铁轨自杀的样子。几年前，就已经有人在大原陆桥自杀了。所以，如果住在这一带的人听到等等力陆桥上也死了人，或许只会轻描淡写一句：“啊，又是一个！”凶手企图将鸣海玛莉亚的死布置成同大原陆桥相同的又一桩自杀案。

凶手想彻底地让鸣海玛莉亚的死亡被解读成自杀？

没错。不能是任何可疑的意外，而是非把她的死布置成自杀不可。因此，凶手并没有选择把她的尸体放在路口或是其他的铁路上，而是让她躺在陆桥的正下方。

那么，为什么要选择等等力陆桥呢？

…………

在我提出这个问题的一瞬间，我浑身都泛起了鸡皮疙瘩。

“喂，恭介……”姐姐看着前方，说道。

“玛莉亚真的有那枚戒指吗？”

我转向驾驶座，望着姐姐的侧脸。

“芳和先生虽然死命地在铁路上来回寻找，但是好像根本就没有人见过那枚戒指。土屋和三石也都说没见过。你不觉得，说不定根本就没什么戒指吗？”

凶手，为什么选择等等力陆桥？

“啊，对不起，空调太冷了吗？”姐姐看了我一眼，说道。

我正在蹭手臂上刚刚冒出来的鸡皮疙瘩。

“没关系。倒是你，为什么会说她根本没有戒指？”

“因为戒指一直没有找到啊……我觉得你每天晚上去陪芳和先生不太好，劝你别再管那么多闲事了。今晚不允许你外出哦。”

姐姐一脸忧虑地看着我，随后又把视线移回前方。

凶手究竟为什么会选择等等力陆桥，而不选大原陆桥?

没错！如果我是凶手的话，我很可能会把鸣海玛莉亚放在大原陆桥的底下，而不是等等力陆桥。大原陆桥前几年发生过自杀事件。如果想让鸣海玛莉亚的死被完全误解成自杀的话，利用那个地方应该是最合理的不是吗？再加上，大原陆桥附近人烟稀少，是市内所有陆桥之中自杀的最佳场所。

而凶手却选择了等等力陆桥，那实在是个天大的错误。这四周有民房，还有便利店。把车停在铁丝网旁边，再把鸣海玛莉亚的身体搬出来的时候，很可能会被人看到。把她放到铁轨上后，还必须爬到桥上，把她的鞋子摆上去，这么做是不是太危险了？万一被人撞见，一切就功亏一篑了。

凶手为什么不把鸣海玛莉亚直接抛到大原陆桥下，而是在等等力陆桥下呢?

或许，凶手有非得冒这个险的理由。

是什么?

凶手知道……

知道什么?

…………

“姐姐，停车。”

大学已经近在眼前，白色的校舍在阳光下有些晃眼。

“可是马上就到了。”

“没关系，就在这儿停。”

姐姐只好把车停在了路肩。她转头盯着我，满脸惊讶。

“到底怎么了？”

或许是我的表情太过于悲怆，让她感觉有些不可思议。

“我知道凶手是谁了。”我向姐姐和盘托出，“凶手知道那天晚上大原陆桥上有人，所以被逼无奈，只好把鸣海玛莉亚运到等等力陆桥去。姐，我已经没有那个必要去大学了，也没什么问题需要问研究室里的人了。你知道的吧？那天在大原陆桥上的人，就是我和佐藤。杀害鸣海玛莉亚的凶手就是知道我们在大原陆桥的人。”

姐姐熄掉了引擎，车内一片寂静，我们连彼此的呼吸声、衣服间的摩擦声都听得一清二楚。

“当时，我给姐姐打了电话，问你要不要来大原陆桥放烟花。那天晚上，事先就知道大原陆桥有人的就只有姐姐你一个人。所以，就是姐姐，杀了鸣海玛莉亚。”

尾声

我在办公室同老师打过招呼之后，就离开学校准备回家。我在鞋柜前换上鞋子，将刚刚脱下的室内鞋塞进手提袋里。恐怕是再也没这个机会回学校了。

“铃木学长。”

回头一看，原来是佐藤。我已经记不起从什么时候开始，就没再和他说过话了。应该是我捡到鸣海玛莉亚的手指的那一天吧，列车里的对话是我们最后一次交谈。

“你不用上课吗？”

“我逃课了。有件事，想在学长离开之前，向您报告。我好像可以重新回棒球社了。”

香烟事件所引发的轩然大波最后归咎到他的身上，只有棒球社的内部成员才知道，真正吸烟的人其实是那个前途大好的二年级学生。

“我没去社团的这段时间，发生了什么？”

“栗木学长主动向其他老师自首了。他说：‘是我做的，佐藤是无辜的，请让他回来。’”

说这番话时，佐藤脸上像之前那样的阴郁一扫而光。“真是太好了。”我说道。只见他露出了浅浅的笑容，点了点头。

因为某个人的背叛而不再相信其他人，却又因为被另一个人所拯救而决定相信。眼前这个小我一岁、名叫佐藤的人，已经走完人生的旅程了吧。

而我和姐姐，或许这段旅程才走了一半，就再也回不去了吧。

“学长，您姐姐有消息吗……”佐藤带着严肃的表情问道。

我摇了摇头，那是一个星期前的事情了。十月六日出院之后，我坐在姐姐的车里，揭发了她的罪行……

“所以，就是姐姐，杀了鸣海小姐。”

姐姐一脸悲伤地望向扔出这句话的我。她并没有笑着骂我胡思乱想，也没有生气得矢口否认。听到我的揭发后，姐姐一言不发，微微低垂着双眼。没有了引擎声，狭窄的车厢内，寂静在蔓延，我几乎可以听到自己的耳鸣声。我紧紧地拽住椅套的边缘。

“你为什么那么说……”

姐姐低着头，出声问道。她直顺的长发倾泻而下，从肩头垂落下来。她脸上的一切仿佛被一块黑幕所挡住，模糊了她的表情。

“如果是有人杀了鸣海小姐的话，为什么不选择大原陆桥？我在想，凶手当时应该是知道了我和佐藤就在那里吧。”

“如果只凭这一点就认定我是凶手，也太牵强了。凶手或许是看到你们在放烟火，所以才折回等等力陆桥的啊，从很远的地方不就能看到有人在放烟火吗？”

一阵剧痛刹那间包裹住了我的全身。那并不是肉体上的疼痛，而是心理上的窒息，仿佛我即将亲手勒住姐姐的脖颈。

“那是不可能的。当时，因为烟火都受潮了，根本点不着，所以我们就只能在一片漆黑里干坐着。除非凶手曾来到大原陆桥的桥边，否则，是绝对不可能知道我们在那里的。那天晚上，能够在很远的地方就知道我和佐藤在大原陆桥的人，只有姐姐你一个人。”

我看着汽车前座的椅套，然后视线瞟到了放在后座的工具箱。大家在铁路上来回搜寻手指的那天晚上，为了打开铁丝网的门，姐姐曾从车里拿出一把钳子来。

“你就是在这里，剪断鸣海小姐的手指的吧？”

那晚用来剪掉铁丝的钳子，应该可以轻而易举地剪断她的手指。

我打开门，下了车。车子就停在大学前面的马路上，郁郁葱葱的树在道路两旁一字排开。柏油铺成的路面反射阳光，又是一阵刺眼。

我站在车外，观察起汽车前座。椅套是浅茶色的，是那种罩上座椅后，用绳子固定的款式。鸣海玛莉亚死前，椅子还没有套上椅套。我把手伸进座椅底下，摸索着椅套的绳扣。整只手不住地打战，好不容易才摸到。解开绳扣之后，我抓住套子的边缘，用力一扯。椅套里的座椅上，赫然出现了红褐色的污迹，哪怕隔着一段距离都能清楚地看见。

“姐，这是——”

我用指尖抚上那些污点。

“那是……”姐姐用微弱的嗓音，颤抖道，“那是她的血……”姐姐终于承认了，是自己杀了鸣海玛莉亚，“她的血滴到了座椅上，我只好去买椅套把它遮起来。”

一认出赫然在目的污迹是什么，我的膝盖顿时软了下来。也就是说，直到刚才为止，我一直都坐在鸣海玛莉亚被杀害的地方，还一直坐在那上面，反复地问着自己到底是谁杀了她。

为什么……

那是我喉咙里发出的声音，还是我脑海里的声音？我自己都无法判断。

一切就好像一场梦。

姐姐那了无生气的声音，幽幽地从驾驶座传来。

她将视线从我身上移开，望向驾驶座的窗外。我只看得到她的后脑勺，全然不知道她现在究竟是怎样的面孔。车外阳光普照，可车内却如同洞穴一般，阴暗窒息。

“三年前，我去那所大学，是为了见高中时的朋友。这件事，我和你提起过……”

我仍然戳在车边，浑身紧绷，一动不动地听着她说的话。

“我说的朋友，就是从高中时就认识的土屋的好朋友。”

姐姐和土屋先生就读于同一所高中，另外那个人也是……

“听说他上吊身亡，我万念俱灰。我一直都很喜欢他。我不敢相信，他就那样消失了。不过，鉴于他对鸣海玛莉亚是如此痴狂，做出那样的选择也可以理解吧。对她那种人来说，死一两个人，根本不足为奇。”

随着心爱之人的离去，姐姐也一同埋葬了自己的情感。两年来，她却一直和鸣海玛莉亚保持着亲密的朋友关系。

“我并不恨她。听上去很不可思议吧。直到亲手勒住她脖子之前，我真的，真的一点都不恨她。”

“九月十七日那天，究竟发生了什么？”

“那个人打电话给我，告诉我‘有事情要和你商量，希望你来一趟’。”

姐姐下了班，便把车开到大学的停车场。随后，她从坐在副驾驶座上的鸣海玛莉亚的口中，听说了她与芳和先生之间的约定。

鸣海玛莉亚拿着芳和先生送给她的戒指。如果她戴上那枚戒指去见芳和先生，就表示愿意和他结婚。

“她非常迷惘，所以来找我商量。她好像还没有和任何人提起过，还说绝对没在任何人面前戴过他送的戒指。等我开到大学的时候，她已经做出决定了……”

我从口袋里掏出戒指，给芳和先生看。我手心里躺着的戒指是银制的，几乎没有任何装饰。戒指的边缘在荧光灯的照耀下，泛出惹人怜爱的光芒。

“芳和先生，这个东西一直放在姐姐房间桌子的抽屉里。你送给鸣海小姐的戒指，就是这个吧？”

当我把戒指交还给芳和先生时，他坐着的椅子发出一声巨大的声响。身穿白大褂的芳和先生凝视着戒指，点了点头。

“没错，这就是我一直在找的东西……”

我望着他拿着的那个银质的小圆环。透过圆环，我又想起了原本应该戴着它的鸣海玛莉亚。我一直拼命试图了解她是个怎样的人，一直竭尽全力仅凭她的一根手指去发掘她的真面目。在我亲手揭穿我视为母亲的姐姐其实是杀人犯的同时，我也知晓了鸣海玛莉亚真正的心意。

“我姐姐说，鸣海小姐遇害时是戴着戒指的。而那枚戒指，就是我姐姐犯罪的理由。”

姐姐坐在车里，听到鸣海玛莉亚表示自己想结婚，然后看着她从口袋里掏出戒指，戴到手指上。鸣海玛莉亚望着自己戴上戒指的手，宛如一个收到了全世界所有鲜花的少女一般，洋溢着幸福的微笑。我只能靠想象去猜测，姐姐是怀着怎样的心情，听着她说完那些话的。对姐姐而言，鸣海玛莉亚是那个把自己喜欢的人当成棋子耍，甚至害死了那个人的元凶。

“就在那一刹那，姐姐发现自己是如此憎恨她……当她回过神来的时候……”

她发现副驾驶座上的鸣海玛莉亚已经被自己勒死了，一动也不动。

芳和先生默默不语地凝视着戒指。对我所说的事情，他没有任何反应，表情也没有丝毫变化，但是我很肯定他一字不落地听到了。

“姐姐坐在车上思索了一阵子，想着该怎样将她伪装成自杀的样子……”

就在这个时候，姐姐的手机响了。打电话的人是我，当时，我正打算约她到大原陆桥放烟花。

“因为我的一通电话，姐姐想起了以前曾有人在大原陆桥自杀。于是，她就想到了要把鸣海小姐伪装成跳轨自杀的样子。”

芳和先生这才终于把视线从戒指上移开，定在了我的脸上。他依旧没有说话，脸上却写满了诧异。

“是我的电话给了姐姐启发。因为我和朋友当时就在大原陆桥上，所以她才把鸣海小姐运到了等等力陆桥。她把尸体横卧在铁轨上，把她摆成从陆桥上一跃而下、气绝身亡的样子。奇迹般地，竟然没有被任何人看到……”

“照你这么说，在案发前，你姐姐就剪下了她的手指？”

“她把剪下来的手指带了回去。当然，是那根戴着戒指的手指。”

“为什么要带回去？”

“姐姐说，她想把戒指拿下来。”

脑海里又听到了姐姐的自白，我回答道。

姐姐想借由“不存在的戒指”，来制造一个和真实的鸣海玛莉亚截然相反的形象。以鸣海玛莉亚一贯的行为模式来看，找不到戒指，人们马上就会联想到她又把它送给别人了。那就意味着，她对芳和先生不过是逢场作戏罢了。

“我呢，其实是想把死后玛莉亚的灵魂也一起杀了。”

姐姐阴沉、空洞的声音再度在我耳边回荡，让我惊骇不已。我一直将姐姐视作母亲，爱着她、尊敬她。也正因如此，从阴暗的车厢里传来的声音更让我毛骨悚然。

“当场没有办法拿下戒指，是吗？”

面对芳和先生的质问，我点了点头。

“所以，她就连同手指一起带了回去。姐姐把手指以外的尸体摆到铁轨上。戒指则被拿了下来，放在抽屉里。”

“但是，警方会光凭被碾碎的尸首，就直接排除他杀的可能性吗？只要整理过那些散落的尸块，应该就能发现她在陈尸前就已经遇害了吧？”芳和先生喃喃地说道。

到底要不要说呢？我还有些犹豫。最后，我还是决定把我从姐姐那里听到的事情和盘托出。

“听姐姐说，她把鸣海小姐扔到铁轨上的时候，其实鸣海小姐还有一丝呼吸。”

他怔怔地看着我。

我之前推测，鸣海小姐死后还死抓着凶手的衣服不放，但是这被姐姐给否定了。她的确曾经用力地拉扯过姐姐的衣服，但没想到，事后只轻轻一掰，她的手就松开了。也就是说，我的推理掺杂了太多妄想。姐姐剪断手指，就只是为了拿走戒指而已。

看着副驾驶座上一动也不动的她，姐姐满脑子只有一个念头：她被自己勒死了。为了布置成自杀的场景，姐姐把鸣海小姐运到陆桥边。为了拿到戒指，姐姐就直接在车里剪断了她的手指。但是，正当姐姐把鸣海玛莉亚放到铁轨上打算离开的时候，却听到从她横卧的黑暗中，传来一阵细微的呻吟声……

“姐姐也没有确认她是否还活着，就直接离开现场了。”

姐姐似乎认定那呻吟声只是自己心理作祟。

她坚信那个人已经死了。身体冰凉，心跳全无。“那个声音，如果真的是她发出来的话……那一定就是她从死后的世界回来了……”姐姐那么说道。

“所以，玛莉亚是活生生地被列车给碾……”

芳和先生紧捂住自己的嘴，痛苦的哭声仍然钻进了我的耳朵。我点点头，回想起滴在前座上的血迹。就以死后的尸体所流出来的血而言，那些血迹斑点的确有些太大了。

“她是怎么处理那根手指的？”

“好像在冰箱里放了三天。”

听到姐姐说到这里时，我不禁苦笑。真是讽刺，鸣海玛莉亚的手指竟然被我们姐弟二人轮流放进冰箱里。

鸣海玛莉亚死亡的那天晚上，冰箱里根本就没有什么过期的牛奶。当我要打开冰箱的时候，姐姐一定慌得心脏都要停止跳动了，担心手指会被发现。

“守灵之后，姐姐本打算把鸣海小姐的手指丢回铁路上。后来失手丢到了铁路的另一头，但姐姐并没有发现。具体的情况我不清楚，不过我猜，在守灵之后，芳和先生你告诉大家决定要去找戒指。只要芳和先生找到这根没戴戒指的手指，鸣海小姐对你的爱就一定会遭到质疑。所以，姐姐才决定把没有戴戒指的手指扔回铁路……”

守灵的那天晚上，姐姐回过家，接着又立刻出门了。原来，她说要和大家聚餐其实是个幌子，她只是回家拿手指罢了。

“可是，手指并没有掉在铁轨上……”

芳和先生不自觉地握紧了戒指。

我提起放在一旁的书包，回头看了一眼研究室的门，确认土屋先生或三石小姐不会进来。

“她的手指，在这儿……”

我打开书包，从里面拿出一个玻璃瓶。这并不是那个有裂痕的瓶子，而是我从店里新买的一个玻璃瓶。芳和先生往前探出身子，端详着里头的东西。瓶子里装满了透明的液体，底部沉着鸣海玛莉亚那细长白皙的手指。

“恭介……

“姐姐做过的所有事，都说给你听了哦……”

姐姐坐在车上，这样告诉我。眼前的路上，几乎没什么车。正当我听得出神时，一辆车从我们旁边“咻”的一声掠过，似乎是在嫌姐姐把车停在路肩，妨碍了交通。我一边擦着汗，一边望向小车里。

原本阴暗的车厢微微亮了起来。在听姐姐自述的过程中，太阳已经不知不觉地落下了地平线。姐姐的脸庞似乎被泪水洗刷过，隐隐从黑暗中浮现出轮廓来。

“人是不会轻易改变的。”

姐姐时常会这样说。那语气，仿佛是在为了强行说服自己，不能接受十年前背叛我们又突然回来的母亲。如果鸣海玛莉亚不对自己的过去有所反省，也没有爱上任何一个男人，那姐姐定然不会如此怨恨她。姐姐其实无法接受人做出改变，所以她勒住了鸣海玛莉亚的脖子。

“今后有什么打算？”我问姐姐。

“不知道。”

姐姐定定地望着眼前空荡荡、看不到尽头的路。太阳刚好在道路的尽头逐渐下沉。我听到了姐姐擤鼻子的声音。

“姐姐，我是不会原谅你的。如果是因为自己喜欢的人死去就心生憎恨，并因此杀了鸣海玛莉亚的话，那现在，我也有杀了姐姐的理由。”

“抱歉，是那样没错。我其实已经发现你的心意了。”

“我要去警察局揭发姐姐的罪行。”

“那么，要我送你去警察局吗？”

“嗯。啊，还是算了。”

“为什么？”

“坐在姐姐旁边，我静不下来……”

在夕阳中，姐姐那泫然欲泣的脸上浮起了一丝笑意。

“傻瓜，都什么时候了，还说这种话。”

“我先去警察局，姐姐随后再跟来。”

“我可能会逃走哦。”

“我只是个普通人，不知道未来会发生什么。姐姐就不要问我这么难的问题了，好吗？”

我一关上车门，姐姐就发动了引擎。我突然想起有件事忘了问她，赶紧又打开车门。

“对了，那封遗书是怎么来的？”我把头探进车内。

正准备换挡的姐姐耸耸肩，回答道：

“就是贴在西瓜上的那封信。那是初中的时候，她写给我的道歉信。信封里只放了一张便笺。送西瓜那件事，是她做过的极少数有人情味的事之一。因为太稀奇了，所以我连同相片一起保存了下来。那天晚上，我去等等力陆桥之前先回了家，把那封信一起带了过去。”

我得到了想要的答案，正准备关上车门。

“啊，等一下！”

姐姐突然叫出声，我停下了动作。

“什么事？”

“你要保重哦。以后，有机会再见，恭介。”

姐姐眯起了双眼。我点了点头，关上车门。姐姐的车朝着和警察局相反的方向开去，随即消失。此后，她再也没有回过家，电话也打不通，音信全无。

最终，我并没有去报警，而是决定让其他人来裁定姐姐的罪行。因此，周围的人都认为姐姐只是行踪不明而已。

我把鸣海玛莉亚的手指,连同那枚戒指一起留给芳和先生后，就离开了研究室。在走廊上，我看到两个抱着文件的身影。一个是高大的男性，另一个则是如铁丝般纤瘦的女性。我认出他们，是土屋先生和三石小姐，便朝着他们走去。

“一会儿要去研究室吗？”打过招呼之后，我问道。

土屋先生摇了摇头：“教授叫我们过去，又要开会。倒是你，和姐姐联系上了吗？”

“没有。”

“真叫人担心。不会出了什么事情吧？对了，你今天来这儿有什么事情吗？”三石小姐问道。

“我和芳和先生有事情说。刚刚，我和他谈了姐姐还有鸣海小姐的事。”

“待会儿要不要和我们一起去食堂吃饭？”

“停车场还有人在等我，我就先回去了。”

我同他们二人道了别，便离开了大楼。鸣海玛莉亚曾经就读的大学校园，今天依然人来人往。我步入人群中，在熙熙攘攘的人流中四处搜寻，试图找到她绝不会出现的身影。确定她不会再出现后，过去那份仿佛将心头灼烧出一个洞来的遗憾，竟也随之消散了。

我来到停车场，坐到小汽车的副驾驶座上。

“恭介，事情都办完了？”

“嗯。”

我对坐在驾驶座上的母亲点了点头。母亲发动了引擎，小心翼翼地滑动着车子。

“天哪！”

母亲惊叫了一声，猛地踩了一脚刹车。

我隔着窗玻璃探过身去，发现一只白色的猫正舔舐着自己的毛，就在停车场的出口那儿。

“怎么会在这儿……”

我不由自主地轻声说道。我打开车门下了车，确认它果然是叼来鸣海玛莉亚手指的那只白猫。大学离我家步行不过三十分钟，这里或许还在白猫的活动范围之内吧。

“要把那只猫带走吗？”

坐在驾驶座上的母亲问道。

“可以吗？家里的经济状况不是很拮据吗？”

“没关系啦，养只猫而已。”

我一把将那只白猫抱了起来，这下，车上又多了一位乘客。母亲驾驶着小车，朝着校门的方向，在校园里缓缓前行。我一边抚摩着躺在膝头的白猫，一边又琢磨起鸣海玛莉亚的手指。

那根手指，真的是白猫叼来的吗？

我不禁又开始怀疑。

会不会是鸣海玛莉亚仅存的这根手指，为了拿到放在姐姐房间里的那枚戒指，自行匍匐来到后院里的？

这样想想，还真有可能。

我一边挠着猫的脑袋，一边望向窗外，那是我刚刚去过的研究室所在的建筑。

打开玻璃瓶盖的芳和先生浮现在眼前。那是我离开研究室几分钟前发生的事情。

玻璃瓶盖刚被打开，研究室内就弥漫起一股浓烈的福尔马林的味道。身穿白大褂的芳和先生从架子上拿出一个空的塑胶容器，将瓶内的福尔马林倒了进去。透明的液体一点点从玻璃瓶中流走，只剩下瓶底鸣海玛莉亚那根细长白皙的手指。

我忘记了呼吸,同芳和先生一起目不转睛地盯着白皙的手指。芳和先生的脸上长满了杂乱的胡须，脸颊凹陷，几乎皮包骨头，看起来就像在沙漠里徘徊许久的旅人。他把手伸进了瓶子，小心翼翼地拿出鸣海玛莉亚的无名指。因为泡在福尔马林里，她的手指上还泛着点点水光。

“请小心，那可是致癌物质。”

我出声提醒道，可他似乎毫不在意。我不知道他是否清楚凡是浸泡过福尔马林的蛋白质都会硬化，极其易碎。他小心谨慎地拿起手指，放在自己的手掌上，悄无声息地走向窗边。

在阳光下，鸣海玛莉亚的手指晶莹剔透，泛着白光。她拥有这个世界上最为白皙、最为纤细的手指。他拿起桌上的银戒，将那根白皙的手指缓缓地穿过戒指。

我离开研究室，悄悄地掩上了门。

研究室所在的大楼已经离开了我的视野，我们驶出了校门。在十字路口，车停了下来。

“对了，你到底来这儿做什么？”等待绿灯的时候，母亲问道。

“这个嘛，失恋……”

一听到“失恋”二字，母亲看上去饶有兴致，那神情同姐姐颇为相似。还想再说个什么玩笑话，我却突然紧张了起来。以后，我应该会和母亲变得亲密起来吧。

那可说不准。

我的心里暗自下了结论。

白猫安稳地盘在我的膝盖上。母亲伸手想挠挠它的脑袋，我顿时一阵不安，因为这白猫向来不和其他人亲近，除了我和鸣海玛莉亚。它肯定会抓伤第一次见面的人。

然而，白猫并没有攻击母亲的手指。它的双眼眯成一条细缝，任由母亲挠着它，看上去十分惬意。不久，绿灯亮了，母亲停下手上的动作，车子慢慢地驶了出去。

失踪假日

1

六岁前，我和妈妈两个人住在简陋的公寓里。那个地方真的非常破旧，隔壁婴儿的哭声会透过薄薄的墙板传过来，令人烦躁；坐在家里吃饭的时候，会突然闻到一阵臭气，刺得头和眼睛都很不舒服，那是从走廊尽头的公共厕所里散发出来的消毒药水味。

我清楚地记得木格子门的门纸上布满小洞，却无人理会。现在回想起来仍觉得难以置信，当时我们竟连给木格子门换门纸的钱都没有。那时的我十分淘气，经常在门纸上戳出小洞，每次妈妈看到我的杰作总是一脸的无可奈何。如果现在有时光机的话，我一定会返回当年，在那些木格子门上贴满金箔，再不然就请画家拉森（Christian Riese Lassen）画些特殊的图画贴上去。总之，想要怎样的门纸我都负担得起。但是，现在还没有开发出时光机，打开抽屉也不会出现来自未来的蓝色机器猫。

我们的生活开始宽裕起来，是在妈妈再婚之后。当时，妈妈靠一份在信封上写地址的兼职来维持生计，也不知道她在哪里结识了这位经营大公司的爸爸。妈妈和我就像海难后获救的乘客般脱离了那种贫困的生活，我摇身一变成了身世显赫的孩子，姓氏也改为“菅原”。这就是“菅原奈绪”的来历。

菅原家颇有财力，不过要说明这个家的富裕程度恐怕有些难度，主要是我对这些事情根本不感兴趣，所以不大清楚。总之，是代代相传的名门世家。刚搬到菅原家的时候，我还没上小学，所以记得不太清楚，不过菅原家的房子坐落在市区的最佳地段。宽广的日式庭院里砌有一个水池，锦鲤在池里游来游去；宅邸的后院铺满白色的沙砾，四处布置着树丛和奇石。在我这样一个孩子看来，简直就像来到了地球以外的另一个世界。

年底的时候，爸爸会收到许多礼物，每一件都价值不菲。有的是价格高昂的陶瓷，送来时装在桐木箱中。每逢年节，总会有各种各样的人前来问候。有一次，一个看起来很面熟的伯伯来家里做客。我问绘里姑姑：“那个人是谁啊？”绘里姑姑是爸爸的妹妹，经常告诉我许多小道消息。

“奈绪，你要记清楚哦！那个秃头的就是国家的首相，其他人你都不用理会，但一定要和那个秃头好好相处啊！”

当时，绘里姑姑是这样对我说的。在我和妈妈搬入菅原家以前，如果不算用人在内，生活在这栋大宅子里的只有爸爸和姑姑两个人。爸爸和姑姑的父母，也就是跟我没有血缘关系的爷爷奶奶早已过世了。

菅原家的宅院十分宽广，我常常在里面玩捉迷藏。那么多用人经常被迫陪我玩耍，任凭我像女王一样呼来喝去，没有半点儿反抗。不过，对一个玩捉迷藏的小朋友而言，菅原家的房子实在大得离谱。

有一次，我躲起来等了很久都不见有人来找。我只好一边埋怨“那些不中用的家伙”，一边出来寻找负责捉人的用人。谁知道，我竟然搞不清楚自己身在家中何处！走了很久，还是看见一模一样的走廊和墙壁。明明记得没有爬过楼梯，窗外的景色却告诉我正身在二楼。当时才六岁的我眼看着要在家中遭遇不测，心里暗想：这下完蛋了！那时，挂在我胸前的玩具项链突然发出电子信号的声音。项链中间用塑料做成的假红宝石不停地闪烁，然后妈妈很快就带着几名用人找到了我。

那条项链是爸爸送的，一点儿都不漂亮，原来是个发信器。他们就是根据发信器发出的信号，找到了我的位置。

“幸亏我知道有这么神奇的东西，就在奈绪身上装了一个。这样一来，她迷路的时候，我们也不用太担心。万一她被人绑架了，我们也能很快知道她所在的位置。”

爸爸一边抚摩我的头发，一边说道。爸爸是个秃子，长相十分滑稽，身材瘦瘦的，有点儿驼背，很难看出他是个社会地位很高的人。听绘里姑姑讲，他在公司里倒是一副威严十足的架势。

可是在我看来，他和那些随处可见的懦弱老伯没什么分别。虽然已经一把年纪了，但为了和女儿沟通，他会特意写下那些年轻人喜欢的歌手和演员的名字，拼命塞到脑子里去。可是在现实中，他却指着 V6 说："啊，是 SMAP！"真叫人替他感到难为情。

从捉迷藏风波中获救的我却不领情，摘下项链，用项链的绳子噼里啪啦地打爸爸，一边打，还一边说："谁让你给人家装这种怪东西的！"

如今回头看刚到菅原家的那段日子，就会发现，虽然我和妈妈从原本极差的生活环境里突然一跃到生活极度富裕的豪门，但是当时的我一直都没感觉到有什么不妥。听绘里姑姑说，我刚到菅原家时就对人颐指气使，根本不知道什么叫害羞，凡事都我行我素。我想那是因为小孩子对周围环境的适应能力特别强，绝不是因为我神经大条。没错，绝对不是。

妈妈的情形和我就不太一样了，她总是不好意思叫用人做事，一切琐碎的事情都由她亲自打理。在我记忆中残存着的几个片段，都能证明妈妈并不适应菅原家的生活。她真是一个不懂得让人服侍的人，每次都规规矩矩地向用人和司机打招呼，在宽敞的房子里总是显得手足无措。

有一次，妈妈一个人坐在檐廊上。当时年幼的我刚好经过那里，见她向我招手，便走过去在她身边坐下。坐在那里，整栋宅邸的宽敞后院尽收眼底，抬头又可看见一望无际的天空，还有一架豆大的飞机在远处掠过。妈妈轻轻地用手臂环住我的脖子，然后把我紧紧抱在怀里，仿佛要确定感受到我的存在。她当时的表情十分放松，就好像只有我的身体才能让她感到安宁。我知道妈妈十分孤独，虽然姓氏改了，却无法改变她内心的想法。她就像一条河里的鱼，被吞没在这栋大宅院中。

在这个富裕的家里生活了两年后，妈妈便生病过世了。我记得自己坐在她冰冷的尸体前，感到极度恐惧。当时我念小学二年级，才八岁，大大的房子里只剩下我孤零零的一个人，令我十分不安。停放妈妈遗体的房间有二十张榻榻米那么大，房间正中央孤孤单单地铺着一床被子。房里一直没开灯，角落一片昏暗。木格子门上总是贴着崭新的门纸，就算不小心弄出洞来，很快又会有人换上新的。我目不转睛地凝视着妈妈的脸，直到夕阳染红了木格子门。爸爸、绘里姑姑还有那些用人都十分体贴，让我一个人静静地待着，不来打扰。

当时我想，自己一定会被菅原家的人赶出去，因为我和家里所有人都没有血缘关系，妈妈和爸爸也不过做了两年夫妻而已。早晚有一天，他们会让我用一个晚上的时间收拾好行李，然后把我送进某家慈善机构。

因此我想，自己要好好利用被赶出家门前的宝贵时光，极尽奢侈。

吃饭时不管端上来的菜合不合胃口，我都先从最贵的吃起，统统塞入胃里。即使那是些不怎么好吃的菜，我也要先问清楚价格。一想到自己很快就要被赶出这个家，再也吃不到这么昂贵的菜，我便鼓励自己把菜吃掉。“多吃点儿！把肚子塞得满满的，就算日后长眠地下，也能回忆起这些美味！”当时，我也可以随便用爸爸的钱买东西，我便乘机成箱地购买自己喜欢的零食，用在知名设计师那里专门定制的高级儿童服装和零食箱塞满自己的衣柜。万一自己被赶出家门，就可以靠这些活下去。虽然很奢侈，但也不过是些食物而已。但是，这并不是因为我是个贪吃的孩子。没错，绝对不是。

如同等待死刑判决一样，我的心里七上八下的，每天都担心自己什么时候会被赶出家门。可是一个星期过去了，一个月过去了，严厉的法官并没有判我死刑。虽然如此，我的内心却一刻也不敢放松。我可以留在这个家里吗？他们没有赶我出去，只是顾忌世人的眼光，装出同情我的样子罢了，其实心里早已疏远我了吧？这种不安一直不停地扰乱我的思绪。

无论是跟爸爸他们吃饭的时候，还是大家在客厅里休息的时候，我的内心深处都总有一层隔膜，就像有颗小石子钻进了鞋里，总觉得有点儿不太舒服。这完全是因为我意识到只有自己一个人不属于这个家庭。在这栋宽敞的房子里，我就像一只偶然闯入却迷了路的飞虫。我不停地劝自己不要胡思乱想，但这些念头一刻也没有离开过我的脑海。我吩咐用人做的事，他们都像往常一样照办不误；我告诉司机自己要去的地方，每次也都平安抵达。与妈妈去世前相比，所有的事情都丝毫没有变化。

我一直以为有一天自己会被扫地出门，可是六年过去了，我上了初中二年级，一切依然风平浪静。今年四月，爸爸和京子结婚了。

京子成了跟我没有血缘关系的母亲。我不喜欢她，她也同样对我充满戒心。爸爸几年前开始参加一个课程，他和京子就是在上课的小教室里相识的。

妈妈去世后的一段日子里，爸爸一直无精打采，没有兴趣处理任何事情。他借口肚子疼不去公司上班，然后天天在家里盘腿坐着看电视。公司的经营也因此走了下坡路，还有几位职员遭到解雇，他们的生活也因此陷入困境。爸爸的秘书眼见情况严重，赶紧请公司的几位元老出面开导爸爸，但都没有成功。

于是，绘里姑姑提议说：“不如先给他找个课程班上，让他慢慢与外界接触好不好？”我听到后，剪下了各式各样在市内开办的课程班的资料，有摄影班、直升机驾驶班等，也有一些手工艺班和烹饪班,但我总觉得这种课程女人味太重,所以没有剪下来。

我把那些课程的资料贴在墙上,然后在五步远的地方掷飞镖。飞镖射中哪张纸，我就推荐爸爸去参加哪个课程。可惜我根本没有掷飞镖的天分，飞镖没有射中墙壁，反而命中摆在一边价值数千万的装饰品后反弹，刺中了摊在地板上的资料。那一页被飞镖贯穿的资料上刊登的竟然是——手工艺班。

爸爸开始去手工艺班上课了。起初，我们还有点儿担心。后来，他竟然开始迷恋做手工，也不再抗拒回公司上班，那些前途未卜的职员也再次获得聘用。

我非常感谢绘里姑姑给了这么合适的建议。当时，绘里姑姑宣告第五次婚姻失败，回到菅原家，整天一边啃着日式煎饼，一边唠唠叨叨地缠人。绘里姑姑的眼睛总是半睁半闭，一副睡眠不足的样子，她那长长的眼睫毛令我印象深刻。姑姑的脸轮廓分明，非常美丽，嘴巴却总是抱怨她的前夫。不过话说回来，因为姑姑离婚了才会回到菅原家，爸爸也才能重新振作起来，所以这一切都要归功于姑姑那不争气的前夫。

后来，爸爸继续去上手工艺课，还会把自己的作品放在客厅里作为装饰。那些作品一点儿也谈不上精致，可是那些穿着西装的公司员工进入客厅后，一听说这些作品出自爸爸的手，就都重新扶正眼镜，纷纷用认真的口吻表达他们的惊讶：“噢！”“了不起！”爸爸也会因此而陶醉。每次我经过走廊看到这一幕时，都不禁怀疑，推动社会进步的真是这些人吗？

我一直觉得让爸爸参加手工艺班是件好事——直到他宣布在班上遇到了一个喜欢的人，并打算和她结婚。爸爸在告诉绘里姑姑前，先来找我谈。

“噢，这样啊……你喜欢怎么做就怎么做吧！”

听了我的回应，爸爸的表情十分复杂，一半是松了一口气，另一半是对我的不在意感到介怀。我努力装平静，让自己看上去一副不感兴趣的模样。

可是，我心里一点儿也无法平静下来，甚至不知道该怎么描述当时的情绪。当然我也明白，无论那个词语是什么，我都没有说出来的权利。这件事根本就没有我插嘴的余地，因为我和爸爸之间没有半点儿血缘关系，甚至我们可以说是两个毫不相干的人。

京子很年轻，根本不像爸爸的第二任妻子，倒像是我的姐姐。在一家高级餐厅里第一次见到她的时候，我竟然糊涂地以为她和放在眼前的菜肴一样充满魅力。与其说她美丽，不如用可爱来形容更恰当。京子的爸爸是大医院的院长，和我不同，她是个名副其实的名门淑女。而且，听说她学历高，又精通插花和茶道，还会骑马。当然，这里所说的骑马跟赛马那种不同。

“你就是奈绪吧！我早就听说你的事情了。”

她面带友善的笑容，这么对我说。感觉她似乎是在宣告：放聪明点儿，你的出身，以及你和这家人没有血缘关系的事，我全都清楚。

爸爸和京子举行婚礼的时候只邀请了一些亲戚，而地点就是当年我妈妈和爸爸结婚的会场。

一天下午，我和京子面对面地坐在窗边矮桌旁的沙发上，在那里可以俯瞰整座后院的景色。我们用陶瓷杯子喝着红茶，也不知我们两个为什么会坐在一起。总之，京子向我谈起她在手工艺班是怎么跟爸爸坠入爱河的。

在市民中心二楼的手工艺班教室里，她正用红线练习刺绣，要在一块白布上绣花。她一直专心地绣着，忽然感到红线的另一端像被什么人拉着。抬头一看，才发现自己绣针上绣线的另一端，竟然连在一个陌生男子的针孔里——那个男人就是我爸爸。也就是说，他们两人在不知情的情况下，用同一条绣线练习刺绣。我心想，这故事绝对是你们编出来的，怎么可能会有这种事情？

京子带着宛如身在梦中的表情，向我倾诉。

“那真是个美好的开始。是啊，那条绣线就是真正的红线。”

“故事真是感人啊！不过要说梦话，拜托你先回自己的被窝吧！”

“哎呀！瞧你这孩子。”她微微一笑，那笑容像是春花绽放，不过嘴角显得有些牵强，“你又不是这家的孩子，怎么能这样说话呢？”

“我说，京子妈妈，说穿了，你不也是看在财产的分儿上才嫁过来的嘛！嘿嘿嘿！”

“啊，你这孩子还真会开玩笑。我的娘家才不缺钱呢！什么遗产不遗产的，我根本不用考虑那些事。呵呵呵！”她优雅地用手掩口笑着说，“你这孩子也真是的。不过你放心，我是不会生气的，我会帮你找一对不错的养父母。”

“你说什么呀！京子妈妈，你的话总是那么风趣，不如去做喜剧演员吧！如果现在有一种警方无法探测出来的毒药，我一定会放到京子妈妈的红茶杯里。”

我们两人都故作悠闲地笑起来。

那个手艺纯熟的园丁穿过宽广的后院时，向我们点头致意。在外人看来，我和她一定是在愉快地喝茶。如果那个园丁不了解菅原家的成员结构，一定会以为我们是关系不错的好姐妹呢！

那件事发生在一个月前，我刚参加完学校的旅行回来，已经有五天没感受到家的气息了。我在离家五分钟路程的便利商店买了一种叫作“树熊进行曲”的零食，骗大家说是在澳大利亚旅行时买的礼物，分送给大家，然后就爬上二楼，将行李放回自己的房间。旅行袋里塞满了我买给自己的礼物，很重，有的是澳大利亚原住民为猎获女孩子芳心而制作的古怪摆设，还有我准备将来狩猎时用的回力镖。

一踏进自己的房间，我就感到有点不对劲儿，那种奇怪的感觉无法用三言两语说清楚。一开始，我还以为是自己神经过敏，因为我的房间是我自己打扫的，用人不可以随便进来。我早就吩咐过他们不准进我的房间，绝对不准。要是进去的话，以后就不用在这里做事了。如果丢掉这份工作，他们就会没饭吃，每天只能住在纸箱做的房子里，到便利商店捡剩饭。我可是郑重警告过他们的。

但我回来时，房里的情形跟我出发前确实有些不同。那点儿差异十分微小，想说又说不出来；想忘掉的话，一转身就能忘掉。实际上，我当时忙着收拾刚买回来的木制回力镖，没将那件事放在心上。

我将回力镖摆在书架上，为了看清楚上面的模样，我将它竖起来放。虽然看起来有些不稳，仿佛书架一动，它就会随时倒下来，不过幸好架子上只放了一些课本和参考书，而且又没人会动这个书架，回力镖放在上面应该很稳妥。

那种进入房间后的奇怪感觉，一直被我抛在脑后。直到第二次产生同样的感觉时，我才回想起来：啊！以前也发生过这种事。

第二次发生在我和朋友的家人一起去旅行回来后。结束旅行回到家后，我开始分发纪念品给大家。是一件 T 恤衫，胸口处画着一个巨大的奈良佛像，做工十分差。我知道他们一定不会喜欢这样的礼物，才故意买回来的。

在我跑上楼梯打开房门的一刹那，那种奇怪的感觉再次向我袭来。我把行李放在地板上，轻轻地在房间里走动，确认家具的位置。电视、计算机、圆桌、闹钟，每一件的位置我都检查了一遍，跟我去旅行前没什么差别。其实我并没有记下这些家具的准确位置，如果有人稍微移动的话，我也看不出来。即使在检查每件家具位置的过程中，我也找不到任何可疑的痕迹，甚至观察细节也看不出有何不同。不过当我放弃细节，环视整个房间的时候，我嗅到了一种无法琢磨的“外人”的味道，就像气体一样散布在空气中。

遗憾的是，我无法捕捉到它，只好将这次的感觉也归结为自己太敏感。然后，我就开始考虑要把买给自己的礼物——小鹿玩偶放在哪里才好呢？最后，我决定把这一件也放在书架上。那时我才注意到，旅行前我为了看清图案而竖着放的回力镖，现在却倒下了。

如果没人动过，回力镖根本不会倒下。换句话说，有人进了我的房间，不小心碰到了书架，结果弄倒了我的回力镖。这就是我的推测。有人闯入过我房间的念头迅速闪过脑海。那个闯入者究竟是谁呢？这个问题的答案，我可是一清二楚。

我坚信京子就是那个闯入我房间的人。我和她发生了好几次冲突，她一定对我怀恨在心。

她是爸爸的妻子，但不愿做我的母亲。在她眼中，我只不过是先她一步住进这家里吃闲饭的人，而我当然也不甘愿做她的女儿。

为什么我和京子会如此水火不容呢？我也搞不清楚原因，但我感觉到，她的出现令我内心极度不安。妈妈去世后，我和菅原家勉强建立起来的脆弱关系很可能会因她而断裂，这种不安一直困扰着我。

我不甘心看到这种事情发生，所以经常在爸爸面前抚摩妈妈遗留下来的破旧手帕。那条手帕原本是块纯白的丝绸，如今已经发黄了，丢掉也不会让人觉得可惜，但我舍不得，因为那是妈妈生前最喜欢的东西。我故意抚摩着那条手帕叹气，于是爸爸立刻将京子抛在脑后，关切地问："啊，奈绪……你还是那么怀念你母亲吗？"那一刻，京子的表情有趣极了。手帕这件武器对她而言，实在拥有无与伦比的破坏力。

仔细想想，这个家里只有我和京子身上没有流着菅原家的血，所以我们之间的斗争就像一场生存竞赛，或者说是权力斗争，看谁能在这个家里生存到最后。

最近，我经常在想血缘隔阂的问题。我原本不是这个家的人，这种隔阂一直隐藏在我的内心深处。身为局外人的焦虑折磨着我，我不想被人从家里赶出去。不知从何时开始，我已经有了对现在这种生活的依赖。不，不对，也许是我害怕被菅原家赶出去后无依无靠，剩下自己孤零零地面对外面的世界。

因此，我敌视京子。她趁我不在家的时候偷偷潜入我的房间，实在让我非常愤怒。可惜我没有证据，无法证明她就是那个闯入者。

我一定要想办法证明京子进过我的房间。

我离家出走那天，是十二月二十日。

原因就是我和京子吵架了。我已经忘记我们是为了什么微不足道的小事而吵起来的了，也不记得自己是怎样从家里冲出去的，只记得我们彼此互相谩骂，状况十分惨烈。

“京子，你这个笨蛋！要是我现在手里有根金属球棒，我绝不会轻饶你的狗腿！”

“你说什么？如果我现在手里有把枪的话，一定在你的胸前开个透明的大洞！”

“这里要是有瓶刺眼的除臭喷雾剂，我一定喷到你脸上！”

“要是这杯咖啡没冷掉的话，我一定向你泼过去，让你尝尝滚烫的滋味！”

“我真想找把剪刀，把你的指甲往肉里剪！”

“我也要用录像带的棱角，把你的头痛痛快快地敲一顿！”

这样不堪入耳的争吵持续了好一段时间，爸爸赶过来劝架。听完吵架的理由后，他选择袒护京子。我一时无法忍受，便冲出家门，连手机也放在家中没带走，因为我知道他们会不断打电话劝我回家，我也懒得一一回复。

我在朋友家躲了三天两夜，那几天一直跟着她四处玩耍。

离家出走两天后，也就是十二月二十二号，我和朋友在鹰师站下了电车，就在附近闲逛。车站附近是条还算繁华的街道，那天刚好是假日，而且三天后就是圣诞节了，所以来往的行人非常多。我们由车站向南走了一段路后，看到一条大街。那天街上播放着《圣诞歌》，鳞次栉比的店铺的橱窗用白色的喷漆喷出圣诞老人坐雪橇的图案，往来的行人虽然因为寒冷而缩着肩膀，却还是一副兴致勃勃的样子，空气中弥漫着充满期待的愉快气氛。

我和朋友走在大街上，厚厚的大衣下的肩膀不停地碰到迎面走来的行人。从鹰师站开始走了大约十五分钟后，朋友指着路边的一栋楼房。路两旁的建筑几乎毫无间隔地建在一起，就只有这栋破旧的建筑没商店。在周围挂满圣诞装饰的、繁华热闹的建筑物的映衬下，这栋楼显得有些晦暗惨淡。

我们潜入那栋楼房，想看个究竟。我朋友是个很喜欢趁着别人不注意时，偷偷跑进各种地方的人。每次只要跟她在一起，常常会不知不觉地走到不知名的巷道里，要么就是她会突然对我说“我们一起到那栋房子的屋顶上看看吧”之类的话。不过，我本来就知道她就像猫一样难以捉摸，于是跟她一块走进了楼里。

朝向大街的正门入口并没有上锁,所以我们轻松地走了进去。里面好像废墟一样,感觉屋主似乎不愿意把金钱浪费在拆除方面,所以这栋建筑才得以幸存下来。大楼有个后门,我们拿掉门上的锁,走出大楼的后门。眼前是一个公园，公园和林立的楼房之间有条细长的小路，和大街平行延展。这里杳无人迹，十分安静，周围的楼房宛如墙壁般连绵不断，将人群阻挡在外。

“你知道吗，这一带的治安不太好哦！”朋友说，“听说有很多抢劫的。”

圣诞音乐从远处传来，回荡在这条寂静的巷道里；圣诞节的传单也随风四处飞舞，装过商品的旧纸箱高高地堆在店铺后面。

和大街上的气氛相比，这条巷子显得太冷清了。朋友的话，则让我心情沉重。

突然，不知道为什么，我觉得应该回家了，于是当场向朋友道别，决定回菅原家。

菅原家宅院的周围有高墙环绕，大概有我两倍身高那么高，要进去只能选择走正门或后门。正门庄严肃穆，而且很大，可以容得下两辆车并行通过。为了能在里面看清访者的样貌，正门还装有监视器。

正门旁有个车库，可以停好几辆车子。走过车库，要沿着两边种满树木的石板路往前走上一段路，才会到达主屋的玄关。我刚要推门，发现门锁着，猜想大家可能都出去了，就从口袋里取出钥匙。

果然不出我所料，家里没人。我走向自己的房间，一路上没遇到任何人。初到菅原家时让我感觉过于宽敞的宅院，现在已经都被我摸清楚了。我抄了一条通往自己房间的近道，爬上主屋的楼梯，上面并排的房间几乎都是空的。

我打开自己的房门，这次没有了那种从学校旅行回来以及和朋友一家旅行回来时的怪异感觉。看来京子还没进过我的房间，我松了一口气。每次有人闯进我的房间，总让我有些抓狂，但可恨的是，我的房门没有锁。

我在屋子里转了一圈，发现没一个人在家，于是我离开主屋，朝旁边的偏屋走去。

在菅原家，住人的房子分“主屋”和“偏屋”两栋。主屋里住着拥有菅原家姓氏的人，而菅原家聘请的用人和司机，以及他们的家人则住在偏屋。虽然外表看来都是日式建筑，但主屋的规模远非偏屋所能比拟，偏屋看上去完全是个点缀。宅内，主屋和偏屋相邻而建。出了主屋的玄关，沿着右手边的走廊向前走几步，就来到了偏屋的入口。

两栋房子之间的距离有十米左右，全铺成石子路，平常有很多人走这条路，因为从这条路去后院会很方便。站在两栋木造房子之间的石子路上，我稍稍感受到一股来自两侧的压力。

两栋房子都是两层楼，相邻那面的房间窗户是相对的，毫无景观可言。我的房间在主屋二楼的角落，有一扇窗子刚好朝向偏屋这边。平时，我打开那扇窗只是为了通风换气，从来没有站在那里看过风景。

我打开偏屋的大门走了进去。若在平日，狭窄的玄关地板上总是放满用人们穿旧的鞋子，可是今天却一双也没有，我想大家都出去了吧！我站在那儿向里面看，不过因为眼睛还没从外面强烈的光线中适应过来，只觉得屋里一片昏暗，看不太清楚，只望见鞋柜上摆着一个花瓶，干枯的花上趴着一只小蜘蛛。

偏屋里住着四个人，是大冢夫妇、栗林和楠木。菅原家的全职用人和司机都配有各自独立的房间，足够维持正常的生活。

屋里不像有人的样子，不过我还是喊了一声："有没有人在啊？"

二楼立刻传来一个用人的应声。

我脱下鞋子放在门口，顺着楼梯爬上二楼。偏屋比主屋旧得多，走廊也很狭窄。每爬上一级楼梯，就听到木板在我体重的压迫下发出"吱吱呀呀"的声音。天花板很低，灯光也显得暗淡。

刚才响应我的那个人正从房间探头出来看，原来是楠木邦子。她被安排住在偏屋中最小、最寒酸的房间里，我几乎从没和她谈过话。

邦子一年前到菅原家来做全职用人，好像是靠亲戚的关系才来到这里做事的。她的亲戚曾在爸爸的公司里上班，因为这层关系才雇用了她。在用人当中，她是资历最浅的一个。

忘记是什么时候的事情了，用人中资历最老的大冢太太曾抱怨过邦子，说她不够机灵，是那种不一一指示就不会动的人，总之就是她不太会做事吧！

邦子从房间探出头来，看清楚突然来访的竟是我后，一脸惊讶的样子。过了好一阵子，她才回过神来，向我点头打招呼说："啊，你好。"她的个子高得惊人，以前我在家里遇到她时，总觉得她行动迟缓，就好像一株细长的植物，缓慢摇晃地走来走去。

邦子二十五岁左右，在这么冷的天气里，她还是每天都穿着灰色毛衣和旧牛仔裤工作。毛衣松松垮垮的，袖子很长，时间一久，袖子就会松脱下垂，遮住她的双手。身材高而瘦的她，手臂也很长，袖子竟能够将她的手臂完全遮住，那袖子应该被倒下的卡车或印度大象拉扯过吧！穿着这样一件毛衣的邦子看上去特别土气，甚至给人一种弱智的感觉。她好像也不善于与人相处，我从没见过她笑着和其他用人聊天。

我走进了邦子的房间。房间很小，光线不是很好，空气也有些闷。其实并不是房里有什么怪味，但感觉就是对身体不太好。

墙上的壁纸是那种非常没有品位的图案，当然，那不是她选择的。那些东西已经贴在那里几十年了，非常陈旧，颜色都变黄了，有些地方更是已经剥落，显得破烂不堪。我问她为什么家里一个人也没有，她用迟缓又带着睡意的声音回答了我。看来我的家人已经完全忘记了我这个离家出走的女儿，快乐地出去采购圣诞用品了。而且，出门的人才几个而已，竟然坐上那辆装饰华丽、可以轻松地坐在沙发上喝红酒的高级轿车。用人大冢叔叔是菅原家的司机，那辆高级轿车好像就是他开的。大冢太太和栗林也跟着去搬东西，只有楠木邦子奉命留下来看家。

这个消息让我十分懊恼，那些人难道一点儿都不担心离家出走、音信全无的女儿吗？明明是我不在家时，京子闯入我的房间才惹出这些事来，大家居然不关心我的感受，出去享乐。

听邦子说，大家再过几个小时就会回来了。

我无意中从窗户向外望去，发现这个房间刚好朝向主屋那边，隔着石子路正好能清楚地看到我的房间。邦子的房间在二楼，我的房间也在二楼，两个房间的窗户面对面，又离得如此之近，我以前居然没发现。

一个好主意浮上心头。

“邦子，我有件事情需要你帮忙。能不能让我在你的房间里住上一段日子？”

现在知道我回到家里的人，就只有邦子一个。

之前，只要我有一段时间不在家，就一定会出现京子潜入的痕迹。不过，我刚才回去看的时候，什么也没发现。也就是说，京子再度潜入的机会十分大。

我打算躲在邦子的房间里，当场捉到那个人。

“哦……”听了我的话，邦子呆了一下才浮现出惊讶的神色问，“啊？住在……这里吗？”

“没错，你会让我住下来吧！你应该一点儿都没有想拒绝我的请求的意思吧！”

面对我强硬的口气，邦子退缩了。

“是，当然，我怎会拒绝呢！真是抱歉。”

邦子很诚恳地鞠躬致意，但我不明白她为什么要道歉。

于是，我就在邦子的房里住了下来。在这件事情上，她是没有决定权的。只要我要求，她就没权力推翻这个决定。

2

决定在邦子的房里长住后，我立刻开始投入准备工作。首先，是回到我在主屋的房间，将一些必要的生活用品搬过来。邦子的房间真的很小，虽然有一个衣柜，但没有充裕的空间存放多余杂物。

这个日式房间只有三张榻榻米大，绝大部分空间又被唯一一件家具——被炉占据了。被炉的尺寸并不是很大，不过很明显，邦子睡觉时用的就是盖在被炉上的被子。除此之外，房里什么都没有，没有网络，没有有线电视，也没有 DVD 放映机。从这边的窗户向外望去，能看见主屋那边我房间的窗子打开了，好像是我离家出走前忘记关了。

我又回去关窗户，顺便把几本书塞进袋子里，也随身带了妈妈的遗物——那条手帕。为了方便从邦子的房间进行监视，我把窗帘拉开。鞋子也不能丢在偏屋的大门口不管，所以我把它带进了邦子的房间。

邦子站在房间的角落里一动不动，惊讶地看着突然出现又决定搬过来住的我。

“看来，你这里也没有铺被子的地方，那我也睡在被炉里好了。”

我说完后，邦子又像慢半拍一样面带歉意地向我点点头。明明没做错什么，但她的动作总是给人“非常抱歉”的印象。当人家开始和她讲话的时候，她的眼睛、眉毛还有颜色偏淡的嘴唇就已经做出“对不起”的表情了。

我将生活必需品搬进这个狭窄的住所后，坐进被炉，喘了一口气，可是邦子依然像棵观赏植物一样站在角落里。我招手催促她过来坐，她才万分紧张地跪坐下来。我告诉她：“随便坐就好了。”她才放弃了跪坐的姿势，像个机器人一样。

我故意说了一句：“我比你高贵。”她竟然没流露出半点儿怀疑的神色，迅速地点了一下头。

邦子的房间是个小小的正立方体，出入口的拉门在南面。拉门跟轨道磨合得不太好，有时拉到一半就卡住了，很不听话。房间的东面有个小小的、放杂物的地方，西面是光秃秃的墙壁，和入口正对的北面则开着一扇窗。被炉就在三张榻榻米大的房间中央，我占据了被炉的一边，背紧靠着西面的墙壁，从窗口观察外面的动静。当我坐进被炉的时候，窗台的高度刚好在我的脖子附近。我只要稍稍向左边探探头，就能观察到主屋里的情况，还能用红外线被炉暖脚。

房间的窗户是磨砂玻璃，若是紧紧关上就什么都看不到，要监视只好打开一条小缝，而十二月的寒风就从那个缝隙钻进了房里。不过，因为这扇窗的卡榫不太好用，就算关上窗，外面的冷空气还是会从缝隙渗进来，所以窗户关不关上其实都无所谓。我向邦子解释："我是为了观察主屋的动静才开窗子的，这也没给你添什么麻烦，对吧？"

房间的主人一副"根本没那回事"的表情，理所当然地和我一起挨冻受苦。我忍不住想：这个人多和善啊！该不会是个傻瓜吧？

我穿上厚厚的衣服，整个人刚好夹在被炉和墙壁中间，等待家人回来。

我也不和邦子讲话，只听见寒风吹得窗框作响，被炉的温度调节器也不时发出声响，狭小的房间里回荡着红外线增强时发出的"嗡嗡"声。可能是因为窗户所在的位置无法充分地接受到日照，所以房里有些潮湿，用了很久的灯管也微微泛黄，散发着微弱的光线。

我把整个身体靠在墙壁上时，突然听到一声奇怪的"吱呀"声，我吓了一跳，赶快重新坐好。当时，我甚至怀疑墙壁会被我靠出一个洞。在被炉里端坐的邦子见怪不怪地扬了一下头，以眼神向我示意。我觉得她的眼神似乎在对我说：不要紧，经常这样。我也向她点了下头，回敬了一个眼神说："这样啊，经常会这样啊！

那你的日子过得真够苦呢！”至于她有没有领会到这些意思，我就不清楚了。

窗外隐约传来谈话的声音，我示意邦子安静地待着不许动，然后小心翼翼地把脸探向窗边。

我从袋子里取出化妆用的小镜子，然后从缝隙伸出窗外。这面小镜子是朋友的姐姐送给我的，现在终于派上用场了。从镜子中可以看到菅原家的大门通往主屋的道路，遗憾的是看不到主屋的门。不过，现在这样也很不错了。大门旁车库的电动闸门正在关闭，几个人沿着石板路走向主屋，正是好久不见的爸爸他们。大家都冷得缩着肩膀，不过脸上满是快乐的表情。这个画面惹得我在心中暗骂：这些浑蛋！

用人栗林拿着行李跟在后面，他是个身材魁梧的中年人。听说他以前曾经营家用电器行，所以菅原家的一切电器产品都归他维修和保养。

京子也在，走在路上的她身上裹着毛皮大衣。我拿着化妆镜的手已经被外面寒冷的空气冻得冰冷，我只好放弃观察，把冻红的手指放在唇边呵气取暖。

“那个……小姐，我得出去迎接一下……”

邦子一边站起来，一边带着歉意对我说。

“好，你去吧！不过，我的事情你要保密哦！”

她点点头后便出去了。我望着放在被炉上的化妆镜，这才忽然发现，这个房间里连一面镜子都没有。当然，我也从来没见过邦子化妆。有一次，她甚至连睡得乱七八糟的头发都没整理就出去工作，还带着一副犯困的表情。我当时在想，要是没有亲戚的关系，她怎么可能在这里当用人？

我从窗户的缝隙观察着十米外的自己的房间，大家应该都已进入房子里，避开外面的寒风了吧！可是，京子一直没出现在我的房间。我很想知道主屋里的情况，但我现在人在这里，根本办不到。每当有人经过主屋的窗边，我都会紧张地观察他的动向，还要低下头免得被发现。这真是一种奇妙的体验，我在这边观察对方的一举一动，可是对方根本不知道我的存在。偷窥，实在是件愉快的事。

忽然，我听到有人从偏屋的楼梯走上来，“咯吱、咯吱”，脚踏木板走上二楼的声响顺着天花板和墙壁传过来。我把头从窗边缩回来，屏住呼吸。这个房间的门没装锁，顺着楼梯走上来的人是邦子还好，如果是别人突然打开房门的话，我的行踪就会完全败露。

不如藏进被炉里面吧！念头闪过后，我便开始扭动身体，打算钻到里面去。可是，我整个人被夹在被炉和墙壁中间，姿势十分滑稽，而且动弹不得，被炉的红色灯光还照射在我的脸上。

爬上楼梯的脚步声从邦子房间前面走了过去。我的身体因紧张而变得僵硬，一直保持着那个姿势，还忘了呼吸。脚步声进了隔壁的房间，就是我身后那个和这里只隔着一面墙的房间。

“哎哟喂呀！”一个男人的声音隔着墙轻轻地传过来，那是用人栗林。看样子，我背后的房间是他的。

没人打开这个房间的门，这让我大大地松了一口气。然后，我意识到绝对不能弄出半点儿声响，以免被栗林发觉。我悄悄地蠕动着身体，终于把身体从被炉和墙壁间解脱出来。当然，身上的厚衣服也帮了我大忙。没弄出声音来，绝不是因为我胖。没错，绝对不是那样的。

结果当天一直等到很晚，京子都没有进入我的房间。

到了晚饭时间，邦子还没回来，我又不能从她的小房间里走出去，只好继续挨饿。然后不停地在心里咒骂：臭家伙，就不会帮我把晚饭端回来吗？

等臭家伙回来的时候，已是深夜一点了。她的头发乱蓬蓬的，一副累到不行的神情。她打开门，看见坐在被炉里的我后，沉默了好一会儿，才缓慢地带着点儿惊讶说：“噢，对。”

“你每天都忙到这么晚吗？”

邦子点点头。房里的灯自然没开，我一直盯着外面看，所以知道这个时候菅原家依然没睡的人，只有我和邦子两个。

“对不起，我现在就去给你准备吃的。”

邦子说完便要出去，我赶快制止她。

“这半天，我一直坐着没动，难道你还要让我摄取卡路里吗？

真是个不细心的人，我正在减肥呢！”

问她洗完澡没，她回答还没洗。偏屋里有个浴室供大家轮流使用，我打算待到半夜大家睡熟后再去洗澡。

“你先去吧！我还是等大家都睡了再去好了。”

邦子抱歉地点点头，然后走了出去。

结果在她还没回来之前，我就先睡着了。当我再次睁开眼睛时，已经是隔天中午了，盖在被炉上的被子还被我的口水弄湿了。糟了！错过了洗澡的时间，真是懊恼。

第二天，也就是二十三日，我依然待在邦子的房间里，看着自己房间的窗户。

我在被炉里坐了差不多一整天。当然，我把待在这里的原因告诉邦子后，她非常惊讶，我假装没看见她那欲言又止的样子。

我在邦子的房间里用望远镜从一切可能的角度观察对面。因为害怕被人发现我在偏屋里，所以没办法从窗口探出身去察看。望远镜是我趁邦子出去买东西的时候，吩咐她买回来的。我把信用卡交给她，要她把望远镜买回来。她好像没用过信用卡，连接触信用卡也好像是第一次。

“呀！电话卡还能用来买东西吗？”

她当时这样说，一定是和我开玩笑的吧。

我们的喜好似乎也相差很多，让她买个零食回来，非得一一说清楚名字才行，否则她就会买来那些老人才喜欢吃的点心。

“谁叫你买这些回来的！”

我气得一边大叫，一边把那些充满老人味的点心袋丢到她身上。

我还让邦子买了两部手机。这笔费用，我原本想从自己的账户上出，可是办手续需要现金存折和印章。没办法，只好用她的存折和印章办手续，然后我把钱从我的信用卡里转到她的存折里，真是麻烦。

两部手机，邦子用一部，我用一部。有了这两部手机，我就能窃听家中的谈话了。邦子把通话状态的手机放进口袋，故作不经意地靠近说话的人们。本来我也考虑过安装窃听器，但又不想把阵仗搞得太大。手机就不同了，我不仅能听到一些谈话的片段，就算手机一直接通着，费用也不会太高。

从邦子的手机获得的信息以及从她听来的谈话推测，家人似乎认为我离家出走后，正在某个地方游荡呢。

我坐在邦子房间的地板上，把腿伸进被炉，用邦子买来的便携型带液晶显示屏幕的 DVD 看电影。需要邦子的时候，我就用电话把她召回。有时，要她假装不经意地接近某个人，再不然就指示她从冰箱里偷些点心回来。

慢吞吞的她每次都叫苦说：“那种事，我做不来啦！”我甚至可以想象她满是歉意的神情。

“哦？做不到吗？那真是太遗憾了，我原本还打算和你在这个房子里过年呢。不过现在这样，看起来似乎是不大可能了。不过没关系，我保证一定会想办法替你找份新工作的。”

“啊？不，不要啊……”

“被这里辞掉之后，你希望去哪里工作啊？俄罗斯？尼泊尔？”

在我的逼迫下，她心不甘情不愿地按我的吩咐去做了。

夜里，邦子回来后，我们就挤在小小的被炉里，面对面地坐着。

我每次去洗手间或洗澡时都得小心翼翼的，生怕被别人发现。洗手间和浴室都在偏屋里，要等到夜深人静、大家睡觉后，我才能到那间和主屋浴室的规模根本不能比的小浴室里冲去汗水。睡觉的时候，我和她就钻进被炉里，还得小心不要碰到对方的脚。

二十四日中午，我一边继续从窗户的缝隙监视外面的动静，一边趴在被炉上打瞌睡。外面没有风，宁静的空气中，羽毛般的雪花从天空中悠悠地飘落。因为要监视外面，所以不能关窗，我只好把所有衣服都穿在身上，整个人裹得像个不倒翁似的。不过，在被炉的呵护下，我的身体倒十分暖和，唯独裸露在冷空气中的脸觉得有点儿冷。但令人不可思议的是，那种温差竟令人感觉十分舒适，就像在开了暖气的房间里吃冰激凌一样。隔壁的栗林不在房里，我将收音机的音量调小。圣诞歌曲特辑的旋律充满整个宁静的房间，冰冷的空气宛如一只白色的手，轻轻地抚摩着我的脸颊。

在这间只有三张榻榻米大的房间里，拉着一根绳子，上面晾着洗好的衣服。偏屋里有台大家共用的洗衣机，邦子每次洗衣服时都顺便洗好我那份。偏屋后面有个晒衣服的地方，不过大家眼中正离家出走的我的衣服怎么可能晾在那里呢？所以，我晾衣服只能在房间里拉绳挂着晾干，至于内衣等不起眼的东西则和邦子的衣服混在一起，晾在外面。

为了将京子“犯罪”的现场情况记录下来，我叫邦子买了一架微型照相机回来，不过到现在都没有机会派上用场。我把连接手机的耳机中的一只塞进耳朵,这样我就不必用手拿着电话听了，躺着也能听到主屋里的动静。

现在，我和邦子的联系中断了，无法了解主屋内的动静。以前也常出现这种情况，可是不久就会再次接通，同时传来邦子满是歉意的声音：“对不起，我没注意到电话断了。”

从打开了十厘米左右的窗子的外面，传来雪花飘落的声音，中间还夹杂着人的说话声。我立刻清醒过来，恋恋不舍地从被炉的暖意中出来，小心翼翼地向下看，免得被人发现。地面上还没有积雪，真是遗憾。

站在主屋和偏屋之间的石子路上聊天的,是爸爸和绘里姑姑。他们刚好就站在邦子房间的正下方，我正好可以看见他们两人的头顶。因为离得很近，他们的对话我听得清清楚楚。

“已经第四天了。”

爸爸绕着直径一米的圈子缓缓地走着，说话时双拳紧握。别看他平时在部下面前正襟危坐，一边用手抚摩着他那滑稽的胡子，一边嘴里含混地说着“嗯……”，一副胸有成竹的样子，当只有家人在场的时候，他的威严气势都不知跑到哪里去了。

“什么第四天了呀？”

绘里姑姑的双手抱在胸前，嘴里吐着烟圈。

“奈绪离家出走，已经四天没回来了！一定是发生了什么事情！难道出事了……还是，啊，一定是遭人绑架了！”

“绑架？怎么会呢？”

“怎么不会呢？啊！肯定是这样，她一定是被人绑架了。我应该知道的，很快就会有恐吓信送来，一定是这样。”

“是不是还有奈绪被切掉手指的照片啊？”

绘里姑姑苦笑着说道。结果，爸爸逼近她责问：

“你胡说什么！你这样讲太过分了吧,太过分了吧！早知道，就瞒着奈绪，在她身上装个发信器就好了。”

我心中一惊，想起爸爸以前送给我的玩具项链原来是个发信器。如果当初他们趁我不注意在我身上安装发信器的话，那我躲在邦子房间的事早就败露了。不过，听爸爸现在的口气，应该没在我身上安装什么可疑的机器。

“哥哥，什么绑架啊！你想太多了。她会不会住在朋友家？”

“我已经给奈绪的朋友们打过电话了，他们都说不在。奈绪在一个朋友家住过两晚后就失踪了。以前这孩子离家出走时，我都悄悄地四处打电话，确认她安全才放心。可是这次不同，能打的电话我都打过了，就是没有半点儿她的消息。”

我从来不知道，以往自己不告而别、离家出走的时候，背地里曾发生过这些事情。离家后寄住在朋友家时，他们也从没告诉我接到过爸爸的电话。原来他们和爸爸都是一伙的，不仅如此，恐怕我没去过的朋友家也接过这样的电话：“你们知不知道我家的奈绪在哪里？”真相让我备感羞辱，只想扑倒在地，滚来滚去地发泄一下。朋友的母亲接到了这样的电话，一定会在晚饭时当笑话说：“哎哟哟，那个奈绪又离家出走了，真是个让人头痛的小家伙。呵呵呵！”

本来我想找个时间，用手机给朋友打电话好好聊聊，可是爸爸的话让我完全打消了这个念头，说不定朋友会向爸爸告密。

爸爸一直在同一个地方绕圈子，没多久，石子路上就出现了一圈漂亮的圆形脚印。绘里姑姑用指尖将烟头弹向远处，脸上露出倦怠的神色。

突然，爸爸停住脚步，下定决心似的握紧拳头说：

“算了，还是报警吧！”

“报警？”绘里姑姑反问，“先别找警察，说不定再等个几天，那孩子就没事回来了。”

我在他们头顶上的房间里打从心底里支持姑姑的想法。要是惊动了警方，发现我原来就藏在偏屋里，那将会是我人生最大的污点。说不定每次事后想起来，都会令我发疯尖叫。事情要是发展到那个地步，对我将会极为不利。

爸爸在绘里姑姑的劝说下，打消了报警的念头。

隔天就是圣诞节了，我叫邦子买信纸和信封回来，开始给家人写信。

大家身体还好吗？我过得很好。离家后，好久都没有和你们联系了。我现在住在朋友家里，这个女生是我前几天在书店认识的。我和她很合得来，相处得很愉快。她的房间虽然又小又旧，却让我感到安稳……

我把信交给邦子，吩咐她当天就把信投进家附近的邮筒。只要我说清楚自己现在平安无事，爸爸就不会选择报警。再说成这个朋友是刚刚认识的，爸爸也就不会怀疑为什么我没告诉他电话号码了。

到了晚上，虚构出一封平安信让家人好过圣诞节的做法，让我觉得自己好凄凉。傍晚时，邦子回来向我报告京子做好了圣诞蛋糕的消息后，继续回去忙了。她一直忙到很晚，深夜才回到房间。她手里托着一个很大的盘子，上面盛着一块半圆形的蛋糕，看来是带回来给我的。

“呀，这个是大家吃不完，剩下来的……”

“好极了！”

虽说是吃剩的，蛋糕仍然大得很。我就像从高台上一跃而下跳进水面的跳水选手一样，以极快的速度将蛋糕消灭。要是当时有个人类学的学者在场，看到现代的女初中生突然爆发出如人猿般的攻击性食欲，一定会惊讶得目瞪口呆。不过，邦子却笑眯眯地看着我狼吞虎咽。

天又亮了，中午又过去了。我接到邦子的报告说，那封信已经盖上这里的邮戳寄了过来，爸爸收到信后终于放下心来。

最初，我可没打算在邦子的房间住很久。可是很多天过去了，却一直没看见京子潜入我的房间，我只好又在被炉中昏昏欲睡地过了几天。

我继续在这狭小的房间里等待，是因为我一直乐观地认为很快就可以捕捉到京子犯罪的那一瞬间。另外，则是出于怄气的心态。但最让我觉得意外的是，这种等待并没有让我感到痛苦。

邦子每天都按照我的吩咐为我准备吃的，半夜里，我会派她去附近的便利商店买些容易保存的食物。当我把这些食物消耗一空的时候，就用手机发送求救短信给她：“肚子饿了。”然后邦子就利用在厨房工作的有利条件，趁其他用人不注意的时候，悄悄地给我准备吃的。

要迟钝的邦子做这些事，我原本有些忐忑不安，不过她一直做得很好，到目前为止还没有被人发现。当然，如果有人发现了，她就会照我教的说："这是我替自己准备的夜宵。"这样就算大家觉得奇怪也不会有其他问题。

不过，整天坐在房里很容易发胖，所以只要隔壁的栗林不在，我就会抓紧时间在这个小房间里运动运动。有时候站在被炉上做伸展操，舒展僵硬的筋骨，还曾配合着音乐做健美操。邦子知道后用迟钝的口吻说："请你别再那样做了，住在楼下的大冢会骂我的，她一定以为在楼上跳来跳去的人是我呢！"最后在她的抗议下，我放弃了这项运动。

夜深人静的时候，我就离开房间去慢跑。外面天黑得有些吓人，所以我就拉着不情愿的邦子一同出门。因为正门装有可以看清来访者面孔的监视器，所以我不走正门，而是从后门出去。其实就算不会被人录下行踪，或者深夜时没人察看监视器，我还是想避开正门，选择没有监视器的后门。直直地穿过后院就是后门了，整扇门掩藏在外墙边的灌木丛中。一眼望去，就像一个木制的偏门。

我和邦子两人穿过后门，逃出院子。来到外面，重获自由的感觉迎面扑来。为了避人耳目，我戴上了棒球帽，把长长的头发藏到里面。虽然风险不大，但说不定会碰上熟人。

帽子也是我吩咐邦子买回来的，是巨人棒球队的黑色帽子，还是小学生戴的那种。戴着这样的帽子出门，若真的遇到熟人的话，真是丢脸死了，我一定半句话都不说，转身就逃。所以，我外出慢跑的时候，为了不被发现，都非常谨慎。

邦子走路很慢，慢得让人感觉不到她在移动。

我叫邦子带着接通的手机，一整天听到的都是她接二连三失败的情形。她记性很差，别人的吩咐她只听一遍根本记不住，所以别人吩咐她做事时,她总要自己反反复复地说上几遍才记得住。那些细碎的声音会通过电话，一直传到我耳中。

她真是个奇怪的人，话不多，我若不开口问她，她可以一直沉默不语,但她的沉默又不会让人感到拘束。刚开始接触她的时候，我对这一点充满了疑惑，可是和她相处久了，我才慢慢地体会到那隐藏在沉默后的温柔。对她而言，寂静无声才是最自然的状态，一语不发的时刻才是真正的放松。她的安静就像一首让人放松的曲子，远胜过那些古典音乐。

夜里，我们两人面对面地坐在小房间的被炉里。即使没有音乐或对话，这个小小的空间也充满亲密的气氛。

邦子的动作很慢，再加上身材瘦长，整个人看上去就像一棵纤细而营养不良的树。一个人行动缓慢本来无可厚非，只是不太适合做一些细碎的工作。有好多次，邦子都成为大家嘲笑和捉弄的对象。但不知从何时起，我竟然喜欢上了她这种节奏。不知道她那坚韧的个性，是不是因为这种独特的度日方式而养成的。

有一次，其他用人故意把一件无聊透顶的杂事分给她做。夜里，她就在我面前做着那件费时又费力的工作。

“真是拿你没办法。”

我一边说，一边帮忙。但只做了十分钟就厌倦了，我开始呼呼大睡。早上醒来的时候，她已经把工作完成了，她神态十分平静，没有半点儿不悦，似乎那完全是她分内的事。一定是她这个人比普通人迟钝许多，她才感受不到那些因为工作而引发的绝望。

房间的置物柜里放着塑料桶装水和食物，确保满足我平时喝水和吃东西的需要。邦子自己几乎没有什么物品，只有几件朴素的衣服。我原本还有几件行李，不过也都搬走了，以腾出空间让我住。我以为她把那些行李处理掉了，她却说：“暂时寄放在朋友家里。”

结果，最后整个房间里都是我叫邦子用信用卡买回来的东西。

我看她对金钱和财物不是很热心，便开口问她，她却说：“啊……这个嘛，要是有了钱……我也会和别人一样高兴啊！”

十二月三十一日除夕，到了傍晚，眼看吃过年面的时间就要到了，我兴奋地打开置物柜，寻找那种浇上热水就能吃的杯装荞麦面。为了这一天，我早就叫邦子买回了面。直到那一刻我才发现，置物柜底下的地板短了一截，感觉不像是有人故意抽开的，只是地板的长度不够才露出一截的样子。

我掀开地板看了看，里面有件东西，好像是邦子的，拿出来才发现是那种大学生用的便宜笔记本。不过，与其说是藏起来，倒不如说是放在那里的吧！笔记本的边缘已经发黄了，纸页快要散落下来，所以用透明胶带黏着。我毫不犹豫地翻着，都是一些用圆珠笔画的图。

也许邦子喜欢写生吧！她画了许多飞鸟、大海和花，还有风景和建筑物。坦白地说，第一页的图画糟透了，还不如我画得好呢！可是一页一页地翻过去，就会发现她的绘画技巧不断进步。翻了半本左右，她的图画已经可以和黑白照片媲美了。可以说，她已经完全捕捉到绘画的精髓了。

笔记本的后半部分画着菅原家的人和那些为菅原家工作的人。虽然这些画是用普通的圆珠笔画在不知道哪里捡来的脏兮兮的笔记本上，我却如获至宝。

有些画是脸部素描，既有我认识的人，也有我不认识的人，还有一张画着垃圾回收车和一个正在车子旁边忙碌的男人。那个男人身穿制服，满面笑容。菅原家扔垃圾的工作由邦子全权负责，她几乎每天都要把满满的厨余垃圾和旧杂志等运到垃圾场去。这幅画大概就是她日常生活的写照吧！我经常从窗户的缝隙看到她抱着我们这区指定的透明垃圾袋，从石子路上走过。

最后一页画的是我。

远处传来除夕夜的钟声时，邦子才完成工作回到房里，好像是一直忙着准备年菜。新年到了，我一个人孤单地坐在这个只有三张榻榻米大的小房间里，感受这辞旧迎新的瞬间。

我把擅自翻看笔记本的事情坦白地告诉了邦子，她并没有生气，反而有些害羞。她又把笔记本拿出来给我看，还做了些说明。

“这里是我的家乡。”

她指着大海那幅画对我说。画那幅画的时候，她的绘画技巧还不成熟，有点儿像小孩子的涂鸦。画里有形状奇怪的岩石和神社的牌坊，好像是个观光胜地。我不禁开始想，邦子小时候究竟是个怎样的孩子？想来想去的结果就是，一个女孩孤独地坐在一望无际的海边，在笔记本上挥动着圆珠笔。

当我问起她家人时，她告诉我，她兄弟姐妹较多，家境不富裕，不过比上不足，比下有余。我又问她的兄弟姐妹是不是也和她一样慢悠悠的，她想了一下，摇摇头。

我则对她说了学校里发生的事，为了攻击京子，我还把我妈妈遗留下来的手帕的事也讲了一遍。那条手帕我也带到这个房间来了，还拿给她看，连在外面结交那些朋友的事情也说给她听。说着说着，我猛然想起住进这房间前和朋友在一起的那些事，便问她：

“邦子，你的朋友是怎样的人呢？”

她似乎也有个比较亲近的朋友，有时也会出去和朋友聚会。不过，那些时候我可从来没有用她的手机来窃听。

她告诉我，她是在附近做杂事时常遇到某个朋友，才自然地热络起来的，大概是住在这附近的家庭主妇吧！邦子每次聚会回来，手上都提着一份礼物——手工做的派。我总是非常期待那个派，慢慢在大脑中形成了一条公式：邦子的朋友 = 美味的派。恐怕为我腾出居住空间而搬走的行李，都是那个朋友在代为保管吧！

我们聊着聊着，突然听到我身后的房间传来栗林哼歌的声音。栗林是个性情温顺的叔叔，可惜他根本没有唱歌的天分。每次他的歌声透过墙壁传来的时候，我都忍不住跟着唱，可是每次唱到低音的重要部分时，他便开始跑调，或是唱到一半就完全转到另一首曲子上去了。每逢此刻，我都想猛敲墙壁大喊："我受够了，老头！"但每回我都只能握紧拳头忍耐下去。

主屋那边的灯光全熄灭了。我和邦子坐在静悄悄的房间里听着从隔壁传来的哼唱声，每次那哼唱声跑调时，我们都会四目相对，强忍笑意。

远处传来了钟声，我才意识到有句重要的话还没说。

"新年快乐！"

神社那边，现在一定挤满了新年参拜的游客吧。一定会有很多穿着和服的女生，非常喧闹吧。

隔壁的栗林不知何时好像也睡了，而我和邦子所在的房间里只能听到从远处传来的钟声。

不知不觉中，我已经适应了和邦子在一起的生活。三张榻榻米大的房间很小，而相对于房间的面积来说。被炉就显得太大了。与邦子朝夕相对，我度过了许多清静时光。有时候，夜里我就直接缩在被炉里，香甜地睡去。住在邦子房间的日子十分安宁，我就像在河水的冲刷下日渐圆润的石子。

我在邦子的房里住了十多天，幸好这段时间学校正在放寒假。现在，将潜入我房间的京子当场抓获已成为迫在眉睫的问题。按照以往的经验，只要我三天没回家，那个人肯定会潜入我的房间。可是这次情况比较反常，为此我都已经快要放弃现场捉到京子的想法了。当然不是让这件事不了了之，而是这次我等了这么久，她都不曾出现在我的房间里，我觉得她这次可能不会作案了。真要是这样，也该是我离开偏屋回家的时候了。再想想前几天爸爸和绘里姑姑的谈话，以及爸爸焦虑的神情，我已经从中体会到一点儿胜利的快慰。

我决定回家了。一月三日晚上八时，也就是在邦子房间生活的第十三天，我离开了偏屋。当时，邦子还没回来，住在偏屋里的其他人也没回来，所以没人看到我的行动。

我沿着偏屋和主屋之间的石子路朝内院的方向走去，也就是和主屋大门相反的一边。那里有个起居室，现在这个时间，我的家人多会聚集在那里。为了能清楚地观赏到后院的景观，起居室有一面墙壁是用玻璃窗围建而成的。如果我在那里现身，全家人一定会大吃一惊。

我的身体因为夜里寒冷的空气而不停地颤抖，我抬头仰望，只见星星在主屋和偏屋之间的夜空中闪烁。远处传来狗叫声，我一边听着，一边隔着鞋子感受脚下石子那坚实的触感。

主屋后面有一个非常大的庭院，白天可以欣赏到水池和经过精心配置的草木，可是一到夜晚，这里就会被层层黑暗包围，有如投掷出去的石子消失在虚空中一般深不可测。我沿着主屋的墙悄悄地挪动脚步，一块亮光从墙壁内侧投射出来，将暗黑的地面剪出一个四方块，那亮光正是来自起居室。

一想到我出现在那里，爸爸他们脸上浮现出来的表情，我的心情便愉快起来。我做了一次深呼吸，吐出一团白气。我的体力在严寒的侵袭下已快到达极限，我真的很想迅速冲进家里去。不过，我还是按捺住冲动，将后背贴着墙，尽量朝光亮的方向移动。小心冀冀地，以免被发觉。

家里传出爸爸、京子和绘里姑姑的谈笑声，那笑声充满了温暖，我甚至可以想象到大家在开着暖气的房间里，围坐在桌边的情形。大概是刚吃过晚饭没多久吧，也说不定正在看电视。每个人的幸福笑声混杂在一处，感觉充满了凝聚力。

那情形让潜伏在阴影处的我呆住了，一墙之隔的另一边，并没有因我的消失而显出半点儿不自然，感觉依然是个非常完整的家庭。

刚才还非常强烈的“回家”愿望迅速萎靡消逝，过了很久，我才发现自己正不由自主地一步一步往后退，企图远离那片亮光。

我跑回偏屋，祈祷没有被任何人看到。

我怎么忘记了呢？躲在主屋阴影处听到的那些声音，跟我之间本来就没有任何牵连。在被这个令人遗憾的事实击垮的同时，我也感到异常愤怒。前几天从邦子的房间往下看到的，那个因为担心我而在地上转圈圈的爸爸，如今不管怎么看都像是背叛了我。这种想法令我愤怒极了，我一边钻进邦子的被炉里取暖，一边大力地用手掌拍打被炉上的平坦桌面，甚至想用脚把罩在红外线灯管外的金属网踹乱。

突然间，我发现眼前摆着崭新的信纸，和前些天使用的那种完全不同。上次为了写信回家，我叫邦子买了几种不同类型的信纸回来。

我抓过信纸，赌气似的开始在上面乱涂乱画。画着画着，脑海里忽然闪过前几天爸爸说过的一句话。

然后，我就写出这样的一封信来。

我们已经绑架了你女儿，想让你女儿回去的话，就要按我们说的去办……

我故意要让爸爸他们为难。这一刻，我一心只想把刚才听到的那些谈笑声全部破坏掉。

3

邦子在深夜回来的时候，我已经把坏人诱拐我的绑架信草稿写好了。

这个小房间的主人为菅原家忙碌了一整天后回到房间，拉开那扇老旧的木格子门时，立刻被眼前的情景吓得当场呆掉。邦子过了很久才回过神来，她指着散乱在地板上的杂志碎片问：“这究竟是怎么回事？”那声调一如往常般呆钝。

“出大事了，菅原家的小姐遭人绑架了。”

“被谁绑架的？”

我坏坏地一笑，回答说：“是我。”

她一脸困惑的神情，似乎不明白我这句话的真正含义。

“奈绪小姐，你干吗要戴着手套啊？”

“这个嘛，因为我不想在信上留下指纹。戴着它做事真是太麻烦了，讨厌死了。”

空间不大,但住起来舒服自在的小窝里丢满了剪切后的纸屑。

为了不让人查出笔迹，我用从杂志上剪下来的字弄成了一封绑架信。本来也想过叫邦子买台打字机，或计算机跟打印机，可是这里实在没有多余的空间摆那些东西。

“在这段日子里，我要把自己扮演成遭人绑架的样子，家里说不定会乱上一阵子。”

邦子听完，一副目瞪口呆的表情。

“你是说，假绑架……对吗？”

“呀，对，对，就是那个。邦子，你这家伙居然还能说出这么专业的名词。”

“不过……也就是说……”

她支吾了半天，竟然不知道该怎样接下去才好。

“你放心，让爸爸他们担心一阵子以后，我就会再写一封信，讲清楚那是在开玩笑，我根本不会索取什么赎金的。”

“这个……只是个恶作剧对吧？”

“没错，你说对了。”我点点头。

“不过，邦子，我有件事要交给你去办。我正在模仿绑架菅原奈绪的人的口吻写绑架信，明天你替我把信丢进邮筒好不好？”

“这种事我不干！”

她这次的反应倒是出奇地快。

以前寄给家人的信，都是邦子代我投进市内离菅原家最近的邮筒。这样一来，信上就会盖上这个城市的邮戳。不过，以前的信和犯罪事件没有半点儿瓜葛，所以她一点儿也不介意，但现在要寄出的是绑匪的通知。如果通过邮局递送的话，凭邮戳就能锁定绑匪所在的位置，因此她才会不愿意。我本想劝她说这只是个小小的恶作剧，没必要放在心上，最后决定还是让她直接把信送到家里。

“你可能不愿意，不过我决定了的事，你就一定要照办。”

“嗯，话倒是没错……”

邦子显得有些垂头丧气，然后就一直带着沮丧的神情，拿着换洗衣服和毛巾到一楼的浴室去洗澡了。

裁剪字的时候，裁纸刀不小心在被炉的桌面上留下了划痕。对这个被炉，我早已心生眷恋，也十分了解它的触感和温度调节功能运转的时间，因此看到那些划痕时，我心里非常难过。我不停地用指尖擦来擦去，可是那些划痕已经无法消失了。

在邦子回来前，我已经用剪下来的字拼好了绑架信。从那些印刷品中寻找需要的铅字，是极需要耐性的，那感觉就像从大海中捞起金鱼一样辛苦。厌倦至极的我只好想尽办法缩短信的内容，将劳动量降到最低。大概是这种做法比较实际吧，居然没多久就拼完了那封信。

我们绑架了你家的女儿菅原奈绪

付钱的话立刻放人

不准报警

报警的话，事情可就没那么容易收场

菅原家非常有钱，以金钱为目标的绑架，应该很有说服力。

我把装好信的信封交给从浴室回来的邦子。

“你要小心，别留下指纹。”

听我这样讲，她便将衣袖拉长一截，隔着袖子抓住那封信，表情十分忧虑。

“你真的要把这封信寄出去吗？”

我点点头，信封已经封好了。

“那个，上面还没写寄信人的地址呢。”

“当然不能写！”

我把身边的碎纸屑揉成一团丢了出去。

凌晨三点，邦子离开房间，把那封信丢进了家里的信箱。她觉得早上做这些事情说不定会被人发觉，所以还是晚上进行比较好。本以为几分钟后她就会回来，可是她天生走路慢，很久都没回来。我等着等着，累得沉沉睡去了。

一阵低沉的嗡鸣声把我吵醒，我的手机正在被炉的坚硬桌面上不停振动，是邦子打来的。我担心手机发出的声音会被隔壁的栗林发觉，所以一直让手机保持振动状态。窗外已经大亮了，我看看手表，刚好八点。

一月四日清晨。

我按掉手机的振动，将连在手机上的耳机塞入耳朵。邦子那部手机的麦克风正搜集着屋内的各种声音，为了避免手机曝光，邦子总是把它藏在衣服里面。而因为手机距离发出声音的地点远近不同，所以传来的人声常断断续续的，听不清楚。不过神奇的是，我可以感受到室内的空气，屋里的人们是否沉浸在愉快的气氛中，现在是不是很热闹之类的。

现在，电话另一端传来的是紧张的气氛。

“……的信封……谁发现的？”

是爸爸的声音，听上去他喉咙像缺乏唾液的滋润，十分干涩。

几分钟前有人发现了那封信，现在已交到了爸爸手中，爸爸似乎刚读完那封信没多久。看来在我熟睡的时候，邦子已经赶去主屋那边工作了，她现在是为了让我知道目前的状况才打电话给我的。

“我……刚才发现这封信放在信箱里。”

一个苍老的声音回答道。那是开车的大冢叔叔，他描述着发现那封信的经过。手机信号似乎不太好，有时候听不到声音，我猜爸爸他们应该是站在宽敞走廊上靠近正门的位置。这几天以来，我一直通过手机监视主屋内的活动，所以大致可以根据手机信号的强弱、声音的反射以及模糊的气氛，来推测邦子的位置。如果继续锻炼下去的话，说不定有一天我能成为窃听专家呢！不过，这好像是很难向别人展现的特别技能。

电话另一端似乎只有爸爸、大冢和充当移动窃听麦克风的邦子三个人。我用耳机监听两个男人的紧张对话时，放在被炉桌面上的右手也时而抓紧，时而松开，手心已开始冒汗。

“喂……怎么了？”

忽然听到一个女人的声音，那是京子，她正朝邦子的收音范围靠过来。我继续屏气凝神地关注主屋内发出的声响，似乎连京子的脚步声和衣物的摩擦声都能听得一清二楚。刚起床没多久的她，声音仍然充满困意，我甚至可以想象到她穿着长睡袍、揉着眼睛走路的样子。爸爸和大冢似乎回头望了走近的京子一眼。

“没……啊，回头我再告诉你。”

爸爸讲完这句话后，似乎将那封信迅速藏了起来。

“……”

京子似乎疑惑地说了句什么，我听不清楚，不过我感觉到她好像离开了那里。

“嘿，你也离开这里，刚才听到的话不准对任何人讲。”

大冢的声音比刚才听起来清晰得多，应该是转过头对邦子说的，他想把邦子赶走。看来，邦子为了向我报告他们对绑架信的反应，正像记者一样不断靠近正在谈话的两个男人。别看她平时慢吞吞的，这次竟难得如此积极卖力。等她回来后，我一定要大大地夸奖她一下。

“虽然……的信，真的？”大冢的声音断断续续地传过来。

“那种……呀……”

接下来是摸信封的声音和爸爸讲话的声音。

这时，电话突然中断，我竟然听不到这场谈话的结尾。是手机天线收不到信号，还是邦子能够接近的范围到了极限呢？

我将一直积在肺里的空气用力吐出来，感觉有点儿虚脱，然后随手将电话放在被炉的桌面上。一直握着话筒的左手手心已经流出汗来，我把手心在被炉的被子上擦了擦。

我打开衣柜，拿出一个中型塑料水桶，把水倒进脸盆里。把脸洗干净后，再将脏水倒入另一个塑料水桶，然后打开一瓶罐装果汁。不过，我不敢摄入过多的水分，因为要去洗手间的话，一定得走出邦子的房间，沿着走廊走五米才会到，所以我尽量避免白天上洗手间。当然，之前我倒是冒险去过几次，都是趁着中午所有用人在主屋那边工作时去的，吓得我心惊胆战，一点儿也不好玩。

我一边喝着作为早餐的果汁，一边暗想：要是这个房间的水管铺设齐全的话，我会更有效地利用这个衣柜。那个小小的衣柜放了水桶和食物后，几乎没再剩下任何多余的空间。

过了一会儿，电话再次振动起来。我赶紧接通，将耳机塞入耳朵。

“这个可以帮我拿着吗？”是栗林的声音，还有一些不知是什么发出来的“咔嚓”声。

“不要像上次那样掉到地上摔坏了。”

“知……知道了！”

那头传来邦子紧张的声音，她好像在帮栗林做事。

从衣物的摩擦声听来，应该是有人在把一件东西递给邦子。然后我立刻明白了，栗林正在换灯管。栗林爬上梯子，将安装在天花板上的旧灯管摘下来，递给在下方等待的邦子。我记得这种场面以前我无意中碰到过。

那次邦子好像失了手，换下来的旧灯管和准备换上去的新灯管，两根都被邦子摔碎了。

我在电话这端暗暗祈祷：这次可不要再失败哦！电话另一端的邦子也一定在用颤抖的双手，小心翼翼地捧着那根已经发黄的旧灯管吧！

“我说楠木，你有没有觉得从刚才开始，老爷就有些怪怪的？”

“啊……有吗？”

“有啊！大冢先生也脸色铁青。刚才，我无意中听到老爷在打电话。”

“打电话？”

“你猜他给谁打电话？”

之后沉默了一会儿。

“打电话给警察呢！”

“噢……什么？”

我以为会传来灯管落地摔碎的声音，结果什么事都没发生。

“这次你总算没把灯管摔碎。”

栗林松了一口气说。

下午一点左右，几个警察局的人来到菅原家。

“刚才来了五个警察……”邦子确认四下无人后，通过电话跟我说话，“奈绪小姐，你在听吗？”

“我一直在听，你小心点儿，绝不要被人发现了。”

我用罐装果汁润了润唇，碳酸饮料在我嘴里“咻”地起了一个泡泡。

我心想：从发现那封绑架信到警方来访，竟然花了这么长时间。这期间，警方也许在向家人和用人搜集资料吧！也许在清查每个人的背景，研究绑匪是否就在这群人之中。

“来的警察都穿着便衣，有三个扮成太太家来的亲戚，还有两个扮成用人，一前一后陆续进来。”

“现在，那些人在干什么呢？”

“有一个正在帮房子里的电话安装仪器，应该就是那个赫赫有名的电话追踪器吧。我还是第一次见到呢！”

“那其他人呢？”

“三个警察跟着老爷到一楼那个十二张榻榻米大的房间去了，

好像正在谈话。啊，刚才京子太太和你的绘里姑姑也被叫到那个房间里去了。”

“那就是说，京子她们正在听有关绑架的说明。那些警察还没向用人们公布真相吧？”

“没有。”

三个警察和我的三个家人在一楼那个十二张榻榻米大的房间里啊！我稍稍起来，将窗户打开一道小缝，冰冷的空气缓缓地渗进这个空气混浊的小房间。我一边偷偷观察外面的情况，一边小心不要被人看见。

那间和室位于主屋的一楼，窗户刚好对着偏屋这边，就在我视线下方稍稍偏左的位置。平时很少有人用到那个房间，从里面向外看，视线被偏屋所阻挡，看不到什么景色。不过，我猜正因如此，警方才会把大家召集到那里。他们应该考虑到，绑匪可能正躲在某个角落观察主屋内的动静吧。正是考虑到不能把警方的活动暴露给绑匪，他们才会选择聚集在那个毫不引人注目的地方。

我朝和室的窗户那边望去，只见几个身穿黑色上衣、长相极为普通的年轻人站在窗边，其中一个留着茶色头发，面孔很陌生。如果走在大街上和这个人擦肩而过的话，也只会把他当作普通的大学生而已，谁知道他会是个警察。他打开窗户，吐了一口气，那气体迅速化成白色。天有些阴暗，所以两栋楼之间的空地也有点儿暗。那个年轻人开始注意观察四周，先是左右察看，忽然视线上扬。我赶紧退后躲起来，安慰自己说：没关系，他并没看见我。可是，我心跳的节奏加快了很多。

等了一分钟后，我再次透过窗户的缝隙观察主屋那边的和室窗户。刚才那个年轻人已经不见了，现在房间里的六个人正把头凑在一块儿，大概在看我昨晚写的那封绑架信吧！爸爸说不定已经给他们看了我的照片，说明过我的年纪以及我离家出走时的外貌特征。警方会不会问起我的性格，还有我和家人说过的话呢？如果警方问起的话，我真后悔平时没注意自己的言行举止。

我再次把注意力转移到电话上。

有人正在走廊上走动，那脚步声不是邦子的。应该是一个比她重的人，没穿拖鞋，脚直接踩在地板上，发出“咚咚”的声音。

“好大的房子……转的话……没把握……要是有个地图就好了……”

这个男人的声音我没听过。有五个警察来家里，这应该是其中一个吧？他好像在和邦子讲话，邦子回答的时候仍然是呆呆的“噢……”。两人似乎是并肩走，从他们谈话的蛛丝马迹中我才明白，这个男人迷了路。原来他想调查一下家中的房屋结构，结果小看了这里的规模，检查完每个房间后，竟然搞不清楚自己人在哪里，所以请邦子把他带回大家聚在一起的那间和室。

“这个走廊我记得好像走过。好，送到这里就可以了，谢谢。”

“我可以问你一个问题吗？”邦子用满怀歉意的声音吞吞吐

吐地问，“你是警察，对吧？我听说小姐遭人绑架了，是真的吗？”

我明显感觉到那个男人有些警戒。

“这件事情应该是保密的，你怎么知道呢？”

“啊，那个，老爷和大家先生谈起的时候，我在旁边偶然听到的。”

“那么，你就是菅原先生提过的，看信时也在场的那个女用人？”

弄清楚来龙去脉后，男人的声音明显缓和了许多。

“嗯，那么到家里来的客人都是警察，对吧？”

“没错。”

“你们就来了五个人，真能找到小姐吗……”

对话过程中不断出现杂音，有些地方听得不是很清楚，不过我还是大致掌握了他们聊天的内容。

“话不能这么说，遇到这种绑架事件，到家里来的人越少越好。如果有很多人进进出出的话，绑匪就知道已经报警了。你放心，我们警局已经设立了特别搜查总部。不但出动了刑事课，还动员了其他课的人员前来协助，也向附近的警察局请求支持，已经有几十个人在为营救菅原奈绪小姐开始行动了，我们一定会把你家小姐救回来的。好了，你也不要太担心……”

男人的话说完时，两个人已经来到和室的门口。

之后，邦子就一直做些普通用人该做的工作，我通过电话感觉到其他人似乎也如往常般忙碌着。

在走廊上拖地板的邦子趁着没人注意的时候，偷偷用电话向我报告。

“老爷跟秘书联系过，说自己这段时间没空回公司。不过，小姐你遭人绑架的事情他半句也没提，好像只说你新年刚过就感冒了。”

看来，他们是完全不打算让菅原家以外的人知道这件事情。

电话另一端的邦子突然被什么人叫住了，似乎是警察。

当时，我正在剥橘子，赶紧停下手里的动作，仔细聆听警方讲的话。他的声音离得很远，很难听清楚，好像是警方把家里的用人一个一个请进房间，进行简单的问话，现在轮到了邦子。

她在警方的带领下进入那间和室，和室门磨合得完美无瑕，隔着电话根本听不到开关门时拉来拉去的声音。脚步落在地板上的声音略有不同，说明邦子已经从走廊的地板跨进房内，踩在榻榻米上，因为任何声音在走廊上都会带着小小的回声，而在那间宽敞的和室里则不会。

一个响亮的男人的声音请邦子坐下，大概是其中一位警察吧！那个人说话时略带地方口音，还不时用牙齿缝来吸气，看来他是负责问话的警察。大概人的声音也是有年轮的，从这个人的声音，我推测他快到退休的年龄了。

“你就是楠木邦子吧？”

“是的，没错。麻烦你了，对不起。”

“菅原先生看信的时候，你碰巧在场，所以你应该大概知道发生了什么事情，对吧？”

这个人一开始便交代清楚我遭人绑架的事情，没谈起信的内容。我想他向其他用人说明情况的时候，也都是用的这种方式吧！

“可否请你说一下自己的出生年月日和出生地，让我们确认一下呢？”

“可以。我是……”

邦子回答时的口吻一如往常般忐忑不安。

简单地问了几个问题后，负责问话的警察用牙缝吸了一口气，问出最后一个问题。

“最后还有一个问题想问问你。”

“是。”

“你觉得遭人绑架的菅原奈绪小姐是个怎样的女孩呢？”

“就像《机器猫》里的胖虎……”邦子接着“啊”了一声，然后迅速闭上嘴巴。过了一会儿，她才慌乱地重说一次：“嗯，就……非常可爱，怎么说呢……是个非常聪明的孩子。”

她刚才似乎忘了我正在电话这头监听这回事，等想起来后，赶紧补救，语调十分慌张。

其他用人似乎早已经被叫进来问过话了，大冢夫妇和栗林又是怎样谈起对我的印象的呢？

警方吩咐邦子继续像往常一样做好分内的工作，然后就让她离开和室了。邦子走到无人的角落后，开始跟我讲话。

“那个……刚才我被叫到和室里问话去了。”

“嗯。”

“你该不会都听到了吧？”

“你说谁是胖虎啊？”

“这个……其实，我本来想说你像胖虎一样充满了力量……”

“岂有此理！”我尽量压低声音说。

我从窗户的缝隙向外看对面主屋那一边，只见警方进了我的房间。虽然我应该没摆出那些不该让人看到的东西，但还是有些不放心，很想从窗户探出头去，用望远镜仔细地确认一遍，可是被看见就糟了。郁闷了一会儿之后，我心想：也就是那些东西，你们看吧！然后感觉释怀了许多。值得庆幸的是，警方没有过来一一检查用人房。这让我大大地松了一口气，因为邦子的房间根本没有能够躲藏的地方。

有个警察打扮成用人的模样，随意在房子周围走来走去，大概是在监视周围的动向吧。

菅原家的宅院十分宽广，因此宅内有很大一部分区域都无人活动，也就形成许多可以避开大家视线的场所。邦子找到一个很少人去的地方后，向我报告刚刚搜集回来的情报。电话不是每次都那么清楚，所以单靠电话监听，无法完全掌握主屋内的情况。实际上，那些警察长什么模样，我都还没有弄清楚。我躲在小房间里，一边听着邦子的报告，一边像填补被虫蛀过的洞一般，在脑中将隔壁建筑物里的情形一一补充完整。

邦子略微听到了几句警方谈论那封信时的话。

他们推测，既然绑架信上没有邮戳，就可能是由绑匪亲自送到家中的。也就是说，绑匪潜伏在附近的可能性非常大，说不定正躲在某处监视这栋房子。

“吃午饭的时候，老爷突然站起来，把桌上的盘子丢到墙上去了。”

邦子一边小心留意着周围的动静，一边向我报告。爸爸肯定急死了。

“太好了，对吧？”邦子说。

“啊，什么太好了？”

“你本来不就是希望情况变成现在这样子吗？”

“嗯……”

“啊，有人来了，报告完毕。”

做完报告后，她又恢复用人的身份，继续充当我的窃听麦克风。越来越近的人影让她有点儿心神不宁，她慌忙把电话塞进口袋里。

这时，一阵熟悉的女声透过耳机传来。

“呀，是楠木啊……你在这儿干什么呢？”原来是京子，我有点儿吃惊，因为她的声音竟然有些闷闷不乐，“等会儿把茶送到我房间来。”

邦子将茶准备好，朝京子的房间走去。那大概是红茶，我听到电话那边传来茶壶和茶杯在托盘上碰撞的声音。

我坐在小房间的被炉里，闭上眼睛，侧耳倾听京子房间外的敲门声。“进来。”里面传出京子有气无力的声音。邦子走进房里，然后传来整套茶具放在桌面上的声音。两个人都没有讲话。

虽然隔着电话，我却仿佛看得见京子坐在椅子上，身上穿着没有任何装饰的朴素衣裳，双肘支着桌面，整个身体向前倾，一副有气无力、备受打击的模样。那姿态就好像一只猫弓着腰蜷成一团，又好像一块开始融化的奶酪。总之，那种四肢无力的姿势透露出来的虚脱感有些吓人，让人有点儿担心。

从京子的房间出来后，邦子对我说：“京子太太没事吧？整个人都垂头丧气的，打不起精神来……”

听她这么讲，我的心情十分复杂。我是因为怀疑京子闯入过我的房间，才跑到这个小房间里来的。以前我们经常吵架，我觉得她是讨厌我的。对她而言，我只是一个前妻留下来的孩子，而且是和她丈夫没有血缘关系的小孩。可是，当她听到我被绑架的消息后，竟然会突然萎靡成这个样子，这实在太反常了。那感觉就好像散步的时候，背后突然吃了一记空手道一样，那打击来得有点儿意外，让我措手不及。

我一直以为自己讨厌京子，但是自己也搞不清楚到底讨厌她哪里。

我从被炉里爬出来，缓缓地将头稍稍向前压低，爬到衣柜那边拿出一份叫“不二家软质乡村饼”的饼干，这是我最喜欢的零食。

我一边小心不要在磨砂玻璃上映出自己的影子，一边爬回原来的位置，享受着饼干柔软的口感和香甜的味道，同时继续把注意力集中在电话那边传来的声音上。

先是听到几个人的讲话声，背景传来餐具碰在一起发出的金属声和流水声，还有人穿着拖鞋在附近忙碌地走来走去的声音。我猜那大概是厨房，大家正忙着整理午饭后的餐具。我不禁开始胡思乱想起来：今天午饭大家吃什么呢？是年糕汤吗？今年我还没吃到年糕呢，也还没看过贺年卡。

“这种时候，谁能安下心来工作呢？”

开口讲话的是大冢太太。穿着拖鞋走路的声音停下来了，只剩下流水声，接下来是一阵怪异的沉默。这时，手机信号倒是异常清晰。

在离手机很近的地方，传来摆东西的“咔嗒咔嗒”声，大概是动作迟缓的邦子在一件件地摆放餐具吧。电话就放在她的口袋里，所以离她越近的声音传过来就越响，也越清晰。

“邦子，警方说明情况前，你就知道小姐的事情了，对吗？”

“啊……那是，我早上经过走廊的时候听到老爷他们说的……”

“你这慢吞吞的家伙，为什么不立刻告诉我呢？”

“对不起……”

邦子脸上一定又是那种为难的招牌表情。

“真是的，你这种人怎么能待在这里呢？要不是你叔叔很会讨好菅原家的上一代，像你这种动作慢吞吞的人早就被辞掉了。

“让你打扫房间的话，会打破东西；不会招呼客人，连倒茶的礼貌都不懂。瞧你，那个苦瓜脸摆给谁看啊！”大冢太太一边洗餐具，一边数落邦子的不是。

不知道邦子是不是已经习惯了被人这样唠叨，她根本不为所动，只是一味地重复着刚才的话。

“对不起……”

夜里，邦子回到房间，说警方和爸爸一直在等绑匪联系，因为不知道下一次联系是书信还是电话，所以大家心里都有些七上八下。

我迷惘了。警方已经大规模出动，令我开始害怕，还使我产生了一点儿罪恶感。我把这些想法告诉邦子，她也是一副不知该怎么办才好的表情。看她那个样子，我不禁说：“没关系，我也没指望你能给我什么好意见。”听我这样讲，她又像个孩子似的嘟起嘴巴说：“对不起嘛！”

“不过，现在也不能出去说那封绑架信是假的。要不要再等几天？说不定警方等不到绑匪，就会自行收队了。”

邦子现在似乎不太愿意让我离开这里，因为她把我藏在家里这么久，万一事情败露，大家一定会把她骂得体无完肤。她一定很担心这一点。假如我现在像没事似的跑回去，肯定也会被大家狠狠地责骂一顿，我也不愿意那样。

于是我想了一个办法，打算让大家认为今天早上寄到菅原家的绑架信是不相干的人的恶作剧。

我装作对绑架完全不知情的样子，又给爸爸写了一封信，就和上次向爸爸报平安的信差不多。要是爸爸收到这封信，说不定会把那封绑架信看作我朋友的恶作剧，然后因此放下心来，因为只要进行笔迹鉴定，就会知道报平安的信确实是我写的。

我选了一张跟昨晚那张不同的信纸，开始写信。必须和那封绑架信区分得一清二楚才行，绝不能用相同的便笺。

大家好，我是奈绪！我现在依然寄住在那个在书店认识的姐姐家里，我们在被炉中一起迎接了新年。我本来也想回家的，可是对姐姐家的眷恋越来越深，非常舍不得离开。我现在住的房间，跟以前和妈妈同住的旧公寓有点儿像，令我非常想念从前的日子。现在，我每天都坐在被炉里吃零食，过着非常懒惰的生活。爸爸，你过得怎么样？生活方面有没有变化？

我把信写完后，交给了邦子。只要她把这封信丢进邮筒，明天就能被送到家里，假绑架事件也就会在开始后的第二天落幕了。

第二天是一月五日。

凌晨三点，我偷偷跑进浴室，迅速地洗了一个澡。在我洗澡时，邦子出去寄信。偏屋的浴室建在一楼朝向主屋的那一边，如果开灯的话，非常引人注目。虽然时间还早，但说不定主屋那边已经有人在监视住在偏屋的这群用人了。如果他们发现半夜三更有人在里面洗澡，一定会起疑心。

我在黑暗中把身体泡在浴缸里，热水已经开始变凉了。偏屋的浴室和邦子的房间差不多大，不开灯的时候，窗外微微透进一缕亮光，好像是主屋那边和室的灯还开着。

浴缸的水面轻轻晃动着，将窗口透进来的微光反射出去。

我脑子里还惦记着前去寄信的邦子。

说不定警方已经将注意力转移到之前我写给爸爸让他安心的那封信上。没错，他们一定已经在调查那封信了。那封信上盖着这个城市的邮戳，对此，他们是怎么想的呢？

说不定他们会推测出，信上那个“新朋友”的家就在这个城市的某个地方，他们可能已将调查的重点放在那家我和所谓的姐姐相识的虚构的书店上。我甚至想象着警方一家一家地走访这个城市的书店，拿出我的照片，请店员回忆是否见过这个孩子。

“你有没有见过这个女孩？当时，她身边可能有另一个女人陪着……”

店员当然会摇头说不认识，然后警方就会继续跑冤枉路，直到把城里每家书店都问过一遍，再开始调查其他城市的书店。要真是那样的话，单凭我的一封信就浪费掉国家许多税金。

我忽然想到，说不定警方正在监视这个城市里的所有邮筒。不，不会的，警方不可能二十四小时内，在每个邮筒旁都配备一个监视的人，他们也没有那么多人手可调派来侦查这件案子。再说，就算分配了人手，也不可能怀疑每个来寄信的人。还是，警方的调查工作果真能贯彻到这种地步呢?

因为水已经凉了，身体有点冷，所以我赶紧从浴缸里站起来去淋浴。

邦子回到房间的时候，两手提着装满零食、果汁和便当的塑料袋。是我要她顺便去一趟便利商店，买些能吃上好几餐的食物回来的。我不知道她是跑去哪里买的，只觉得她去了很久。

在她回来前，房里只亮着一个橙黄色的电灯泡，因为邦子不在的时候，房间露出灯光会引人怀疑。

邦子开了房间的灯后，我才发现她的脸和鼻头全都冻得红通通的。这个小房间里除了被炉以外，没有其他取暖用品，但也比外面暖和多了。她迅速把脚伸进被炉里，整个背弓起来，像猫咪拱起身子一样。在红外线的烘烤下，她脸上的神色才渐渐放松下来。

“夜里，房子外好像没人监视。我走的是后门，那里还可以自由进出。不过，听说正门那边晚上也有监视器在看着。”

看来警方是利用那个安装在正门的监视器来进行通宵监视的。监视器屏幕原本安装在家务室的墙上，不过如果接上电线的话，就可以连到那间和室里，改造一下还可以用录像带录下来。

他们的想法是，如果绑匪继续像寄送第一封信那样，直接把信塞入正门旁的信箱的话，就可以当场逮捕。

冷空气从看不见的缝隙钻进来，夺走我的体温。窗外渐渐明亮起来，玻璃窗的表面凝结着我们呼出的水汽，慢慢地化成水滴，将整个窗户遮盖了起来。

“要是没有这个被炉，我们绝对早就冻死了。”

洗完澡后也不能用吹风机，湿漉漉的头发过了很久还不干。偏屋的更衣室里有个吹风机，可是声音太大了，所以我很少用。对于我的感慨，邦子毫无异议地点点头。

“你出门的时候，有没有警察叫住你？”

“走过主屋旁的时候，有人跟我打招呼。那是个通宵工作的警察，他发现了我。不过，他不知听谁说过，我以前就经常夜里出去买东西，所以好像没怎么放在心上。”

我在心里暗自琢磨，警方会不会是表面上允许她出去，然后偷偷地在她背后跟踪？不过，他们很可能也考虑到，还是让大家保持以往的习惯比较好。如果住在这里的人突然改变了习惯，躲在暗处监视的绑匪就会知道这家人报警了。那可是他们最不想看到的结果。

我在被炉的桌边和墙壁之间挪动着身体，然后把头伸进被炉里。现在，我越来越习惯在狭窄的空间内移动了，在方圆两百千米的范围内，我说不定是钻进被炉速度最快的人。

整个被炉内部都裹在红色的灯光里，有段时间，我一直以为这红色的灯光就是红外线。不过我弄错了，红外线属于非可视光，根本无法用肉眼看到。现在，在这片红色的灯光下，只有邦子的一双脚显得特别突出。

“小姐，你把头伸到被炉里干什么？”

“没什么……我只是想用被炉把头发烘干……”

到了白天，房里也没有暖和起来，因为这个房间位于偏屋的北侧，没办法跟温暖的太阳建立良好的友谊关系。

我被绑架的消息还没有公开，所以报纸上还没有刊登与我有关的报道。如果需要登照片的话，我希望能选用那些微微向右侧身二十度、脸上略带笑容的照片。拍得最好的一张就放在书架上的相簿里，我甚至考虑过写匿名信给报社，建议他们选用那张照片。

电话另一端隐隐约约传来警察们的说话声。正在讲话的警察似乎有一个和我一样大的女儿，不过他向同事抱怨，说他们父女的关系并不好，他受不了女儿总是用鄙视的眼光看待自己。

“我一觉醒来，好像就在身边……就在耳边听到了奈绪小姐讲话的声音！”

栗林似乎和别人说过这样的话。半夜的时候，他在枕边听到了我的说话声。

我和邦子谈起这件事情时，都忍不住隔着电话偷偷地笑出声来。栗林听到的正是我本人的声音，房间的墙壁那么薄，有时候声音难免会传到隔壁，所以以后我们说话的时候一定要更小心。

然后，又有人怀疑栗林听到的声音是我的幽灵。

也就是说，我已经被绑匪撕票了。大家越说越离奇，忍不住笑出声来，不过爸爸和警方都认为这件事情非同小可，还动怒了。

主屋里的紧张气氛通过电话都能感受得到，就算没有邦子的信息反馈，只是小心地从窗户的缝隙把化妆镜伸出去，观察一下周围的情形，也能感受到那份紧张。我偶尔还会观察附近的人的表情，他们的脸上也都是异常严肃、担忧万分的神情，说不定他们正在拼命扮出一副沉痛的表情。要是笑出来的话，一定会挨骂。感觉上，全家上下就像一张拉得满满的弓，稍不留神，箭就会飞射出去。

在这样的气氛中，用人们还必须一如往常地做好分内的工作。

菅原家倒垃圾的工作，一直由邦子一人负责。每天都会有满满一大堆垃圾装在透明塑料袋中被运送出去。现在每天还要准备警察们的食物，想必垃圾量也会增加不少，邦子每天都要在房子和垃圾场之间往返两次才能运送完。

“你就是在这里工作的用人……楠木，对吧？辛苦了。”

正要去垃圾场扔垃圾的邦子，在后门遇到一个男人和她打招呼。那个男人的声音我从未听过，有点儿嘶哑，好像一件有了裂痕的乐器。不过奇怪的是，那声音富有魅力，传入耳朵后许久仍余音犹存，是很特别的声音。那个男人的年纪应该不大。

“啊，我就是，谢谢你的关心。要你监视整个后院，真是辛苦你了。”

原来嘶哑声音的主人是个警察。他和邦子简单地聊了几句，他们谈话的情形全被电话这端的我听得一清二楚。从邦子说的话看来，他们就在后院的某个地方。

“我来帮你提一个垃圾袋吧！刚好我又是一身用人的打扮，我帮你把这些丢到垃圾场去吧！”

“不用，不用麻烦你了。谢谢你的好意。”

邦子的声音里充满了惶恐。我能想象到她两手抱着巨大的垃圾袋，向声音嘶哑的警察深深点头道谢的情形。

“那个……能不能向你打听一下这次发生的事呢？”邦子主动开口问。

我叮咛过她，如果有机会和警察聊天的话，一定要打听警方那边的动向，她非常忠实地照我说的话去做了。

“只要我知道的，一定都告诉你。”

“嗯，你们派人在这房子附近调查过吗？”

“没有，这附近都没有采用调查的手段，因为绑匪可能就在这里。”

“哦，这样啊，说的也是……”

邦子一边点头，一边从警察的身边走开，可能是朝后门那边走过去。

“小心车子。”

刚才那个嘶哑的声音在稍远的地方叮咛着，那声音通过耳机传到了我这边来。

爸爸的忧虑到了极限。听回来的邦子说，爸爸和京子为我的事情吵了起来。详细内容不太清楚，但是好像听到房间里传出两人争吵的声音。

后来，邦子被叫去打扫房间，平常很少有人会吩咐她打扫房间的，因为她经常打破花瓶，不然就是弄坏昂贵的座钟，还曾经把水洒到录像机里。所以，她虽然是家里的用人，但除了擦地板之外，家里禁止她做任何打扫的工作。不过，这次情况有点儿不同。

“因为我走进房间的时候，里面所有东西都摔在地上，不用再怕有什么东西会被摔坏了。”邦子说明当时的情况后，用满怀歉意的口吻继续说，“我还是第一次那么轻松地打扫。”

看来，房里有过一场激烈的争吵，不然就是有一大群野猪从那里经过。后者的可能性比较小。

住在和绑架事件毫无关联的朋友家中的我寄给家人的信，明天应该就会到了。我迫切地希望，大家会相信所谓的绑架不过是一场恶作剧。

隔天，一月六日。

当表明我并没有遭人绑架的信送到家中时，已经是下午一点了。

“就在刚才，正好走出门外的老爷发现那封信被塞进正门的信箱里。现在，那群警察和老爷正聚在房间里谈论那封信呢。”

我一边听着邦子的报告，一边从窗户的缝隙看了一眼外头的情形。在一触即发的紧张氛围包围下，就像是产生了静电一样，我的脖子附近起了鸡皮疙瘩。通往胸部深处那根粗粗的血管似乎被人用脚踩住了一样，感觉沉重又痛苦。

信被送到家里已经过了两个小时，可是警方还没有离开的意思。邦子的电话比平时还容易断线，我甚至产生一种错觉，以为房子里有异常的空气阻碍了电波的传送。邦子说过，他们还在警局里成立了一个绑架事件搜查总部，有很多人就在那里调查我的行踪。我想，或许还有一些人为了我的事情而整晚都不能休息吧！说不定，现在还有一些穿着西装的警察正忙碌地跑来跑去，各种文件还撒满一地之类的。

摆在房里被炉桌面上的手机响了，是邦子打来的。为了避免被别人发现，她用很小的声音向我说明主屋里的情况。

“不知道警方打算怎么处理。今天的那封信，除了老爷之外，还没人知道上面写的是什么。信一送到，他们就关进那间和室里。不过，刚才有几个警察从里面走出来，脸上的表情非常严肃。”

按照她所讲的，看过信后，爸爸和警局方面的人对事件并不乐观。

“奈绪小姐，你还是少靠近窗边比较好，小心被人发现。”

“知道了。”

我深深地钻进被炉里，然后叹了一口气。好想喝热可可啊！可是，这个小房间里连烧水的工具都没有。有时，邦子回来后，会在一楼的公用厨房烧些热水放在热水瓶里拿上来给我。平常我都尽量节约用水，但是现在热水也已经用完了，看来暂时无法喝热的饮料了。

手机在桌面或其他坚硬的东西上振动时所发出的声音，让我有些难以忍受，我想起了接受牙医治疗时修牙钻头发出的声响。所以每次电话振动的时候，我都慌忙地想早点儿把它按停。

这次，我又被手机那令人讨厌的振动声惊醒。我竟然不知不觉地睡着了，刚才做的那个梦正要到关键时刻，我不禁暗自嘀咕了一句：“哼！”其实那个梦非常蠢，我一边追着逃走的草莓蛋糕，一边大喊：“等等我！”

“真是的！好不容易抓住了，正准备吃呢！”

我接通电话，一开口就这么讲，打电话来的人当然就是邦子。

“对、对不起！……怎么回事？”

“那是我的事，和你没关系。你那边怎么了？”

“啊，这个，我没注意到电话断掉了，所以重新拨通。小姐该不会是睡着了吧？”

我回答“是的”。

“嗯，我现在要去倒垃圾，先这样。”

我揉着眼睛，侧耳倾听电话那边的动静。先是传来邦子整理垃圾袋时窸窸窣窣的声音，然后是她走在石子路上的声音。邦子一如往日般穿过后院，从家里的后门出去扔垃圾。

昨天那个声音嘶哑的警察今天又向邦子打招呼。他们彼此寒暄过后，邦子刚想走过去，忽然想起一件事情，便向那个警察打听。

“听说昨天有一封信送过来了，是吧？”

电话那边虽然没有任何声音，我却可以感受到那个警察有些紧张。

“确实有封信送过来了。怎么了？”

“啊，没什么，我只是碰巧看见老爷把一封信藏到怀里，和警官们进和室里去了。嗯，该怎么说呢，用人们都在议论纷纷，是不是绑匪那边又有什么新消息了？”

那个警察的紧张稍微缓解，“噗”地笑了一声。

“这样啊，原来大家以为……放心吧，那封信不是绑匪寄来的。应该再等等就会把消息告诉大家了，不过我可以先告诉你，今天的那封信是菅原奈绪小姐写来的。那封信的笔迹毫无疑问是奈绪小姐的，信上说她正住在一个朋友家。”

“真的？”邦子惊讶的声音略显做作，看来有必要对她进行演技方面的指导，“也就是说，奈绪小姐平安无事喽？”

“不，也不能完全……现在下结论还太早，那封信说不定是绑匪胁迫奈绪小姐写的。”

被人威胁而写下那封信？警方考虑得如此缜密，事情并没有如我所想的圆满落幕，这让我有些沮丧。

“只要奈绪小姐本人没有平安现身，我们是不能放弃那条线索的。你想，奈绪小姐离家出走是十二月二十日，接下来的两天一直住在以前的一个朋友家中，这一点已经确认过了。可是，二十二日她跟朋友在街上分手后，就没有任何消息了。接着，圣诞节那天寄来第一封信，上面说住在一个刚认识的朋友家中。可是关于那个新朋友，家人和我们警方都没有任何头绪。如果真有这个人的话，那么信封上的邮戳告诉我们，她应该住在这个城市。也说不定这个女人就是真正的绑匪。当然，我们也考虑过，这个人物说不定是绑匪虚构出来的，用来混淆警方的视听。”

一月四日，信箱里发现绑匪的第一封来信。

一月六日，也就是今天下午一点左右，收到一封丝毫感受不到绑架气氛的来信，令事情出现转机。

“这次的信上，同样谈到第一封信中出现的那个女人。如果奈绪小姐真的是自愿待在那个女人身边，自然没有问题。但如果这两封信都是奈绪小姐在绑匪的胁迫下写的，那算起来，奈绪小姐遭人绑架至少一星期以上了。

“奈绪小姐写下第一封信后被绑架，所以只有第二封信才是在绑匪胁迫下写的，这似乎有点儿不合逻辑。绑匪应该不知道第一封信的内容，但两封信的内容又完全吻合。如果只有第二封信是在绑匪的胁迫下写出来的话，根本没有必要和第一封信保持风格一致，反而应该为了表明情况异常，而在第二封信中谈些完全不同的内容才对。基于以上理由，警方认为这两封信应该是在完全相同的情况下——如信上所说在某个安全的地方写下的，或者都是在绑匪的胁迫下写出来的。”

听声音嘶哑的警察解说，警方认为情况可能属于后者——他们认为绑架事件在圣诞节前就已经发生了。

“绑匪为什么要在绑架奈绪小姐后，先让她写封平安信让家人放心呢？应该立刻跟她的家人取得联系，表明已经得手了才对啊！我们认为绑匪是利用这段时间做准备，可能是想在通知绑架得手之前，先用一封信瞒住她的家人，免得他们去报警。

“但如果说那两封信都是奈绪小姐为了告诉家人自己住在新朋友家，让家人放心才写的话，还是前后有矛盾。通知完绑架得手后又过了两天，为什么还要写那种信来争取时间呢？

“今天送来的信上盖着五日的邮戳，也就是在这家人收到绑架信后的第二天，有人寄出了这封信。这封信的意图和那封用剪出来的字拼出的绑架信的意图，完全背道而驰。就像是完全不同的人，基于不同的想法所采取的行动。”

“哦……我想，那封绑架信会不会是什么人的恶作剧呢？”

邦子吞吞吐吐地说出自己的想法。

“也有这种可能。说不定正如信上所说，奈绪小姐目前正住在这个城市的某个朋友家。不过，也说不定是在这个城市的某个地方，被绑匪威胁而写下这封信。”

“那为什么绑匪要寄来前后矛盾的信呢？”

“我们认为绑匪之间可能有内讧。”

绑匪“之间”？我歪着头，用手盖住耳机，想听清楚那个声音嘶哑的警察说的话。

“也就是说，让菅原奈绪小姐写下‘我很好，现在正住在朋友家’的人，和那个在菅原家信箱里塞绑架信的人，不是同一个人。这些人的目标都是菅原家的庞大财产，才会聚集到一起犯罪。不过，他们彼此之间的消息和沟通不是很顺畅，所以才会产生现在这种前后矛盾的行为。今天送来的那封信应该是他们在联系方面出现的失误。”

“哦……真……真了不起，分析得这么详细……”

邦子的那点儿脑细胞已经不知道该做出怎样的反应才好了。

“菅原家拥有的巨额财产超乎想象，所以绑匪集团才会选择向奈绪小姐下手。不过你不用担心，这群绑匪似乎只是一群乌合之众，彼此之间缺乏沟通，连信封上的邮戳都不加考虑，幼稚得像一群孩子，你家小姐一定会平安无事的。”

深夜两点。

我把邦子房间的窗户打开一道缝，足够探出头观看外面的情形，脸上的毛孔接触到窗外冰冻的空气后开始收紧。主屋那边几乎所有的窗户都看不见灯光，在黑暗的夜晚显得异常宁静。只有一楼那个有警方的和室还亮着灯，在主屋和偏屋中间的石子路上投下一缕白色的光线。看起来警方和便利商店一样，都是二十四小时不休息。

“你说，后门那边现在有没有人在监视？”

我关上窗。

“我倒是没看见那边有什么人……前几天我半夜外出的时候，那个在主屋那边工作的警察看见过我。不过，我想后门可能不在他们的监控范围内吧。”

听她这样讲，我又开始想出去活动活动了。去便利商店买些好吃的，大吃一顿。

“我要出去！”我握紧拳头，向邦子宣布这个决定。

“呀！那可不行啊……”

邦子持反对意见，不过她哪里拦得住我。

“我说去就去！再不快点儿吃到不二家牛奶糖或明治巧喜糖什么的，我会死掉的！”

“那我跟你一块儿去。”

邦子拿起一件修补过的短版斗篷站起来。

她也拿了一件短版斗篷让我披上。本来我自己有几件御寒的衣服，像离家出走时穿的那件大衣，还有搬进邦子的房间时，从自己的房里带过来的羽绒夹克。不过，我不能穿那些衣服，因为警方知道我离家出走时的装扮，说不定那件外套也和我一起成为调查对象了呢！羽绒夹克是我经常穿的衣服，要是遇上熟人的话，他们说不定会过来打招呼。

为了改变装扮，我戴上了巨人队的帽子，然后一手提着一只鞋子走出房门。一路小心地不在地板上弄出太大的声响，小心翼翼地走出偏屋，唯恐让人发现。

正门正被录像机监控，我们必须走后门。走后门的话，就一定要走那条石子路，还得从警方待命的和室窗前经过。鉴于邦子上次已经被人看见过，我们决定这次稍稍绕点儿远路，避开那个仍亮着灯的和室，从偏屋的外围绕过去。

“邦子，万一那里有警察看守的话，你一定要好好缠住他们，好争取些时间让我迅速逃走。”

她紧张地点点头。

我和她沿着偏屋右边的小路一路小跑着穿过去，就像逃兵一样，尽量把头压低。还好，我并不需要邦子做任何牺牲便顺利地离开了后院。我们手上没带任何照明工具，黑暗中只能借着天上的星光看路。夜晚的空气寒气逼人，偌大的后院里只有一些和我一样高的石头，还有一些奇形怪状的松树暗影静静地站立着。

我们看不到任何活动的人影。从后院的正中央穿过实在太过招摇，因为那里地势开阔，视野良好，所以我们选择紧贴着树林旁边走过去。在星光的映照下，后门在地上留下一道阴影，不过夜色太深，看得不太清楚。我在邦子的引导下，从那个小门溜了出去。

离开菅原家的范围后，我们又快步走了一会儿，直到觉得不会被人发现才终于停下脚步。一阵紧张过后的轻松，让我感觉非常愉快，肺部也在贪婪地呼吸着夜里清新的空气。冰冷的空气进入身体后，我似乎感觉到自己的寿命又增加了两个月。

我们朝最近的便利商店走过去，路两旁的人家早已经进入甜蜜的梦乡。

途中，我们经过这个地区指定的垃圾场，那里放着一个装满垃圾的半透明塑料袋。

“啊，今天又不是丢可燃垃圾的日子！这不是难为了回收垃圾的人吗……”

邦子的语气好像扔垃圾的专家一样，坚决反对这些违规行为。她嘟着嘴，用难得一见的热心口吻讲述着那些回收垃圾的人的苦恼。

我们一边走着，一边就寒冷的话题聊了很久。

“看来把绑架说成是假的这条路行不通了。”

邦子突然小声地讲出这句话。

据她报告，房子里的气氛依然紧张，就好像包围着菅原家的整个空气层都在承受着外界的压力。大家无论走到哪里，都能感受到那种压抑，连呼吸都觉得很辛苦，因为吸取不到足够的氧气。

我虽然待在小房间里，但也能同样感受到那份沉重。

便利商店里灯火通明，整个笼罩在白色的光线中。

我一边小心地躲开店内的摄像头，一边沿着货架挑选商品。哼！在这段与世隔绝的日子里，Pocky[1]的种类又增加了！我不停地把那些Kit Kat、白色气球冰激凌、果实巧克力派、竹笋之乡巧克力饼、得意动物饼等塞进购物篮，当然也没忘记买不二家软质乡村饼和ELISE饼干条。

女店员将堆积如山的零食一一扫过条形码机，我看着她，心中暗想：这个人可能还不知道离这里不远的大宅发生了一桩滑稽的绑架案呢。

我平常很少一次买这么多零食。如果我平时也这样的话，就算我戴着帽子改变了装扮，店员只要看到堆积如山的零食，就会知道买东西的人是我了。

走出便利商店，我让邦子拿着装满零食的塑料袋，自己则舔着可以抽奖的棒冰，往家的方向走。

“不如我们不回家了，就这么一路旅行下去，直到真的有人来绑架我们，怎样？”

我整个人转过身，对着跟在身后五米远的邦子说，然后就一直倒着走。

1　由日本江崎格力高株式会社生产的日式零食。

“别说傻话了……”

她手里提着沉重的食物，用发自内心感到困扰的语调回答。

“那些买来的东西，你要帮我拿好哦！那些饼干和果汁可比邦子你重要得多！”

“奈绪小姐，你应该眼睛看着前面走路嘛！这样太危险了！”

我故意装作没听见，继续舔着棒冰倒退着走。我就是那种即使冬天再冷，也一定要吃冰激凌的人。

“啊！中了。”

棒冰中间的棒子上写着“赠送一支”的字样，我举起来给邦子看。

突然间，邦子睁大了眼睛，直直地瞪着我的右后方，嘴巴大大地张着，似乎正要喊出什么。塑料袋从她手中掉下来，刚刚刷过条形码的零食凌乱地散落在柏油路上。

我倒着走的时候，竟然不知不觉地走到了十字路口的正中央。

车灯的强光从我身后的右方笼罩过来，就在那一瞬间，我视线内的一切都变成了白色，耳边立刻传来沉重而坚硬的物体碰撞时发出的巨大声响，伴随着一阵热浪冲击过来。

我呆立在那里，手中还高举着棒冰，一动也不动。神奇的是，我并没有受伤。原来车子避开了我，猛烈地撞向十字路口旁边的一道墙后，严重损毁，车子的前半部分撞得像揉成一团的纸，还冒着烟。

邦子迅速跑到我身边，我不知道她要干什么。只见她抓住我还在高举的右手，把它拉下来。

周围的居民被刚才的巨响吵醒了，原本一片漆黑的屋子里亮起了灯光。在相隔极短的时间内，亮灯的窗户一个接一个地增加。我猛然想起，很快就会有人过来，自己会被人发现。

邦子抓着我的肩膀大喊：“回房间去，快点儿！我会说是为了躲开我，那辆车才撞到墙上去的！”

她摘下我头上那顶变装用的黑色棒球帽，戴在自己头上。那顶帽子对她来说太小了，根本戴不上。她又迅速拾起散落在地上的零食，装进塑料袋后交给我。

“这些零食你一起带回去。我要是拿着这么多零食，人家会怀疑的……”

她这种气魄我还是第一次见到，整个人都吓呆了。在大脑根本无法做出正常判断的状态下，我飞快地逃走了。我两手提着塑料袋，下意识地沿着来时的路线跑回家。等我清醒过来的时候，已经回到了邦子的小房间里，双脚伸进被炉里坐着。

那根棒冰的棒子似乎遗落在事故现场了，被炉的桌上满满地堆着买回来的零食，可是我却一点儿食欲也没有。

我看了看表，已经凌晨三点了。

4

邦子回来的时候，外面的天空已经微微泛出亮光。我逃走以后，她看着救护车把受伤的司机运走，然后接受警方盘问事件的始末。警方已经知道菅原家发生了绑架事件，也知道她就是事主家的用人，所以迫不及待地盘问她为什么这么晚还跑出来。邦子告诉他们，她是为了给自己买点儿吃的，然后用她那特有的慢悠悠的语调说明事故发生的经过，最后请巡逻车把她送去受伤司机住的医院。

“放心吧！那个司机受的伤不是很严重，只是有些轻微的脑震荡，已经从昏迷状态中醒过来了。”

邦子坐在我对面，双肘撑在被炉的桌面上，把事情的经过说给我听。

那个司机似乎是住在附近的一名中年男子，事故的原因就是我倒着走的时候，冲到了十字路口的正中央。刚回家的时候，一想到那个男人说不定已经死了，我就不寒而栗，那种背脊凉透的感觉完全不是有冷风从窗户缝隙渗进来的缘故。

“开车的那个人躺在医院的病床上大发脾气，把对小姐的怒气全都发泄在我身上了，真是吓死人了！他气得满脸通红，不停地大吼大叫。整个医院都能听到他骂人的声音，惹得护士也跑过来叫他安静些。”

我脑海里浮现出她在医院里低头道歉，把所有罪责都揽到自己身上的情形。

那个司机似乎认定邦子就是肇事者。

“邦子，你个子那么高，我这么矮，相差那么多，那个司机居然没发现肇事者调了包！”

“这个嘛，大概是因为小姐你当时一只手举得很高，看上去像高个子吧。应该是这样子没错。”

她说的时候表情十分认真，我却怀疑是否果真如此。

司机将她错认为我是因为我们当时都披着短版斗篷，是因为服装很像吧。

“要不是那个司机是巨人队的球迷，我还不知道要被骂多久呢！”

看来，幸亏我戴的是巨人队的帽子。

“算了，你替我顶罪也无可厚非嘛！”

我话刚说完，她就生气地嘟起嘴。

“怎么可以这样！”

其实，我在心里悄悄地嘀咕了一句：对不起嘛！

一月七日上午，菅原家主屋那边开始谈论车祸的责任问题。那个司机的怒气似乎还没平息，我担心他可能会告上法庭。邦子拿的那部手机一直不通，我没办法直接听到他们的谈话，只能事后等她说给我听。

身为雇主的爸爸和那些警察围坐在邦子身边，就绑架案过程中发生的这宗令人头痛的事情交换了意见。有人说，这件事会刺激到绑匪的情绪；也有人说不会，不要想太多。最后的结论是让邦子立刻请假，回家休养，直到菅原家同意才能回来。

“这意思是说，要把你赶出去？”

午饭的时候，邦子告诉我这个消息。她刚刚帮我从茶水间端热水回来，好让我能吃上泡面。

“也不算是被赶出去……只是让我立刻收拾行李，明天傍晚前离开这里，回家好好休息休息。”

我感觉到全身的血液似乎一下子被吸干了。

“笨蛋，那就是要赶你走啦！”

“哎，才不是呢！”

在女儿遭人绑架的紧要关头，一个用人不小心引发了交通事故，要是成为人们议论的焦点，恐怕有些不妥。爸爸大概是这样判断的：如果这件事刺激了绑匪的情绪，说不定会关系到女儿的性命；不如尽可能平息风波，妥善处理，最好的办法就是让闯祸的用人承担责任，走得越远越好。

而且大家都认为，邦子是家中最没用的用人，她在不在都无关紧要。虽然她自己根本没把这些看法放在心上，可是身为用人却什么都做不好，又是凭关系进来工作的，那些早就对她心怀不满的用人肯定向上面打过她的小报告。

“你明天就要离开这间房子吗？”

邦子以满脸为难的神色点了点头。那我该去哪里才好呢？

我把热水倒进泡面碗里，然后一声不吭地思考。十秒钟后，我想到一个解决的办法。

“我们要求赎金吧！”

正要返回主屋工作的邦子整个人都呆掉了，歪着头问我：

“啊？你说什么？”

“我们索取赎金。向家里索取赎金，用来赎回被虚构的绑匪绑走的菅原奈绪。然后你拿着装赎金的袋子，送过去给绑匪。”

“哦……呀？要我……送过去给绑匪？”

“而且，你会把这件事情处理得非常圆满，然后你就成了英雄。这样一来，再也没人敢抱怨你的不是，你也就不用离开这个家了。”

我不能看着她遭到解雇却坐视不理。这不是因为她走了以后，我无法再待在这个小房间里这么简单。换个角度来看，原因可能更简单，一点儿也不复杂——我发自内心地强烈希望邦子能一直守护在我身边。

“你是说……是说让我在送钱的过程中大显身手，然后就不用离开这里了，对吗？”

“你倒是明白得很快嘛！”

她稍稍扬起下巴，视线无意识地集中在斜上方二十厘米的地方，竟然一反常态地思索起来。滑稽的是，她的嘴巴张开着，就像一条正在等待诱饵的鲤鱼。大概她也拿不定主意吧。

“嗯，我懂了，那就这么做吧！”

邦子下定决心，并告诉我她一个小时后回来，然后就离开房间了。在她回来前，我又开始拼凑绑架信。

信上写的内容是准备赎金，赎金要由用人楠木邦子送过来，明天交换赎金和你的女儿。我打算今天就把这封信送到家中，今晚让他们做准备，明天下午交钱放人。在时间安排方面可能有点儿紧，但是邦子明天就要被赶出家门了，而且我也想早一点儿结束这场无聊的闹剧。

明天下午把女儿还给你，但要把钱准备好

准备二百万[1]用过的旧币

钱放在袋子里让楠木邦子拿着

让她来和我们交换人质

明天时间一到，我们会打电话过来

你们就待在家等消息

1　本书所指货币皆为日元。

我小心翼翼地将信纸塞进信封里，同时注意不留下自己的指纹，然后邦子会趁大家不注意的时候，把信塞进正门的信箱。

不行，正门不行。正门一直处于录像监控的状态，不如安排由邦子来发现这封信，然后直接给爸爸送去。可是，信中指名让她做交易人，现在又经由她的手送进来，一定会遭到警方的怀疑。

我从杂志上找出“菅原先生”的字样剪下来，尽量控制文字的大小，造成一种和犯罪无关的印象，认真地贴到信封上。

邦子回来时，我把信封递给她说：

“你去把这封信塞进隔壁家的门缝。”

她也十分小心地接过信，注意不在上头留下指纹。

“塞进……隔壁家？”

“不是隔壁家也没关系。直接放进家里的信箱不方便嘛，所以你先把这封信送到别人家，收到这封信的人看到信封上的名字，一定会送回我们家的。”

“可是，真的会像你说的那样吗……”

“只要你不挑那些没人在的住户，就一定没问题。还有，你一定要挑那些心地善良的。这件事进展是否顺利，就靠邦子你了。不要把信直接塞进信箱，那样可能很久都不会被人发现，所以你要把信放在一个容易被人发现的地方。”

邦子拿着信出去了。现在是白天，出去办个事再回来，应该不会有太大问题。

然后，我就把整个身体蜷缩在被炉和墙壁之间的狭窄空间内，摆出平时晚上睡觉时的姿势，开始思考关于交付赎金的计划。我还听了电话那头的状况，邦子和平时一样，正准备去扔垃圾。这时，电话忽然断掉了。其实我也厌倦了用手机监听房子里的动静，决定回头再听邦子报告。

发生了这么多事情，我觉得好累，仔细想想，我几乎都没怎么睡。

一闭上眼睛，我就想起昨晚那辆前半部分严重撞损的车子。

和菅原家隔着三户人家的太太将那封“送错”的信转送过来时，已经是下午四点左右了。那时，她刚要去买东西，发现了夹在门缝中的信，看见没贴邮票时觉得有些奇怪，再看到上面写着“菅原先生”的字样后，就送过来了。

听说警方详细地向她询问了当时的状况，看来这次的事件一定会在邻居间传开。警方倒是叮嘱过她不要对任何人讲，不过我觉得那一点儿用都没有。

听邦子说，在绑匪终于提出赎金方面的要求后，全家人却沉默不语了，似乎在期待什么人能站出来说点儿什么，但又好像想迅速制止什么人站出来讲话的样子，气氛非常怪异。虽然现在还是一月，但是连一点儿刚过完新年的气氛也没有，家中的每个人都只有冷漠无言的眼神和焦虑的表情。

听说为了准备绑匪要求的赎金，绘里姑姑在警方的陪同下去了一趟银行。我还以为这二百万不用去银行，只要在家里随便找找就能凑齐呢！看来我错了。我要求的这个金额，本来是想让警方放松警惕，好让他们认为“绑匪可能是个小孩吧”。

赎金在傍晚七点时就已经准备好了，钱就装在袋子里，放在警方驻扎的那个一楼的大和室，保管到交钱换人质的时候。

爸爸他们和警方一直在思索绑匪为什么指名要邦子去送钱，最后归结为可能是绑匪听说了昨晚那场事故，看中肇事者邦子的性格。说不定绑匪已敏感地察觉到邦子在某些方面的能力比正常人差很多，选这样一个不够机灵的人来送钱，风险较低。

警方也想过找一位女警假扮成邦子的模样去送钱，最后一致认为还是按照绑匪的指示比较好。听到这个决定，我松了一口气，否则我的计划就毫无意义了。

我小睡了几个小时后，深夜十二点开始准备交付赎金时要用的小道具——所谓的小道具，其实不过是将剪下来的字拼成的两封信。从杂志上寻找合适的字剪下来再贴到纸上去的事，我已经驾轻就熟了。将方圆三十千米范围内的人聚集起来比赛的话，我一定是第一个完成这种绑架信的人。不过，这也不是什么值得骄傲的技能，就算日后有了子孙，我也不会告诉他们。

我一边剪贴拼写信件，一边和邦子商量明天中午交付赎金时可能会遇到的状况。她又和平常一样花了很多时间，不停地嘟囔着，想把我说过的话一一记住。

邦子夜里还回了主屋那边几次，和大冢太太一起为那些警察准备夜宵。我站在窗边确认了一下，那间已成为警察办公地点的和室的灯还亮着。那个房间里放着装有赎金的袋子，这大概让他们的工作紧张到了极点。

不仅是这些进驻家中的警察，恐怕总部那边的数十名警察也在认真地调查这桩恶作剧案件。事已至此，那些曾经追查我行踪的警察，还有那些前去调查谁对菅原家心怀不满、对菅原家的财产心怀不轨的警察，今晚的心情一定都十分复杂吧。

天还没亮，我就从家里溜了出来，谨慎地确认过周围没有警察后，迅速穿过寒风刺骨的夜色。我隐隐感到不安，总感觉似乎有人就在我的背后穷追不舍，还感到一丝恐惧，仿佛马上就会被人发现并捉住。穿过后门后，我一直跑，直到喘不过气才停下来。黑暗的柏油路上只有我一个人的脚步声，我终于停下脚步，双手撑住膝盖，剧烈地喘气。然后回头一看，围住菅原家的高墙已经从我的视线中消失了。

我回想起离开那个藏身已久的三张榻榻米大的小房间时的情形。

“好，我该走了。”

我对邦子讲完后便离开了房间，就像我平时出去散步那样轻松。她坐在地上，整个身体趴在被炉上，我想她可能睡了。

“那我等你再回来住……”

她把脸埋在桌上，说出这么一句话。我心想，邦子竟然也能说出这么精彩的话。

5

一月八日。

早上六点，我走了约一个小时后，来到十代桥车站前的一家便利商店，买了一个面包当早餐。天空依旧黑茫茫的一片，街灯还亮着，偶尔有几个要搭火车的人在月台上走着。气温还未上升，他们都缩着肩膀，似乎想避开那份寒冷。

我坐在长椅上打开面包袋，有点儿担心会被人发现。虽说时间还早，这种可能性很小，但说不定会有熟人碰巧经过，所以我又走到一个无人的角落里。出门的时候，我戴了一顶帽子打算伪装用，不过考虑到那顶巨人队的帽子可能更引人注意，所以没戴。

我和邦子约好六个小时后的正午十二点交付赎金。一想到这件事，我便立马失去了食欲。我胡乱地想，要是食欲不振能帮助减肥的话，倒也不错。可是不知不觉间，我却吃了三个面包。

冰冷的空气从厚外套的袖口和领口钻进来，带走了我的体温。

我尽量蜷缩起来，以减少身体的表面积，防止体温流失。

然后，我从口袋里拉出电话耳机，专心倾听从耳机中传出的声音。虽然邦子的电话经常断线，但还是能够把家里的紧张气氛传递过来。房子里的人已经开始行动了，从刚才起，我就一直听到大家无言地在走廊上穿梭的声响。平常这个时候，邦子总是一边听着大冢太太的责备，一边做事，不过今天似乎不用工作。

距离交付赎金还有一段时间，不过警方并不知情。他们考虑到绑匪说不定随时会打电话过来，所以就让邦子待在警察们聚集的和室里等着。我不时听见周围有人和她打招呼，每次她回答的声音都好像缺乏信心。我开始想象：那个宽敞的房间里放着装满赎金的袋子，邦子好像陪衬一样坐在旁边；周围有一群表情严肃的警察在走来走去，她面无血色，一副不知所措的神情。只要呆坐着，不用做分内的工作，这一定让她觉得十分对不起大家吧！

警方似乎悄悄地在她身上安装了窃听器，那个窃听器和小型电池就缝在她的衣服里。其中一个警察还向邦子解释："昨天送来的信上说，今天下午要交付赎金。详细情况我们还不清楚，不过绑匪会想办法和你取得联系，给你指示。我们只能远远地跟着你，暗中进行监视。如果绑匪联系你的话，你要在这个窃听器的有效范围内将绑匪指示的内容说给我们听。这样我们就不会跟不上你，甚至还可以抢先一步行动。"

负责解说的警察声音非常严肃，我甚至可以透过耳机听到汗水沿着他额头滑落的声音。他的声音很年轻，说不定就是站在和室窗口向外察看的那名警察。

“请问……那个装钱的袋子里有没有装发信器呢？”

邦子吞吞吐吐地问道。

“装了，里面缝了一个小型发信器。”

“是不是还装了那种一打开袋子，就会喷绑匪一身彩色液体的机关？”

年轻的警察笑了一下，邦子那慢悠悠有些迟钝的声音，多少缓和了紧张的气氛。

“这次没用那种机关，怕会激怒绑匪。要是激怒了绑匪，奈绪小姐就会有生命危险。重要的不是捉住绑匪，而是要平安救出奈绪小姐。袋子里的钱都是真的，而且是用过的旧钞，一切都是按照绑匪的指示来准备的。事实上，要不要在袋子里装发信器和在你身上装窃听器，警方内部意见分歧很大。”

上午九点了。

我走向车站角落的自动贩卖机，那里人不多，那台自动贩卖机可能还没什么人用过。我把信封塞到自动贩卖机后面，信封里装着我昨晚拼好的信。为了防止那封信被风吹走，我将信封用胶带贴在自动贩卖机后面的墙上，那胶带是我在便利商店买的。

迅速做完这一切后，我看了看四周，应该没人发现。我顺着楼梯向下走了几步，然后回头看了看那个藏信封的位置。那封信可不能被毫无关联的人拿走。不过应该没问题，那个位置一点儿也不会引起别人的注意。如果不是预先知道那里藏有一封信而专门去自动贩卖机后面找的话，根本不会有人发现它。

接着，我趁四下无人，迅速离开那里。

按照约定，我应该在今天中午打电话回家，通知开始交付赎金。我还必须假装我是被绑匪胁迫说出绑匪要我讲的话的。

到十代桥车站，可以开车去，然后在十代桥车站内找出可口可乐的自动贩卖机。进入车站后，只允许邦子一个人去找，绑匪会在远处监视着。如果不遵守约定，有其他人出现的话，我就会没命……

我一说完这些就要挂断电话，当然，用的是公共电话。

藏在自动贩卖机后面的信上写着：

坐上电车到鹰师站去

然后到车站前的邮筒后面寻找指示

从十代桥车站乘电车，三十分钟后就会到达鹰师站。我现在就要赶去那里，把第二封信藏到邮筒后面。

之后，我通过手机仔细聆听另一边的动静。看看表，不知不觉已经十点了。十代桥车站周围有几家百货公司，其中一家已经拉开铁门开始营业。我走进去，动作迅速地选了件普通的男装外套和帽檐很宽的帽子，还买了一些搬家时用来捆箱子的塑料绳和剪绳子用的剪刀，然后提着大纸袋坐上电车。

电车里几乎没有人，我找了一个宽敞的座位坐下来。电车像打冷战似的震动后，开始缓缓启动，窗外的风景逐渐加速后退。车里的暖气虽然很足，我却感觉幸福离我很远。

我再次集中精神，留心电话另一端家里的状况，爸爸还有绘里姑姑正在和邦子谈话。

“奈绪的事情就拜托你了。”

爸爸的声音有些颤抖。我可以想象他脸上那憔悴的神情，这让我觉得有些心痛。于是我开始想，事情为什么会发展到这个地步呢？

“你十分担心奈绪小姐，对吧？”

邦子问爸爸。

“那当然了。”

“哦……你们之间没有血缘关系，但你还是很担心她，对吗？”

爸爸突然沉默了一下，我虽然看不到他的表情，却能感受到他有些畏缩。我想邦子一定是故意问这些问题，好让我听见。我突然觉得有些莫名的情绪，于是把手伸向塞进耳朵的耳机，想把它摘下来，可是我又想亲耳听到爸爸的回答，所以最终还是没摘下耳机。

“这和血缘，没关系……”爸爸无力地回答，声音里透出一丝软弱，好像一个胆怯的少年在抽泣，“我曾经爱过那孩子的妈妈，但这已经不重要了，我只希望自己就是那孩子的爸爸。参观学校的时候，我这个做爸爸的去看过；我失落的时候，她在我背后推了我一把。今后，我要是能参加她的毕业典礼，和她一起分享顺利通过考试的喜悦，那该多好啊！快要举行成人式了，她即将长大成人。我要是能看着她穿上漂亮的衣服、化漂亮的妆，然后和姿势端正的她一起拍成人礼的照片，那该有多好！奈绪说不定会去公司上班，第一次上班的时候，她说不定会穿套装。然后就是找到一个可靠的丈夫，那时我一定长出了很多白发，成了一个风烛残年的老人。她还会时常抱着孩子回家，说不定我看到孙子的脸，由于太开心，就咽气归西了。我把她养大，并不是出于什么义务，只是出于那种常见的、一般人都会有的感情。”

说完，好像爸爸便转身离去了。

我看看窗外，电车已驶进鹰师站了。

天气不错，十分晴朗。

走出闸口，我发现车站虽小，周围却有很多家快餐店。圆形的漂亮花坛旁边，可以看到许多带小孩出来享受散步时光的父母。车站前醒目的地方有一座钟塔，时钟刚好敲响了十一下，播放出令人愉悦的旋律。接着里面的机关开始动起来，表盘上有个数字的部分打开了，一个小丑模样的人偶从里面走出来，开始翻筋斗。几个孩子看得很开心，紧紧握着父母的手。气温虽然还不高，阳光却很强，我感觉到周围的一切都有些耀眼。

然后，我跑到邮筒的后面贴好第二封信。

走到鹰师绿地公园的长椅那里去

纸上只有这样一行用剪下来的字拼成的句子。

邦子看完信后，朝着离车站只有十五分钟路程的鹰师绿地公园走去。当然，就算不看信，她也能找到我们商量好的地点，但考虑到警方可能还在跟踪，她必须装模作样地把信拿出来看看，然后按照指示，对着窃听器把信的内容读出来。

公园成为交付赎金的重要舞台，换句话说，邦子离开菅原家后必须到十代桥车站，在那里按照信中的指示坐电车赶到鹰师站，然后在车站前的邮筒后面取信，再赶去交易地点。这是从警方的角度所看到的全部过程。从家里出发，赶到最终的交易地点——公园，应该用不了一个小时。我也想过多给邦子几个指示，好让她带着警方多兜几个圈，可是我没有那个时间和精力多做准备。

来自时钟的旋律终于停下，为孩子们带来快乐的小丑又躲回了表盘的后面。

我提着百货公司的纸袋，沿着车站前的街道朝公园方向走去。电话另一端传来警方给邦子下的各种指示，不，不如说是提醒好些。总之，就是啰唆地告诫她行动不能失败，还有不要刺激绑匪之类的话。

“你听好，这袋子里装着钱。这笔钱很重要，绝对不能松手。”

“请问，我可以把这个袋子拿在手里吗？因为我总觉得，绑匪打电话来的时候，自己一定会忘了这个袋子，飞奔出去……”

那边传来警察无奈的苦笑声。

“没问题。你现在拿好袋子，就在这个房间里等着，不要随便走开。”

通过电话传来的声音，我可以想象到邦子抱着那个装满赎金的袋子，坐在一楼的和室里待命的情形。那个房间里好像只有一名警察，他正通过无线电与总部联系。其他人都转移到客厅那边，等待绑匪用客厅的电话通知下一步行动。

从车站走到公园入口，刚好十五分钟。

公园面积宽广，绕上一圈的话，差不多需要一个小时。公园里有夜间也能进行棒球比赛的运动场、长草的山丘、某个艺术家设计的喷水池和雕像，还有让孩子们挂着鼻涕愉快玩耍的游乐设施。

以及无数张长椅。

我一边闲逛，一边晒太阳，这些日子我一直待在那个小房间里，好久都没有像现在这样光明正大地在太阳下散步了。我一会儿往水池里丢石子；一会儿“哇”的一声大叫，冲向地面上成群的鸽子，把它们吓跑；一会儿看看那个牵着狗出来散步的少年；一会儿听听妈妈叫唤孩子的声音。

忽然，耳机里传来京子的声音。我停住脚步，顺势坐到旁边的秋千上。我已经有好多年没像现在这样，享受那种让整个身体滑翔起来的飘浮感觉了。

“呀？没人在你身边吗？”

我听到京子靠近的脚步声。

那个用无线电与总部联系的警察不知何时离开了房间，现在和室里只有邦子一个人。她一定满脸紧张地坐在那个宽敞的房间里。

“你在练习抱紧袋子走路的姿势吗？”

“啊，不、不好意思，我不是在练习，一动不动地坐着让我有些不安……”

我心想，这两个人可是个奇怪的组合。两个人是不是并肩站着呢？一个是个头比别人高出许多、衣着俭朴的用人，一个是个子不高，却穿着名贵衣服的菅原家太太，那画面一定非常奇特。

“马上就要开始行动了……”京子的声音有点儿紧张，“……拜托你了，千万不要失败。”

“太太，你也在担心奈绪小姐吗？”

“呀，是啊！”

“我还一直以为你们两位的关系不太好呢！因为你们经常吵架……”

“那倒也是……”京子稍稍犹豫了片刻，接着继续开口，那声音显得十分不安，像个孩子似的，“可能是她讨厌我吧……一定是这样的，我也因为不肯认输，就一直和她对抗，表现出讨厌她的样子。不过，我想一定是我做得不对。

“我从来没替她考虑过，我和她不同，她失去了母亲，而我的人生路上一直有父母陪伴。就算在学校有人教训我，就算这个社会无视我的存在，我还有一个可以回去的家。知道她被绑架后，我一直在思考这些事情。

“人是会要求回报的。你若想从我这里得到什么东西，那就得先为我做件事；你想要这个戒指的话，就要用项链来交换；想保住性命的话，就要用机密情报来交换；想要回女儿的话，就用三千万来交换。恋爱也是这个道理，我们常常期望所有的付出都有回报。

“不过，我觉得这个世界还有一点儿可以相信，就是还有许多人是不求回报的，他们甚至不惜赔上自己的性命。我在美国留学的时候，发生了一起小小的车祸。我的父母听到这个消息后，抛下身边的一切，手脚慌乱地什么都没有准备就从日本跑过去看我。事情就是这样，就算全世界的人都讨厌我，只要是和我有关联的人，还是会毫不计较地喜欢我。当然，并不是所有的人都能这么幸福。不过换作我是奈绪的话，我一定也会那样做的。

“本来这些是大家都应该拥有的东西，可是她在八岁的时候就失去了这一切，幸好她不用离开这个家。可是，没有血缘关系的爸爸的爱，在她眼中就像借来的东西一样吧。随后突然出现的我，一定就像是来夺走她一切的敌人。她被绑架之后，我才考虑到这些，然后自己也不知道该怎么办才好。”

邦子安静地听着京子说话。

“对不起，我说了很多奇怪的话……”

“啊，不，对不起……我刚才实在太失礼了。”

邦子的声音惶恐到了极点，肯定早就低下头认错无数次了。

“加油吧。”

邦子略微紧张地回答说：“是……”然后嘴里咕哝了几句，似乎想说些什么。她的样子引起了京子的怀疑，便催问她有什么事。

“那个……我现在想去一趟洗手间……”

京子苦笑了一下，说了句快去快回，然后就听到邦子跑去洗手间的声音。

“啊，邦子……”

似乎有人在背后叫她，不过邦子好像没听见，离开了和室，看来她还没忘记身上带着电话这回事。我正这样想着，电话就失去了信号。邦子的行径表明她一直把我的事放在心上，所以才会问京子那些话。

我坐在长椅上，呆呆地回想着京子刚才讲过的话。不过，想她这个人倒多过想她所说的话。以前我从没有意识到，她也有自己的想法，她的心里也会有这么多感受。我竟然一直把她放在自己心里设想好的框框中，像对待动物园的动物一样对她。我从来不曾和她好好谈过，我想我回家后，应该向她道歉。

我一边望着公园的风景，一边频繁地看着手表。这时，手机在口袋里振动了起来，应该是邦子趁四下无人，重新接通了电话。可是，我已经无心监听家里的动静，独自走在堆满落叶的树林里，叶子在脚下发出的声音和耳边传来的那些杂音交织在一起。

没过多久，手表的长针和短针重叠在数字“12”上面。

我走进公共电话亭，把耳机摘下来，拨通了家里的电话。

6

耳边先是传来铃声，我闭上双眼开始想象。

自己被关在一个没有窗户的房间里，整个房间只有一扇门，还上了锁。房间的正中央摆着破旧的桌椅，我就被绑在那里，桌上放着一部电话。我身边站着一个男人，他身上穿着大衣，他就是绑架我的那个人。他命令我拿起电话听筒，打电话回家，还在我眼前摊开一张纸，上面已经写好一段话。字写得十分凌乱，我必须用电话把这段话讲出来。铃声还在继续，如果是绑匪打电话来，接电话的那个人一定是爸爸。在客厅里，那部安装了电话追踪器的电话旁边，警方一定正在教爸爸怎样应对。他们一定会教他如何拖延通话时间，以便成功探测打电话的人的所在位置。

铃声断掉，传来电话被接听的声音：

“喂。”

那是爸爸紧张的声音，还微微有些颤抖。

那声音穿透我的耳膜，传遍我的全身。隔了一秒钟后，我开始说话。

“爸爸。”

“奈绪！”爸爸的声音充满强烈的感情，那声音穿过听筒传递过来，“你没事吧？现在在哪里？他们没把你怎样吧？”

“嗯。”我刚想开口说没事，声音却哽咽住，然后我告诉自己，绝对不能拖延时间，警方会追到这里来，“爸爸，对不起，我什么都不能说，他们不让我说……”

无须演技，我也可以保持冷静。

“不让你说？谁不让你说？！你那边还有其他人在吗？”

我闭上眼睛，想象着绑匪坚决不准我回答爸爸的问题的画面。他让我丢开爸爸的问题，开始读那段话。我的生死完全掌握在他手中，绝对不可以违抗。

“你让用人楠木邦子去十代桥车站。”我用不含任何感情的声调把那些字句说出来，电话那头的爸爸屏住了呼吸，“在车站内找一台出售可口可乐的自动贩卖机，贩卖机后面的墙壁上贴着一封信，照着信上说的去做。去车站的时候，可以开车，但是只准楠木邦子一个人进入车站。如果后面有警方或是什么人跟着的话……你女儿就没命了。”

说完后，我迅速挂断电话。

然后，我把刚才摘下来的耳机塞回去。整个动作一气呵成，我听到有人叫邦子的名字。

“楠木，绑匪规定的地点是十代桥车站！”

听声音应该是一名警察。

“呀……啊，知道了，我立刻就去。”

“绑匪说，可以开车送你去车站。楠木，你没有驾照，对吧？还是让大冢送你去吧！本来最好是让警方送你去，但我担心绑匪可能正监视着我们。”

邦子把装满赎金的袋子抱在胸前，在大家的簇拥下走到门外，然后快步走向正门旁边的车库。当时，大家的视线一定都集中在邦子一人身上吧。

菅原家的司机大冢先生说了一声：“车子已经准备好了。”邦子坐进去后，电话那头轻轻传来爸爸和绘里姑姑的声音，“我女儿的事就拜托你了”“千万不要失败”，接着是汽车发动的声音。

我看看手表，现在是十二点零五分。

环视四周一遍后，我将视线由公园转向车站。

公园外面有两条路，两条路的外侧建了一排矮楼房，楼房之间几乎没有任何空隙，宛如一道巨大的墙壁。圣诞节前，我曾和朋友一起来过这里。就在同一天，我住进了邦子的房间。

我在楼群中找到了目标，就是那栋三层的旧楼。我和朋友曾经偷偷地溜进去看过，那栋楼的后面朝着公园，从这边可以看到有一道厨房门似的小木门；楼的正面应该连接着车站前的大街，路边有许多卖食物和CD的小店，白天的时候，有很多行人往来。

那栋内部没有任何东西、即将被拆毁的楼房，在我的计划中占有非常重要的位置，因为我计划让大家在那栋房子里发现菅原奈绪。

我离开公园，朝那栋建筑物快步走去，手中的纸袋装着在百货公司购买的外套等东西，感觉有点儿重。当我快步直接穿过人行道，走到那排楼房旁边的时候，可以感觉到太阳光被遮住了，周围有点儿暗，寒气更重了。就算已经是正午，可是在这个季节，日照的角度还是太偏。这附近可能有餐厅，从排气口传来几种食物混合在一起的味道，闻起来有种特殊的臭味。

那栋楼的后门又脏又破，除了手留下的污渍，还生了锈，再经过雨水的浸染，那道门原来的颜色已分辨不出来了。我不禁想起上次从正门潜入，穿过后门来到公园，站在杳无人迹的寒冷巷道上聆听圣诞歌曲时的情景。

我伸手去拉门把，想打开后门，但竟然打不开。这栋建筑物虽然破旧，但还是有屋主的，可能这两个多星期管理员来过，把开着的门锁上了。

我突然不知道该怎么办。我考虑着要不要转从正门进去，可是那边说不定也上了锁，当然也可能还没上锁。

我打量了一下周围的情形，看见后门左上方头顶的位置有一扇窗，窗户上的磨砂玻璃已经出现裂缝，被人用胶带粘好了。

窗户虽小，但是以我的身形还是能钻进去的。可是那窗户很高，我踮起脚来，手指尖才勉强碰到了窗的下缘。

隔壁楼房后面堆着装啤酒瓶的箱子，我把箱子拖过来，打算垫在脚下爬上去。

这时，突然有几个男生走过。大概是高中生吧，他们穿着时髦的衣服。我停止动作，假装什么事都没有的样子等着他们经过，我可不希望我的怪异行为引起任何人的注意。

那群高中男生在经过我旁边的时候，像是评头论足一样地瞧了我几眼，我紧张得停止了呼吸。之前我才听朋友说过，这附近的治安不太好，抢劫事件很多。其实他们只是刚好经过而已，但是不知道为什么，我就是忍不住想起朋友告诉我的这件事情。

等他们远离，确定他们都看不见之后，我开始搬箱子。但是一个箱子还不够高，我一边抱怨自己的个子小，一边又搬了另一个箱子放在上面。

电话里传来邦子和大家讲话的声音，大家不停地和邦子说话，希望可以缓和她的紧张情绪。我仿佛看到邦子紧抱着那个装满赎金的袋子，缩着脖子在座位上不停点头回应。他们应该很快就会到达十代桥车站，我看了一眼手表，已经十二点十七分了，再过五十分钟，邦子就会来到这里。

塞进耳朵的耳机有些碍事，我把它拿下来放进口袋，单脚踩上用来垫脚的啤酒箱试了一下，还算结实，应该不会倒下来，然后我就整个人站了上去。

站上去以后，眼前的景色开阔了许多，那个窗户也离我近多了。我把手指搭在窗框上，上面粘着一些油污似的黑色东西，还有一层灰尘和泥土。我拼命想打开那扇窗，可是锁住了，打不开。

回头确认过周围没有其他人后，我先从啤酒箱上下来，再从箱子里拿出一个啤酒瓶，重新爬到上面，用啤酒瓶把那块玻璃敲碎。刹那间，尘土飞扬，玻璃破碎时发出的声音居然不怎么大，那条原本粘住玻璃裂缝的透明胶带，连同一大块碎片往房子里掉下去。我继续用手中的那个啤酒瓶将残留在窗框上的碎片清除干净。

我先把纸袋从窗口丢进去，然后用胳膊钩住窗框。从那个摇摇晃晃的啤酒箱上跳起，先让上半身钻进窗内，然后把整个腹部压在窗框上，双脚拼命乱蹬，上衣弄脏了也没空理会。

腰部快要穿过窗户的时候，有件东西承受不住我的体重，传出破裂的声响。我首先想到墙壁是不是出现了裂缝。我该不会因为缺乏运动而胖到这种地步了吧？不，绝对不会，我坚信不是这样。

两只脚穿过窗户后，我整个人倒立着掉进房子里。里面的空气竟然比外面还要冷很多，而且似乎很久没有流动过，非常潮湿，我觉得我的体温正急速下降。里面几乎没有任何光线，刚才那扇窗是唯一的光源。这是间四边各五米左右的正方形房间，一件家具也没有，只有一些发霉的木材丢在角落里，墙上残留着贴过海报的痕迹和一些涂鸦。

我从刚才钻进来的窗户望向公园，从光秃秃的树枝缝隙间能看到长椅，邦子应该很快就会带着赎金赶到那里。

公园很大，贴在鹰师站前邮筒后面的第二封信上，只写着到公园的长椅上去，并没有指定是哪张长椅。就算警方通过邦子身上的窃听器了解了信上的内容，事先赶过来做准备，也不知道应该监视哪张长椅。而邦子就故作不在意地走向离这栋楼最近的那张长椅。为了这一步的安排，我早就画好图，跟她解说过很多次，事先就商量好了。她也反反复复地念过很多遍，拼命地记了下来。

我在屋子里走了一圈，检查了一下后门，发现门锁可以从里头打开。门有点儿不太顺滑，不过开关倒不成问题。我又跑到正门那边看了看，那边也上了锁。以前我和朋友能进到这栋楼里来，是正门恰巧没上锁。正门的锁也能从里面打开，而且也很脏，可是和后门比起来大得多，也气派多了。我打开正门，走到正门大街上看了一下，外面一片光明，让人觉得楼房里面晦暗的静寂恍如一场梦。外面往来的行人有很多，却没人注意到菅原奈绪被绑匪带进这样一栋略显破旧的楼房里。

回到房子里，我沿着阶梯爬上二楼，了解了一下房子的大致布局。

二楼，房子正面的房间里有一扇窗，我就站在那里俯瞰大街。这是由站前通往公园的那条大街，再过一会儿，邦子就会从这里穿过。她从来没来过这里，所以商量计划的时候，我不得不画地图为她解说路线。

最后，我走进和大街方向相反的那个房间。站在那间房的窗边刚好能看见公园,我再次确认了离此处最近的那张长椅的位置。

走回一楼，我披上在百货公司买来的男装外套，帽子还没戴上，被我随意放在一边。然后，我把百货公司的纸袋和收据等统统塞进附近快餐店的垃圾箱里。

后门和正门的入口之间由一条走廊直接连着，我将离正门入口最近的房间选为营救菅原奈绪的舞台。

我的计划是这样的：

邦子胸前抱着装有赎金的袋子来到公园的长椅旁边，我在这栋楼里监视着一切。那时说不定警方就跟在邦子身后，躲在公园的某个地方监视她周围的状况。考虑到上述情况不会有太大变动，我就趁着他们还没有布置完毕的时候迅速采取行动。

我穿好男装外套、戴好帽子，也就是伪装成绑匪的模样，慢慢地向邦子身边靠近，然后抢夺那个装有赎金的袋子，得手后一溜烟跑进这栋楼房。

邦子假装被绑匪夺走袋子后，心有不甘地在我身后追赶，我们两个人一前一后地冲进楼内。

警方看到这种情况之后，一定会跟在后头追来，但是我跟邦子可不能让他们追上。

冲进这栋楼房后，我迅速奔进离正门出口最近的那个房间，邦子在我身后跟进来。我脱下衣服、摘下帽子，解除乔装后，当场扑倒在地，在公园内从邦子手中抢来的袋子也滚落在一边。邦子迅速把我的手脚绑住，在我的嘴上贴好透明胶带，脱下来的外套等东西由她负责处理。

然后就等着随后赶到的警方发现这一幕了，而房间里只有邦子和手脚被绑、躺在地上的我。然后，我就可以向发现这一切的警方做证说："绑匪丢下那个装着赎金的袋子，从那扇窗户往大街那边跑过去了！楠木和绑匪搏斗了一会儿，把他吓跑了！"

如果一切进展顺利的话，邦子就会成为从绑匪手中解救出人质和交付赎金的英雄，令人刮目相看……

为了把我伪装成被人绑起来的样子，我事先剪好了塑料绳和透明胶带。

要假造搏斗现场，必须毁坏一些周围的东西。而为了伪造绑匪逃跑的情形，得将正面的窗户先打开。

还不能让路上的行人在做证时说没有人从窗户跑出来。幸亏我选的那个房间窗户刚好被隔壁商店的大招牌遮住，街上很难有人看见。这样一来，口供的准确度便大打折扣。

剩下来的问题就是如何处理外套和帽子，我拟订计划的时候没考虑到这一点。

我所在的房间位于这栋楼的角落，这里有一扇绑匪逃走时利用的窗户。另外，楼房侧面还有一扇窗户，只是这边和隔壁的楼房之间只有一条狭窄的缝隙,所以这扇窗户几乎没什么作用。不过，把外套和帽子丢在那里倒是蛮合适的。但是在我获救后，警方肯定也会搜查那里，到时说不定有人会发现那件丢弃的外套和绑匪穿过的那件有些相似，这一点让我有些担心。

我确认了一下时间，十二点四十分。再过三十分钟左右，邦子应该就会过来，现在她应该在电车里看第一封信吧。

我忽然意识到自己的愚蠢，我一直没打电话过去确认她现在的状况，于是赶紧从裤子口袋里掏出耳机，塞进耳朵。

奇怪，什么都听不到，和邦子联系的信号好像中断了，怎么偏偏在这种紧急的时候！我拿出手机一看，才知道自己错怪她了。

小小的液晶屏幕上没有任何显示，还裂了一条缝，塑料外壳也碎了，无论按哪个键都没有反应。

我这才明白，刚才爬窗户时听到的碎裂声原来就是它发出来的。

因为对邦子现在的状况一无所知而产生的不安，简直是难以形容，就好像自己有一部分感觉器官不见了一样。

不过还好，我大概能够掌握即将发生的事情的大致过程，所以应该没问题。我这么鼓励自己。电车很快就会抵达鹰师站，邦子会找到第二封信，然后赶来公园这边，只是我一定不能错过她来到长椅旁边的时刻。

在那之前，我一定要尽可能做好所有该做的准备。

为了布置好搏斗的现场，我打算把房间弄得一团糟。可是四处看了一遍之后，我觉得这项工作有些难度，因为这里根本没有家具，只有一点儿木材堆放在角落里。我必须用这仅有的一点儿材料，将这里伪装成经过一场激烈搏斗后的现场。我将地面上的土弄乱，再把角落里的木材胡乱地丢进房内。

不行，看起来不像发生过搏斗的样子，要是有个橱柜之类的就好了，可以把一切都摔得粉碎。那么，至少要把自己扮成在地上滚过的样子，身上到处都沾满泥土。我抓起一把干燥发白的沙土，抹在手臂上、胸前，还有腿上。干燥的沙土把我的手指冻得发凉，现在的我看上去至少有点儿被人虐待过的样子了。

外面衣着光鲜的人们正愉快地走着，我却待在这毫无生气的楼房里，把自己全身弄得脏兮兮的。我很讨厌自己现在的行为，越做就越讨厌自己，但还是不得不做下去。临时计划中的破绽，我必须实实在在地一个接一个将它们修补完好。

我希望能有更多的时间。如果时间充裕的话，所有的准备活动都可以完成。其实我本该事先到这里进行实地勘查，不该仅仅靠上次和朋友来时看到的那些模糊记忆来拟订计划。我一边用泥土把头发弄脏，一边感到内心的不安情绪正不断膨胀。

我将塑料绳剪成长度适当的几段，剩下来的绳子和那把剪刀就随便丢在地上。准备贴在嘴上的透明胶带也做了相同的处理，可是有黏性的那一面已经沾上了灰尘。要不要事前临时再剪呢？起初我根本没想到这些小事会如此折磨人，现在已经开始有些焦虑了。

还有，我钻进这栋楼时弄碎的窗户玻璃该怎么处理呢？就放在那里不收拾可以吗？警方会不会注意到那扇窗户呢？他们会不会认为绑匪没用钥匙，直接闯入这栋楼房，就是利用了那扇小窗户呢？如果警方朝这个方向追查，会不会推测出绑匪是个刚好能通过那扇小窗户的孩子呢？

事到如今已来不及了，我已经没有时间去考虑这些问题。

再看看准备好的塑料绳，我又发现自己的疏忽，如果我的手脚一直被人绑住的话，我身上一定要有被绑过的痕迹。我应该是拼命挣扎着想从绑匪的手中逃脱才对，如果手上和脚上没留下绑过的痕迹，别人会以为我根本没想过要逃走。

想到这里，我一下子停下了所有的动作，但我现在已经没时间犹豫了，至少要在手腕上留下被绑过的痕迹。

我把绳子缠到两只手上，虽然我只有一个人，但总算是做到了。照理说，我被人绑起来后一定是拼命想解开绳子。想到这一点，我把心一横，用力扭着手腕，拼命挣扎。在我的用力拉扯下，塑料绳越来越细，但就是没断开。我强忍着疼痛，用塑料绳狠狠勒住自己的手腕，又拉扯了几次，终于在雪白的皮肤上勒出红印。

再看看手表，已经十二点五十分了。我顾不得手腕上还缠着绳子，跑上二楼那间能俯瞰正面大街的房间等待时机。我眺望着窗外明亮日光下穿梭的行人，那部手机已经失去了作用，我现在没办法知道邦子那边的状况。不过，她应该马上就会从这里走过。我仔细地观察每一个走过的人的面孔，寻找那个抱着一个袋子、不安地走在街上的高个子女人。

我已经成功在手腕上弄出一道淡淡的红印，但还是有些担心这看上去不像是挣扎过后留下的痕迹，应该再用力些才对。我又拿起绳子，拼命在手腕上拉来拉去，一直拉到皮肤裂开、血要渗出来为止。我忍受着摩擦的疼痛，甚至快要哭出来了，要是事先考虑得更周全些该有多好。

换成那些大人的话，一定会拟订一个周密的计划，事先排演过。不，也许根本就不会闹到这个地步。看到手腕上已经留下深深的痕迹，我才解开绳子。我还是非常幼稚啊！

再看看手表，已经下午一点了。我的心跳加快了。短短一个小时前，我还曾打电话回家，和爸爸简短地谈了几句，之后邦子离开家门，那时应该是十二点零五分。按照我对计划的估算，邦子差不多该离开车站，朝公园这边走过来，也就是她应该穿过我现在俯瞰的这条大街了。

她现在在干什么呢？是不小心把袋子弄丢了吗？该不会遇上

车祸了吧？还是电车因为某些意外延误了呢？不，或许是我没看到，其实她已经沿着这条街走过去了，现在人已经到了公园？

我立刻跑到后面的房间，隔着窗户朝公园里看，邦子果然还没到。我赶快又跑回正面的房间。

我很担心，很想知道邦子现在的状况。她最怕人多的地方，不喜欢到这种地方来，她又总是一副惴惴不安的样子。在那些心怀叵测的人看来，她就是那种十分好欺负的人。该不会是在来这里的路上，被人骗走了袋子吧？

一点十分，邦子还没出现。

在焦灼的煎熬下，我觉得胸口很不舒服，本来还想考虑有没有其他的失误，但脑子里什么都想不起来。该不会是邦子走到长椅旁边后，忘记自己该做的事情了吧？

这栋楼房除了我以外，没有其他人，我被包围在一片静寂之中，在我眼下走过的人们所发出的喧闹声，似乎离我十分遥远。外面是充满生活气息的现实世界，空荡荡的楼房里却好像一个空虚的黑洞。

我一边等待着邦子出现，一边开始后悔自己所做的一切。我不明白自己怎么会做出这些事来。本想随便撒个谎，骗骗家人，结果却弄出这个把所有人都拖下水的烂摊子。我好羡慕下面那些缩着脖子避开寒风、笑容满面地走过的路人。我原本随时可以加入他们，自由地在路上行走，可是在我做出一连串无可救药的愚蠢行为之后，我已经无法出现在他们面前了。

不知不觉间，我忘了要去确认时间，入迷地看着下面的人群，用沾满泥土、一片灰白的手摩挲着手腕上的红印。现在，我才发现自己的手腕其实很细，我好像到现在才知道自己还只是个孩子。

我内心视野的宽度和自己实际的身高成比例吗？个子还很小的我，看不见周围的人对我的牵挂，也看不见自己的界限，竟错误地以为自己心中的世界就是一切，还正经八百地弄出一个漏洞百出的计划，并相信这个计划不会遇到任何阻碍，一定会成功。我竟然以为自己能够对抗人多势众的警方，真是太意气用事了。

我也对不起京子。在根本没有任何明确理由的前提下，就认定她潜入过我的房间。那一定只是我的妄想，实际上一定没人进过我的房间。旅行回来后那种奇怪的感觉，只是孩子气的愤怒带来的错觉。我开始讨厌自己。

无意中，我想起那间只有三张榻榻米大的小房间。钻进被炉里的我正饿着肚子，邦子从一楼的厨房端来热水，走进来，我打开泡面的盖子递给她。她脸上一如往常地露出为难的神情，可是又似乎非常愉快地把热水倒进我的泡面碗里。那个房间缺少阳光，和这栋楼一样又旧又冷，可是我想起来的却是被炉的温暖，和将我包容在手心里似的、狭小房间特有的舒适。

当我将视线转向车站方向的时候，终于看到一个熟悉的高个子女人，胸前抱着一个袋子走过来。我的心脏又跳动起来，血液开始在全身快速游走。

邦子距离这栋楼还有二十多米,她穿着平日那件土气的毛衣,毛衣外套着一件朴素的外衣,上面装着窃听器。她给人的感觉就像是从家里出来扔垃圾一样,我甚至看得清她因为紧张而变得青白的脸色。跟周围喧闹的人群相比,她的步伐比我预想的还要慢。每次差点儿和别人撞到的时候,她都受惊似的停下脚步。像她这种不习惯在人群里走路的人,总让人觉得有点儿危险。

那些要从她身边经过的人似乎明白了这一点,只要看见那个抱着袋子的女人出现在视线内,都事先留出空位避开她,免得撞到她。这些情形我在上面都看得一清二楚。

从这栋楼前面走过,在前面的十字路口向右转就是公园。快要到绑匪登场的时候了,我在脑中又将计划反复地思考了几遍,把手掌伸开又握紧了无数次,手心已经冒出汗来。等我从她手上抢走袋子的时候,一定不能手滑,所以我赶快用外套下摆把手上的汗擦干。这时,我居然想起之前送绑架信的时候,也曾用被炉上的被子擦手的事情。

警方一定不会听从绑匪的警告,而是悄悄地尾随在后吧!如果不是这样的话,我的计划也无法实现。制订计划时的大前提就是要有警方在旁边看着。

我将刚才考虑到的种种不安统统丢到脑后,反正如今再怎么后悔也没有补救的机会了,我必须全力以赴。我暗自下定决心,就算被警方捉住，免不掉一顿责罚，我也不能逃避。一切事情都是我挑起来的，如果我不做个交代的话，既对不起前来送赎金的邦子，也对不起那些尽全力展开搜查行动的警察。

我打算先到一楼做好准备，然后从那个看得见公园的房间里冲出去。由于紧张，我感觉到耳朵旁边的血管正在剧烈跳动，耳郭有些发热。我从邦子身上收回视线，决定现在就下楼。

就在此时，我看见邦子身后出现了一个奇怪的身影。那个男人戴着紫色的帽子，还戴着墨镜，我觉得他一直盯着邦子。起初我以为大概是警察，但是后来我总觉得他有些奇怪，而我竟忘记从窗口离开，一直盯着那个家伙。

那男人慢慢加快脚步向邦子靠近，双手插在皮夹克的口袋里，整个身体略向前倾，快步走着。感觉上他并不是因为寒冷，而是想尽量避开人们的视线。

邦子没发现那个男人。两个人的距离越来越近，我的心也扑通扑通地越跳越快。

那个男人走到和邦子并肩的位置，我心中强烈地希望他继续走下去，什么也不要发生。我的心跳已经剧烈到无以复加的地步。

男人的手从口袋里伸出来，抓住了邦子抱着的那个袋子。

那一瞬间，我忽然听不到路上的喧嚣。

邦子迅速反应过来，不肯松手，可是没用。那男人夺去袋子后，沿着原来的方向跑走，邦子一脸错愕。

抢劫！我下意识地离开窗边，跑下楼梯。如果不管这件事，我的计划就泡汤了。不过，我还没想到捉到那个男人之后该怎么办，我也不知道该怎么恢复原本的计划。现在，我只想捉住那个男人，把袋子夺回来。

我跑下一楼，从后门冲到外面。

如果那个男人没改变逃跑路线的话，一定会从这栋楼房前经过，然后跑向前面的十字路口。因为要去那个十字路口的话，旁边没有其他路可走。我决定从后门抢先一步拦住那个男人。要是我现在从正面跑出去的话，可能会被邦子身后追过来的警方发现。

钻出后门，我沿着微暗的柏油路向左跑，前面五十米远的地方有个T字路口，在那里向左转，再跑过一栋楼就来到了十字路口。

跑步时，鞋子发出的声响在并排的楼房之间回荡。我脑海里有些混乱，不停地抱怨自己运气太差。跑到转角之前的那段路显得特别长，外套缠住了双腿，我只好边脱边跑。没做好热身就开始全力奔跑，我很快就气喘吁吁，可是又不能停下来，我必须比那个男人早一步赶到十字路口。我需要跑的距离比较长，有点儿吃亏，不过那个男人却要冲开人群才能跑出来，而我这边是后巷，路上没什么行人，也没什么障碍物。

我一刻也没有放慢速度，全速冲过后巷的转角处。

就在那一瞬间，我猛烈地撞到某样东西，然后整个人飞出去倒在路上。猛烈的冲击把我肺部的空气一下子全挤了出去。我倒下的时候仰面朝天，看到的是夹在楼房之间的蓝色天空。我的手心感觉到了柏油路表面上的小小凹凸。

身边传来男人的呻吟声。我倒在地上，转过头一看，在视线边缘躺着刚才从邦子手里抢走袋子的男人。原来他跑得很快，我这才明白刚才在转角处撞到的就是他。

那个男人站起来，看看我，然后抓起刚才和我相撞时掉在地上的袋子。

我动弹不得。本来想大喊一声："等等！"可是舌头却不听使唤，只发出一声有气无力，像是没睡醒的声音。我的眼前越来越暗，最后失去了意识。

7

每个家都有属于自己的独特气味，但我总觉得我无法分辨清楚自己家的气味。可能是因为长期生活在家里，渐渐对自己家的味道感觉迟钝了吧。

刚刚来到菅原家的时候，我年纪还小，是妈妈牵着我的手走进这栋大房子的。宽广的走廊让我大吃一惊，光溜溜的地板好像会让人滑倒。这是个陌生的地方，我很不安，用力握紧妈妈的手。妈妈的心情似乎也和我一样，握得比我还要用力。房子里有一股木头的气味，那气味我已经忘记很久了。

黑暗中，我又闻到那种久违的熟悉味道。它在温柔地向我招手，告诉我到了该睁开眼睛的时候了。躺在松软的被子里，我的视线一片模糊，这是我自己的房间。我躺在床上，不知何时我已回到家中了。

一阵轻微的混乱感向我袭来。我刚想撑起身体来，却觉得全身酸痛，尤其是后背痛得最厉害，我呻吟着喊了一声“该死”。不过，这疼痛告诉我，和绑架相关的一切都不是在做梦。我倒在路面上，背部受到猛烈撞击，然后就失去了知觉。

门开了，绘里姑姑走进来。发现我已经醒了，她一脸惊愕，眼睛红红的，开口说了一声：“你回来了。”

“你说错了吧？应该是早安才对。”

我回了这样一句。

绘里姑姑说我已经昏迷了整整二十四个小时，也就是说，现在已经是绑匪要求交付赎金后的第二天。

为了不触痛伤口，我轻轻地坐在床上。不知什么时候，我已经换了一身睡衣。

“我……”

这究竟是怎么回事？

是谁帮我换衣服的？装着赎金的袋子怎儿样了？那个抢劫的男人捉到了吗？邦子她现在人在哪里？我有太多疑问，都不知该从何问起。我就像一个接过别人递过来的数学教科书的原始人一样，茫然不知所措。

可能是我的样子看上去有点儿茫然，绘里姑姑赶紧关心地说：

“奈绪，你被人绑架了。发现你的时候，你倒在路上，满身都是泥土。”

这些我都知道，不过我口风一转，撒了一个谎。

“我……不记得了。”

十分钟后，医生来到我的房里。他在满脸忧虑地守候在我身边的爸爸和姑姑面前对我做出诊断，说我因为精神上的刺激而得了失忆症，一切都不记得了，不记得绑匪长什么样子，也不记得被关在什么地方，为什么被发现时是倒在路上的，等等。这一切都无法向警方说明，确实非常遗憾，不过当事人不记得也没办法。

“痛苦的事情，还是忘了好些。”

爸爸用手贴着我的额头，我从那只手的温暖感觉中才真切地感受到自己回家了。

突然，我发现京子站在爸爸身后，便对她说：“啊，对了，京子，我要向你道歉！”

但是，她却用十分厌恶的眼神看着我。

医生简单诊断完毕后，我把爸爸他们赶出去，只留下绘里姑姑，我希望她能把事情的经过讲给我听。

姑姑盘腿坐在椅子上，耐心地从头开始讲起。她说我被绑架了，还失去记忆了。其实这都是假的，所以听姑姑讲绑架事件的经过时，我还是不断装出惊讶的神情。

讲到交付赎金的那一段时，我上身前倾仔细聆听，不漏掉任何一个细节。

“前往公园的楠木在途中被绑匪夺走了赎金。”

“绑匪？”

姑姑点了点头。

“绑匪混在人群里，抢走赎金后逃掉了。在楠木身后监视的几个警察都能证明这一点。”

果然不出我所料，警方远远地跟在邦子身后。

“楠木在车站里读信的时候，警方就通过窃听器得知了信中的内容，所以大部分的人都赶到公园去了。虽然担心会被绑匪发现而没有大规模行动，不过那个公园里还是安插了很多警察呢！反而是跟在楠木身后的警察没几个，所以才没能在路上捉到那个抢袋子逃走的绑匪。那个绑匪到现在都还没捉到呢。”

看来警方把那个抢劫犯当成绑匪了。得知我的骗局没有被揭穿，我安心地吐了一口气。

“警方在追捕绑匪的路上，发现了你……然后，他们马上把昏倒在路边的你送到医院。在你昏迷期间，医院帮你做了全身检查，衣服也是在那里换的。本来该住院观察一段时间才对，是你爸爸把你带回家来的。整个事件总算告一段落了。绑匪虽然拿着钱跑了，可是那又有什么关系呢？尽管那个袋子里装有发信器，不过事后绑匪已经将它连同戴过的帽子一并扔在垃圾箱里了。袋子里的钱已经被人拿走，只剩下空袋子而已。

“警方先将你保护好之后，在附近捉到几个衣着很像抢劫犯的人。但经过调查后发现他们都没有藏匿大笔金额的钱财，只好无罪释放。”

只要那个抢劫犯没有被捕归案,事情的真相便永远没人知道。我在心里暗暗祈祷，希望神仙一定要保佑那个从邦子手里抢走袋子逃跑的男人。

“那个用人……楠木怎么样了？”

我还一直没见到邦子呢!

“啊,那个孩子已经离开这里了。”姑姑完全不在意地说,“她嘛，虽然和这次的事件没有直接关联，不过我忘了告诉你，她引发过一场小小的交通事故。”

我点点头。事故的起因就是我，我当然知道。

“然后，就让她负起责任，辞职了。”

“可是，她承担起了交付赎金这么重大的任务，应该免除对她的处分吧……”

看着我替邦子打抱不平，姑姑觉得有点儿奇怪。对于那些毫不起眼的用人,平日的我可根本不放在心上,可是现在我不能不说。

“是在那次交通意外中受伤的人纠缠不休。你平安获救后，你爸爸也曾挽留过她，当然也非常感谢她，可是她本人坚决要离开这里。”

“自己要离开？”

“是啊，今天早上收拾好行李就走了，好像临走之前还一直在工作。我看见她准备了早餐，还拿黑色的垃圾袋出去扔。我和

你爸爸都对她说，如果不想离开的话就不要走，可是她自己不肯。”

我有种被人背叛的感觉，气得站起来，结果连声惨叫：“好痛！”我不顾绘里姑姑的阻拦，朝偏屋那边冲了过去。

偏屋二楼，邦子的小房间已经空空如也。曾经几乎占据了整个房间的被炉消失不见了，原本放在橱柜里的塑料桶也找不到了。这个狭小的房间顿时感觉空旷起来。

我忽然发现，橱柜下的地板拉开了一块，那是邦子藏笔记本的地方。那块木板看上去完全是故意拉开的样子，我心中一动，朝里面看了看。她把那本画有素描的旧笔记本留在这里没带走。我把笔记本拿起来，随便翻了几页，上面有她的家乡、大海、垃圾回收车、菅原家每个人的面孔，还有我。最后一页上有她写的字：

奈绪小姐，对不起。你不在家的时候，是我溜进你房间的，因为从我的房间刚好可以看到小姐你房间的窗户……你总是开着窗户就跑出去了，这一点你自己知道吗？你每次都是这样的。如果是短时间不在家，问题倒还不大，可是像学校旅行那么长的时间不在家的话，有时候是会下雨的……没错，就是这样。晴天的话，我可以放心地让窗户开着不管，可是下起雨来，我就不忍心看下去了。我知道我这样做不对，不过我想只要我不对任何人说，就没人会知道，所以才会进小姐的房间把窗户关上。这件事我其实应该早点儿向小姐报告的，可是我一直以为小姐是个可怕

的人，就一直都不敢说，对不起。还有，谢谢。

楠木

读完信的瞬间，我手一松，笔记本落在榻榻米上。这也太无聊了。

我把小房间的窗户开得大大的，我再也不用像以前那样从窗户的缝隙向外偷看了。对面我的房间里，绘里姑姑还坐在椅子上，我们两人四目相交。

“你去那边干什么？”

她站在我房间的窗边惊讶地问，那声音越过两栋房子之间十米宽的距离朝我飞过来。

“啊，没干什么。”

我找不到合适的答案，只好含糊其词。

我重新审视了房内一遍，回想起自己在这里度过的短暂时光。剥落的壁纸，旧日光灯，一切都温柔地接纳我。被炉虽然不见了，但我还能嗅到它的气味。那气味就像一个令人十分怀念的朋友一样，在和我的嗅觉打招呼。

“奈绪，”绘里姑姑站在对面的窗边叫我，“警察来了。”她身后站着几个男人。

我回到了主屋，因为不喜欢那么多人聚在我房间里，便请他们在客厅等候。我换好衣服后，下楼和警方见面。警方派了五个

人来，听过他们的声音后我才明白，原来他们就是乔装潜进家里的那几个人。我确实记得在哪里听过他们的声音，他们的声音通过邦子那部手机，清晰地留在我的记忆中。其实我的记忆力还算不错，我们在生命中偶尔会遇到有特色的声音，然后便会清楚地记住那个声音的主人。

警察们看到我脸色十分健康，非常开心，好像工作方面得到了回报。只是听说我丧失记忆后，都掩藏不住遗憾的神情，因为能协助找到绑匪的线索一下子少了许多。

我和他们只简单地聊了几句，十分钟后他们就回去了。在这十分钟里，我震惊不已，惊慌失措。等到他们快要回去的时候，我才下定决心开口问："对不起，请问你们乔装进驻家里的人不是六个吗？"

他们其中一个人带着满脸奇怪的表情，摇头说："不是，就只有我们五个。"

8

绑架事件并没有引起太大的骚动，大概是爸爸出面干涉过，不准公开消息，所以只有家里几个人知道我被人绑架过。

我失踪那段日子刚好是寒假，所以学校的同班同学也不曾发现我失踪了一段日子。只是在寒假结束后的第三学期，我无法回答如何度过寒假这个问题。

就这样，一转眼十个月过去了，我已经是初中三年级的学生。为了迎接即将到来的考试，我一直在努力温习功课。天气渐渐转冷的时候，我偶尔会想起去年的那些事情，怀念钻进那个三张榻榻米大的小房间的被炉里，一边听着外面寒风吹过，一边打瞌睡的日子。

也正是在这个时候，我收到了邦子寄来的只写了寥寥几句的明信片。她用简洁的文字说明自己已经结婚了，还将地址告诉了我。不是她娘家的地址，而是一个我第一次听到的地名。说实话，绑架风波过后，我一次也没见过邦子。我想见她，我还有好多话想和她说。看完她的明信片后，我开始做旅行的准备。

十一月的一个星期六。

我下了电车，走出闸口。这里离菅原家很远，途中还要乘坐飞机和电车。我事先未能联系上邦子，只记得她家的地址，也找不到她的电话号码。

车站周围就是商店街，看不到大楼，也几乎没有穿西装的人。这时太阳已经西斜，一群戴着黄色帽子的小学生刚刚放学。车站旁边种着落叶树，一辆放置很久已经生锈的自行车靠在那里，还有一个把腰弓成九十度角走路的婆婆，从我面前缓缓经过。

我打电话告诉爸爸，说可能在邦子家住几天。爸爸让我好好玩。

我在车站前的公交车站等车，那里有张印着药店广告的塑料长椅。我确定没有脏污之后，坐了下来。散落在脚边的枯叶，在风的吹拂下四处滚动。

我随身带着邦子的笔记本，于是拿出来看看，消磨一下时间。太阳徐徐变成火红的落日，气温越来越冷。

突然，摊在膝盖上的笔记本上出现一个阴影。我抬头一看，眼前站着一个高个子的女人。

“啊……”

她右手提着购物袋，用那令人怀念的慢悠悠的语气惊叫了一声。

“好久不见。”

我掩藏好自己的惊讶，向邦子伸出右手。

我们搭上公交车后，一起坐在最后面的座位上。她说自己把丈夫留在家里，一个人去车站附近买东西，居然在回家的路上遇到了我。

车子开出一段路后，周围的房屋数量不断减少，看来他们家住在山麓的样子。不久，车子驶上了可以俯瞰整个城镇的道路，公交车里只剩下我们两人。

我们聊起十个月前的事情，还有最近做过的事情。聊着聊着，我又想起她那从容不迫的讲话方式。我们似乎从没有分开过，也不曾离开过那个小房间，我和她之间的主仆关系又恢复了过来。我一说：“邦子，看你，好像很了不起啊！”她马上面有难色地说：“啊，对不起，对不起。”

十分钟后，我们下了公交车，周围已是一片昏暗了，只有公交车站附近的自动贩卖机还亮着灯。公交车亮着前灯，排出一股废气后就驶离了。我替邦子提着沉重的购物袋走在前面，整条路上都是熟透的柿子落在地上腐烂后散发出来的味道。

邦子家是非常普通的住宅，不过看上去十分舒适。邦子告诉我，这里是她丈夫的老家。

邦子一面说“我回来了”，一面走进屋子里，我沉默不语地跟在她身后。

“你回来了。”一个男人的声音从里面传出来，我们朝着声音发出的方向走过去。

客厅里摆放着一张矮桌，矮桌两边摆着沙发。客厅里还有一台老电视机，电源是关着的。沙发上坐着一个正在看报纸的男人，他大概就是邦子的丈夫。他的目光一直停留在报纸上，没发现家里来了客人。

我站在客厅门口，一声不响地看着他。邦子从我身边走过，我便把手里的购物袋还给她。

这时，邦子的丈夫才抬起头来，我们的视线相遇。

“啊，你好。”

他只说了一句话，然后就收回视线，继续看报纸。

我在他对面随意地坐下。

“我就把这里当成别墅喽！”我对邦子的丈夫说。

“房间的话，还有一间空着。”他的视线还是没有离开报纸，“有三张半榻榻米那么大，对你来说应该够大。”

我摆出小姐的样子，客气地表达了一下肚子很饿的意思。

“我肚子饿了，想吃点儿东西。”

邦子的丈夫折起报纸，微笑着站起来。

“冰箱里应该还有我做的派。”

“真棒！以前，我老是盼着邦子带你做的派回去呢！”

“谢谢你的夸奖。”

他用那听过一次就不易忘记的嘶哑声音说完后，就走出了房间。客厅里只剩我一个人，我把邦子的笔记本从袋子里拿出来，打量着那幅回收垃圾的人的图画,画中人简直和她丈夫一模一样。如果继续在他身上画上帽子和墨镜的话，就正是交付赎金那天，从邦子手中夺走袋子的抢劫犯。

十个月前，交付赎金的第二天，我站在玄关目送五位警察离去。

“奈绪。”

回头一看，爸爸就站在我身后，手里郑重其事地拿着一件东西，看上去好像是块白布。

“如果绑匪拿走这样东西的话，你一定会非常伤心。遗憾的是，上头没有绑匪的指纹。昨天，我把这个从警方那里取回来。我告诉他们这件东西很重要，请他们还给我。”

爸爸把那东西塞进我手中,原来是妈妈的遗物——那条手帕。我曾经把它带去邦子的房间，不过后来就忘记了它的存在，我竟然没注意到这条手帕已经掉了。

我问爸爸，为什么妈妈的遗物会在他手里。

“这条手帕就装在绑匪送来的信里啊……”

我一时理解不了爸爸这句话的意思。

那封信本来是我寄出的，我不记得在信里夹了这条手帕。我差点儿脱口而出“怎么可能”，好在马上抑制住了自己的激动。

女儿随身携带的手帕和绑匪的第一封信一起寄了过来，所以爸爸才会相信绑架信的真实性，相信我真的遭人绑架。

我要求看看那封送来的信。信的原件被密封在塑料袋中，由警方保管，我看到的是复印件。那根本不是我用剪下来的字拼写的信，上面的字句我从来没见过。那不是孩子的玩笑，而是用真真切切的话语写成的内容。

从那时开始，我确信事实和我自己描绘的故事略有不同。

待在那个小房间里，我的消息全靠邦子传递。虽然我可以从窗户的缝隙观察主屋内的动静，可是因为每次都担心被别人发现，所以不敢太频繁地偷窥。我在这个过程中获得的信息也只不过是看见一些神色紧张的人在远处走来走去，根本不可能知道屋内发生的事情。我从窗户的缝隙，只能感受到那一触即发的急迫感。就算偶尔听到有人在石子路上讲话，也无法从那些勉强听到的内容中捕捉到真实的成分。我对自己的真实处境其实一无所知。

而主屋房内发生的事情都是来自邦子的转述。每次她下班回来，都会和我隔着被炉面对面地坐下，我一边吃着橘子，一边兴趣十足地听她讲起当天在房子里发生的事情。另一个信息来源就是让她拿着手机搜集到的一些混着杂音的声响。

因此，我才会主动写下绑架信，在假绑架的泥淖里越陷越深。我一个人躲在小房间里，直到最后在路上获救为止，一直以为在整个过程中，与其说我是受害者，倒不如说我是整个计划的设计者。可是，实际上并非如此。我不知不觉地被邦子绑架了，被她监禁在那个狭窄的、让我依恋的小房间里。

“我真的不知该怎样向小姐你道歉才好。我第一次听你提起假绑架的那个夜晚，在那个撒满碎纸片的小房间里，想出了大概的计划。”

邦子坐在丈夫身边，带着歉意低下头去。我们正围着矮桌坐在沙发上，桌上放着三个咖啡杯，我面前还有一个装着派的盘子。

没有音乐，也没有电视的声音，我略带紧张地听她诉说。

“小姐，你叫我把写好的信放进邮筒那天，我没有立刻放进去，而是拿着信封，跑去当时我正在交往的他的家里。”

邦子看了一眼身边的丈夫，他向我点头证实她的话。他看上去不是很紧张，似乎很早以前就期待会有这样一个夜晚。

邦子不会打字，所以要他帮忙写一封真正绑匪口吻的恐吓信。我现在才想起为什么叫她去寄一封信，要那么久才回来，原来是跑去他家，才回来晚了。他住的公寓离菅原家步行需要十多分钟。

信封里装着邦子丈夫重新写好的恐吓信和我妈妈遗留下来的那条手帕，邦子把信封塞进邮筒。我根本没注意到手帕不见的事情，她听我说过那是我妈妈的遗物，而我爸爸也知道这一点，于是想到要利用它。我的衣服都由她负责清洗，就算她动过我的衣物，我也不会觉得奇怪。于是，就在出去寄信之前，她悄悄从我的衣物中偷走了那条手帕。

我隔着手机听到大家发现那封信、交给爸爸那一段的时候，爸爸手里拿的根本不是我写的那封信。

邦子为了不让我听见那些不该听到的消息，有时会立即离开现场，有时则挂断电话，总之不让我知道真相。我记起爸爸读那封绑架信的时候，信号突然变差，我想当时爸爸正要向大家说明那条手帕的事情，所以邦子才会立刻挂断电话吧。

“这么说来，你寄出第一封绑架信后，一直不希望我发现其中的隐情，所以我出门的时候，你也要一起跟过来。”

“没错，如果在事情发展过程中让小姐发现了这件事情，会不太方便，所以……你往窗外看的时候、大声笑的时候、打喷嚏的时候，还有离开房间上洗手间的时候，我都担心死了。”

但最后还是没人发现我就待在她的房间里。这样的冒险能够成功，原因没别的，只因为遭人绑架的我拼命要掩藏自己的行踪。

“我终于放下了心中的大石头。小姐，我还以为你知道真相后，会生我们的气呢！”

我没有回答，而是喝了一口主人招待的咖啡。

说没生气是骗人的，不过我只是在十个月前发现真相的那一刻感到有些愤怒,然后那种遭人背叛的愤怒就消失得无影无踪了。

从爸爸手中接过手帕，看过那封完全没有印象的绑架信复印件后，我还以为是自己在昏迷中做的梦呢！不过撞上抢劫犯，整个身体飞出去后在手腕上留下的瘀青，真的很痛。

我将自己离家出走后寄到菅原家的所有信件都检查了一遍，有很多是朋友寄给我的贺年卡。我把那些信放到一边，从堆积如山的信件中找出了我要找的信。

我找到了那封还没计划绑架之前，寄来的让爸爸安心的信。那封信现在也由警方保管着。为了搜索我离家出走后的行踪，警方也调查过那封信。

他们的判断是，离家出走的我在鹰师站附近和朋友分开后就遭人绑架。在我失去行踪的两星期后，信箱里收到绑匪的来信。所以，他们认为那封信是绑匪为了让家人放心，才逼我写的。

事件发生后,我完全失去记忆,所以对此无法做出任何回答。

但是，我要在信件中找的并不是那一封。

当我躲在小房间里，看到警方大举展开搜查，又看到爸爸异常担心的时候，我打算结束这场假绑架，就写了一封信。再次告诉爸爸我很好，并暗示那封用剪字拼写的绑架信其实只是某个人的恶作剧。但无论是在警方拥有的证物中，还是在爸爸手里的信件中，都看不到这封信。我曾问过大冢太太，送来的信件就只有这些吗？大冢太太说没有其他的了。

“那封信，嗯，我没寄出去……”

我一边听邦子说，一边把叉子伸向那口感令人怀念的派。邦子丈夫做的派还是那么美味。

“我认为没必要让人觉得通知绑架的第一封信其实是某人的恶作剧，甚至一定要避免这种情况发生。”

邦子的丈夫舒适地坐在沙发上，跷起二郎腿，抬头望着天花板。看他那神情，似乎是在回想十个月前的情形。

“邦子出来倒垃圾的时候，跑过来打招呼的人就是你吧？”

他点点头，然后用我曾在手机里听到过的独特的嘶哑声音给予肯定。

“我扮成悄悄在后门监视的警察，实际上只是在门外读一些事先准备好的台词而已，而且我还穿着收垃圾时的工作服。我们必须隔着电话，让你听到房间里的警察对事件的看法。”

我想起邦子去后门扔垃圾途中与“警察”的对话。实际上，那只是在后门外的空地上演的一场戏。只要不在院子里，就不会被警方发觉。我用电话窃听的两个人的聊天，其实只是他们两人事先写好的剧本。

“我想起来了，有一次你打电话过来，我本来已经睡了，又被你那通电话吵醒。”

“那次也是，有些消息我希望小姐一定要知道，所以才会在事前打这么一通电话。”

跟她说话的男人的声音清楚地残留在我脑海里，事后曾住在家中的五位警察却没有这个声音。开始时，我还以为有六个警察住在家里呢！后来才知道事实并非如此。

我开始模模糊糊地意识到另一个人的存在,就是在那个时候。

我坐在一大堆信件前，渐渐看清事情真相的时候，又看了一遍绑匪要求交付赎金的来信。那封信的原件也是由警方在保管，我看到的只是复印件。这封信和第一封绑架信一样，我没见过，也不是用剪字拼贴而成，而是用打字机打出来的，有些内容还修改过。通过这封信就能看出绑匪不客气的性格。

不过，关于交付赎金的时间和邦子做交接人的要求都没有改动，改动的内容只有一项，就是赎款的金额。我的计划是要二百万，实际送来的信上却写着三千万。

我忽然想起交付赎金之前京子说过的那些例子，就是关于付出与回报的谈话，她说："想要回女儿的话，就用三千万来交换。"那时，她一定已经看过这封信了。

"我没想到小姐真的会想要赎金，因为你一直想让大家认为绑架信只是某个人的恶作剧，想以此来收拾混乱的局面。我一直以为要求赎金的信要我们自己来写呢！我本来想瞒着你，和他一同筹划赎金的交易。"

"可是，那天夜里发生了意外。我倒着走的时候，一辆车为了避开我而撞到墙壁上。那应该是出乎意料的事情吧？”

邦子代我顶罪，让我逃走，完全是因为被绑架的人绝不应该出现在那里。但正因那场事故，我才想到要赎金，并指名要邦子做交付赎金的人。

邦子利用了我的计划，随机应变，看上去是要实行我的计划，实际上是同时进行着真正的赎金交易。

“如果没发生那场事故，或者我不索取赎金的话，你们打算怎么办？”

夫妻两人对视一眼，然后同时向我耸了耸肩膀。

“这个嘛，就不知道了。但是，事故发生后，在邦子被赶出来之前，一定还是会索取赎金的，也就是瞒着你做赎金交易。不过，总算是过去了。”

邦子的丈夫回答道。

最初看到信上写着三千万这个金额时，我非常迷惑，这笔钱最后到底消失在什么地方了呢？爸爸他们对我说，他们确实准备了三千万现金。

结局就是那个抢劫犯从邦子手里把袋子夺走，取出里面的现金，然后将装有发信器的袋子丢在公园旁边。

我在家里走来走去，思考着这件事情。当时背部的伤还没有完全好，不过我没办法安心静养。

我忽然看见大冢太太正要去扔垃圾。这以前一直是由邦子负责的，但现在邦子已经不在这里工作了。

我叫住提着垃圾袋的大冢太太，把她带到一楼的洗手间，就是距离警察们顺便用来睡觉的十二张榻榻米大的和室最近的那个洗手间。

“我获救那天，你有没有在这附近发现什么？”我这样问她。

她歪着头回答说不记得了，但我看到洗手间旁边的储物柜后，越发肯定了某种推断。那里原本有个小空间用来存放扫除用具，不过拿来藏三千万也是绰绰有余的。

“你出发去交赎金之前，就已经把钱从袋子里取出来了吧？”我追问，邦子并没有否认，“你抱着那个装赎金的袋子在和室里待命，还问警方可不可以抱着袋子。其实那时候你已经做好准备，只等大家散去。等到跟京子谈完话后，你就直接抱着袋子去洗手间。京子还问你为什么拿着袋子，你故意装作没听见。进了洗手间后，你就把三千万藏到一个不引人注意的角落。”

即使在房子里没有机会把钱藏起来，她也会在前往交付地点的途中把钱藏好吧！

那天邦子去公园时，胸前抱着的是一个空袋子。

在鹰师站的大街上，邦子的丈夫抢了她的袋子逃跑，途中意外地和我撞在一起。但是，计划还是按照原定内容进行。他在途中轻松地扔掉那个袋子，摘掉墨镜和帽子，恢复普通的装扮后混入人群。即使因为服装相似而被警方拦住问话，只要手里没拿着有问题的钱便不会有事，轻轻松松就可洗脱犯罪的嫌疑，因为警方一直认为绑匪逃走的时候会拿着袋子里的巨款。

“为了追赶伪装成抢劫犯的你，我跑出大楼……”我对邦子的丈夫说，“最后我和你相撞，然后失去了知觉。你一定没想到会发生这样的事情吧？因为当时的我认为邦子的袋子被抢的事纯属偶然。如果当时我没有出去追你的话，到时我该怎么办呢？就那么一直守着公园的长椅吗？”

“这个嘛……当时，我是想找个机会打电话把事情的经过简单地告诉你。当然不能把真正的计划告诉你，只是告诉你抢劫犯把袋子抢走了，然后让你把所有的罪责推到抢劫犯身上……”

邦子可能以为我生气了，双手不安地扭动着。

“别开玩笑了！那时，我的手机已经坏掉了！”

“呀，原来是这样啊……”

“是啊！我爬进那栋楼的时候压坏了,你一直都不知道吗？”

她歉意地点点头。

“不过，手机这东西本来很结实的，但是小姐你的体重……”

“都是不二家软质乡村饼的错。”

如果我当时在二楼没看见邦子、没追出去的话，可能会莫名其妙地陷入更大的麻烦呢！

“最后，我晕倒在路上被警方救起，邦子你也没做成英雄，还被赶了出来……我是看见大冢太太扔垃圾时才想起绘里姑姑说过的话的。姑姑说你离家的那天，还看见你去扔黑色的垃圾袋。有一点姑姑可能从来就没注意过，但我有些纳闷，那就是你平常用的都是透明的塑料袋，那次却用的是黑色的。这一点太反常了，而且菅原家所在区域指定用的是透明塑料袋。其实，你用黑色塑料袋的理由很简单，因为里面藏着三千万，自然不能用透明塑料袋了。装着现金的垃圾袋，一定是被你事先藏在洗手间的储物柜里了，对吧？即使有人打开储物柜，也不会想到垃圾袋内藏有巨款吧！”

邦子点点头。

我发现真相后，一边揉着疼痛的后背，一边试着打电话到邦子老家。我的手指不停地抖动，差点按错号码。

我脑海中浮现出她走路时的姿势，挥之不去。

我晕倒在路上被人发现后，事件似乎暂时告一段落。就在第二天的清晨，我正在自己房内的床上酣睡。警察们前来收拾安装在那个和室里的无线电设备及电话上的追踪器，还有当初为监视正门而安装的电线和录像机。当时，警察们还在房子里走来走去。

在这种状况下，她竟然抱着装有三千万赎金的黑色塑料袋，慢悠悠地走出门去。中途，爸爸和绘里姑姑还把她叫住，告诉她不想离开的话可以继续留下来。那个时候没人能想到邦子拿的垃圾袋里就装着赎金，而她也没有显示出丝毫慌张，一如往常那般摇摇头……

邦子的弟弟接起电话，不过他说姐姐没回家。不仅如此，她也没告诉家人自己被菅原家解雇了。我这才发觉邦子从一开始就没打算回老家。

她可能会想，如果我发现了她犯罪的事实，会不会报警呢？警方若发现真相后，会不会去搜查她的下落？

邦子躲到什么地方去了呢？我没有头绪，也找不到联系的方法。总之，她失踪了。

“我不知道小姐你会不会把真相公开……但我认为你不会。如果你把这件事说出来，也就是在告诉人家，是自己策划了假绑架……”邦子毫无自信地轻声说着，“这十个月以来，我没告诉任何人我在哪里，一直远远地窥探着搜查的动向。可是，大家还是不知道真相。我想小姐可能下定决心不告诉任何人，所以我才把家里的地址写在明信片上，寄到菅原家去。”

“我毫发无损地回到家，除了赎金不见了以外，一切都还算是圆满，所以以后也不会有什么人来追查这个案件了。比这件事重要的事情每天都在发生，警方也不会总盯着那些几乎圆满解决又没有受害者的案件。”

“再说，这三千万对菅原家来说也不算什么。”邦子的丈夫加了这一句话。

我点点头，伸了一个懒腰，用力靠向沙发的靠背。一直以来，我都不能问别人，也不能对别人讲，只能一个人思考。在我那容量不算很大的脑子里，关于邦子犯罪的各种想法一直占据着很大的位置。一想到十个月以来一直困扰着我的事情终于可以做一个了结，我的心情就特别好。

“今天总算能睡个好觉了。”

这句话是我的肺腑之言，我对这两个人筹谋并实施的计划感到十分愉快。

窗外已完全暗了下来，我当然就住在这里，就是那个只有三张半榻榻米大的房间。

邦子想站起来带我去那个房间。

“不用了，你坐着吧！”邦子的丈夫拉住她，对着我说，“我来带路。”

我跟在他后面走上楼梯。那个房间在二楼，一种亲切感向我袭来。这栋房子不大，很旧，灯也很暗，这一切都让我想起家中的偏屋。

邦子的丈夫拉开走廊尽头的木门，向我招手。

“就是这个房间……里面放的东西稍稍多了一点儿，行不行？”

我打开灯，发现被炉占了这个小房间的大部分面积。待在邦子房间的那半个月，它已经快要成为我身体的一部分，却又随着邦子的失踪而消失。房间里还有当时我叫邦子用信用卡买回来的便携型 DVD 放映机和收音机等，看来邦子一直带着它们。

坐在被炉前，我把脚伸进去，布下面覆盖着在其他电器产品上看不到的独特电线。插头已经插进插座里，只需把电源开关转换成“开”的状态即可。

被炉的桌面上还看得见我拼写绑架信时留下的划痕，我用手轻轻地抚摩它，注意到整个房间已被彻底打扫过，没有一丝灰尘。

邦子知道我会到她家来，于是事先取出被炉，打扫好。这个房间肯定一开始就是为我准备的。

“真是的，难道就没有更宽敞、更好的房间了吗？这和监禁有什么两样！”

我轻轻地抱怨了一句，但内心的欢愉早已经爬上我的脸颊。邦子的丈夫苦笑着退出房间。唉，我是多么孩子气啊！不过，那两个家伙还真不错。

我打开被炉的电源，掀起被炉上的棉被，确认了一下里面的红色光线。不过要热起来，还需要一段时间。

我关掉房里的灯，把脸埋进那令人怀念的触感中。在一片安宁的黑暗和静谧中，我感到整个房间似乎正飘浮在宇宙之中。每次我都能在邦子的房间里感受到同一种感觉，那份亲密轻轻地将我拥在怀里，让我忘却了自己身在远离菅原家的其他地方。

我也无法判断今夕是何夕。

意识沿着时间回溯，回到十个月前的那个房间里。当时冷风正吹动着偏屋的窗门，而我正蜷在温暖的被炉里，轻闭着双眼。

我看见自己一边听着收音机里的圣诞歌曲特辑节目，一边透过窗户的缝隙窥探外面的动静，然后静静地一直眺望无声的雪花缓缓从天空飘落。我看见自己在被炉和墙壁之间躺着，为天花板的低矮而感到惊讶。

我看见自己对京子抱有愚蠢的敌意，看见自己将无名的怨恨强加在女儿不在家时也能开怀大笑的爸爸身上。我又看见送出绑架信后，不忍心看到爸爸忧虑的那个渺小的我。

在那个小小的正方形空间里，我和邦子安静地送走夜晚。我们的生活充满了秘密，生怕被别人知道。那种怀念让我胸口一热，有种想哭的冲动。

明明有冷空气从缝隙钻进来，我却感到全身特别温暖。邦子的房间虽然很小，居住条件不是很方便，可是那种感觉就好像在妈妈的腹中。

红外线灯“嗡”的一声开始运转，这个被炉型的时光机渐渐暖和起来。

在入睡前，我向邦子献上一分祈祷：你一定要保护好你大大的肚子，希望你的孩子以后不会像我这样不乖。

后记

我想写后记，因为它很重要。现在我正在为此而努力，而且有人曾经对我说：“你小说里的后记很有趣。”这句话可以理解为后记比小说本身更吸引人。当然，截至现在，我不过才写过三篇后记，就已经得到如此赞许。这让我觉得若不写出一些有趣的内容来，就愧对读者，愧为男人。后记的存在十分重要，我知道有很多人仅仅站在书店里看完后记，便满怀愉悦的心情将书放回书架。其实，我就是这种人。

总之，仅凭一本书的后记来决定要不要买这本书的读者多得令人出乎意料，所以写后记时万万马虎不得。比如，要是我打算在此对自己的近况做个翔实的报告，就会写成我最近募集了善款、救了在河里溺水的儿童，还有从车轮下挽救了一只小狗性命这样的流水账。这将有损我的形象。

在我的作品问世前一段时间，我特别希望写后记。看过很多人的作品后，我不断地想象，如果换作自己的话，会怎么写后记呢？有些作家曾在后记中吐露心声说“自己不擅长写后记”，我却对他们的苦恼感到不可思议。那时候我认为，后记才是自己唯一可以自由发挥的空间。

不过，我现在开始慢慢理解那些作家的心情了，因为自己每次决定要写后记时，就会开始烦恼，明明只有几页篇幅而已，实在是很讨厌啊！

思考了很久，仍然不知道要写些什么内容才好。于是，我决定求助于网络。我相信，利用网络搜寻到与后记相关的种种信息后，我一定会获得某种灵感。

“用后记来补完小说内容最差劲。”

在网上搜寻到这则意见后，我颇有同感。以前，我看过这样一篇后记：“这部短篇在杂志上发表的时候，由于字数的限制而被迫删减了部分情节。”这样的辩解实在有些欲盖弥彰，不禁让人怀疑作者的脑筋是否正常。当我回想这篇作品的作者是谁的时候，才赫然发现就是我自己，真是对不起大家。

“小说里的人物在后记中开座谈会的做法也不可取。”

看到这则意见的时候，我备受打击，因为我个人对这类后记十分偏爱，特别是座谈会这种形式，我觉得没什么不好。每当各种各样的杂志上刊登“某某匿名座谈会”特辑的时候，我都会迫不及待地读完。也许，这么做的人只有我一个吧！如果真是知音难求的话，我会在百般无奈下，放弃座谈会这种表现形式。

“在后记中表现活跃的作家，事实上个性是不是很内向呢？”

对于这个推论的真伪，我无从考证，不过我个人的性格十分内向。

“在后记中为本书的姗姗问世而道歉的人最要不得，感觉像是自寻死路。”

对此，我深有同感。我写这篇后记的时候，人在大学的研究室里，眼看着离毕业论文的截止日期只剩一星期，我的论文却没写出来，小说倒是完成了一本，我可能因此而无法毕业。如果我把这些内容写进后记里的话，只怕真是在自寻死路，我得注意不能把这种事写在后记里。

“在后记中谈到作品内容的做法是不行的。要是遇到这种书，我会当场扔了。”

对此，我也深有体会。这么做会大大削减读书的乐趣，奉劝各位切勿为之。基于上述理由，我在这里抛开作品内容不谈，就来说说作品篇名的事吧！

《幸福宝贝》这个故事的篇名是参考《花生漫画》（*peanuts*，就是有史努比的那个）某一回的标题《幸福是一只热心的小狗》。因为这个名称太长，我觉得要是多念几次就会咬到舌头，所以认为最好还是别用这个名字。实际上，我担心自己会咬到舌头，所以每次提到这个故事的时候，都会说“有小猫的那篇”。说起来，这篇小说题目应该取为《有小猫的那篇》比较合适，不过这个名字不够响亮，所以我才将篇名取为《幸福宝贝》。嗯，现在看来还是这个名字好。

为《失踪假日》这个故事命名的契机则非常微不足道。有一次，责任编辑青山说："在我以前负责过的小说里，有一部名叫《疾走假日》，这名字是我取的。"因为他的一句话，我才把这个定为作品名称，只不过我误将"疾走假日"理解为"失踪假日"了。[1]

口述的信息难免有误，这跟我小时候不擅长汉字的小测验完全没有任何关系，真的没有半点儿关系。后来，我才知道青山说的作品名称是《疾走假日》。不过，我想这次我将小说命名为《失踪假日》，他应该也不会生气吧！老实说，我认为《失踪假日》是个非常不错的名字。至于故事情节和角色设计，都是我后来慢慢想出来的，结果写成了到目前为止，我所有作品中最长的一个故事，果真是有志者事竟成呀！

写到这里，剩余的篇幅应该也没多少了吧！如果你手中还有贺年卡，想写封读后感给我的话，请寄信到下面的地址：

■102—8078　角川书店"THE SNEAKER"
编辑部　乙一老师收

1　日语中"疾走"和"失踪"的读音相同。

我这样写，恐怕又会惹来某些人的非议，怎么能在自己的名字后面加上“老师”的尊称呢！其实，“老师”那个称谓写不写都无所谓。人家用“老师”那么伟大的头衔来称呼我，我还不好意思呢！不过，如果只写“乙一”两个字，恐怕看上去不像是人名，倒像是一些弯弯曲曲的线头，所以在写“乙一”（不是线头）的时候需要多加留意。当然，这些都是我信口胡诌的。

另外，要寄信给羽住都老师的时候，请将“乙一”的地方换成“羽住都”即可。我一开始曾经把羽住老师的姓读作“HAJU”，这类糗事，还是不要让人知道的好。要是传入了羽住老师的耳朵，老师以后可能再也不会为我的书画插图了。这样会让我非常烦恼，甚至深陷绝境呢！无论如何，谢谢您，羽住老师。

如果 SNEAKER 文库下次继续推出我的作品的话，那应该是刊登在 *The Sneaker* 上，叫作《只有你听到》和《伤》的短篇作品。每篇小说名都夹杂着英文，说不定青山又要抱怨：“这种书名直排的时候难看死了！”

那我们就下篇作品时再聊吧。

…………

“在后记的尾声部分写下‘下篇作品再聊’的作者，通常就此杳无音信了。这种做法实在令人心痛，十分要不得。”这样的意见也在网络上出现过，这样看来，我还是……

磨铁图书旗下子品牌

更好的阅读

出 品 人 沈浩波

特约监制 潘 良 于 北

产品经理 苟新月

特约编辑 郑晓娟

版权支持 冷 婷 李孝秋 金丽娜

装帧设计 609工坊

关注我们

官方微博：@文治图书

官方豆瓣：文治图书

联系我们：wenzhibooks@xiron.net.cn

浙江省版权局
著作权合同登记章
图字：11-2024-206号

图书在版编目（CIP）数据

失踪假日 /（日）乙一著 ；张秀强，李志颖，修愚译．-- 杭州 ：浙江人民出版社，2024. 8（2025.3 重印）．
-- ISBN 978-7-213-11511-0

I. I313. 45

中国国家版本馆 CIP 数据核字第 20245TR049 号

失踪假日

SHIZONG JIARI

［日］乙一 著　张秀强 李志颖 修愚　译

出版发行　浙江人民出版社（杭州市拱墅区环城北路 177 号　邮编 310000）
责任编辑　祝含瑶
责任校对　杨　帆
封面设计　609 工坊
电脑制版　顾小固
印　　刷　三河市中晟雅豪印务有限公司
开　　本　880 毫米 ×1230 毫米　1/32
印　　张　9.75
字　　数　210 千字
版　　次　2024 年 8 月第 1 版
印　　次　2025 年 3 月第 3 次印刷
书　　号　ISBN 978-7-213-11511-0
定　　价　54.00 元

如发现印装质量问题，影响阅读，请与市场部联系调换。
质量投诉电话：010-82069336